时光荏苒 岁月悠悠

珍藏

狼囤子

◎吕斌 著

远方出版社

图书在版编目（CIP）数据

狼甸子 / 吕斌著 . -- 呼和浩特 : 远方出版社，
2019.9
ISBN 978-7-5555-1284-4

Ⅰ.①狼… Ⅱ.①吕… Ⅲ.①长篇小说—中国—当代
Ⅳ.① I247.5

中国版本图书馆 CIP 数据核字 (2019) 第 197788 号

狼甸子
LANG DIANZI

著　　者	吕　斌
责任编辑	蔺　洁
责任校对	蔺　洁　王　冉
封面设计	李苏红
出版发行	远方出版社
社　　址	呼和浩特市乌兰察布东路666号　邮编　010010
电　　话	（0471）2236473 总编室　2236460 发行部
经　　销	新华书店
印　　刷	廊坊市海涛印刷有限公司
开　　本	170mm×240mm　1/16
字　　数	236千
印　　张	17
版　　次	2019年9月第1版
印　　次	2019年11月第2次印刷
印　　数	3001—5300册
标准书号	ISBN 978-7-5555-1284-4
定　　价	50.00元

目 录

狼甸子

引　子

　　枣山坐落在狼甸子大地的东北边沿，枣山镇傍依在它的阳坡脚下，出枣山镇西行二里路，跨过南北流向的欧沐伦河，再往北走十里路，就是一片开阔的田野，这片田野夹在两行山脉中间，南北长数十里，东西宽十几里，这片土地就是狼甸子。狼甸子土地肥沃，周围的山里人家称这儿为大川，大川上每隔一二里、三四里地便有一个村庄，我落生的村庄叫十二里段。据父母讲，原来这儿是草原，清朝末年开始放垦，关里的汉族人大量涌入，清朝对来垦荒的汉人每户人家分给一段土地，因此，这儿的村庄名大多含"段"字。十二里段，大约是从枣山镇算起到这儿有十二里吧。我父母是 1944 年从辽宁省朝阳县逃荒来到十二里段的，母亲说是逃避日本人抓劳工。命运之神将父母引到了这塞外的狼甸子，到 20 世纪 50 年代末又多了个我。我的家庭和十二里段的乡亲一样，与这块土地结下了缘分，于是就有了接连不断的故事。

第一章　上高中

一

天黑了，我从同学李来喜家出来。街上已经没了人影，有的人家窗户亮着灯，不知道哪家传来喇叭的广播声，一弯新月挂在东半天上，弯弯的像一把镰刀，它很容易让人联想起秋收或欢乐，那是我孩童时代就看惯了的样子，无数颗亮晶晶的星星镶嵌在天空上。我的鞋底摩擦街面的声音响得很清晰。和我一起上初中的同学这一次大部分下了庄稼地，我们同村八个初中考高中的同学，有七个考上了高中，李来喜已经开始拴捡粪的背筐绳了，做着庄稼人过日子的准备，等待我的却不知道是欣喜还是沉重。

我一进院子，就觉出这个院子刚才喧闹过，为了我这个村里第一批高中生的一员，村邻当着母亲的面说了许多赞美的话，也发出了眼馋的感叹声。我深知我不过是一个穷学生，不能给家庭带来什么荣耀，更不可能让村邻沾上什么光。

早晨，送我上学的父亲将驴车上的行李用麻绳拢好，拉试一下麻绳，觉得还结实，就边打量行李，边将冻麻的双手缩进很脏的袖筒里，围着车转。他不是担心行李没拢紧，而是借此暖一下双手。行李很简单，一床羊毛毡子，这是我家唯一的一床毡子，父亲铺了它十几年，我本来打生下来就睡炕席，这一次把毡子让给我，是母亲怕我到学校再睡炕席让同学们笑话，强迫父亲发扬风格的。我本来是铺不惯毡子，睡习惯了炕席的，躺在羊毛毡子上扎地慌，不想要，但一想到在同学面前不能太寒酸，这毡子是门面，就勉强接受了。毡子里卷着一床母亲用了三天才缝好的厚被子，这条被子面是母亲结婚时从娘家带来的，这次拆洗一遍，将我家积存的旧棉花全部絮了进去。我对母亲说："有毡子该有褥子，我怕毡子毛扎。"其实，我是怕同学笑话我穷。

母亲说我："你睡觉时就把被子两边折回来压在身子下边，不就是褥子了吗？"

母亲重重地看我一眼，我就不敢再吭声了。祖上都没有睡过褥子，我怎么就想腐化了呢？

被子里卷着一个长长的、圆滚滚的枕头。这是姐姐听说我考上高中，走了二十多里山路回来，花了一晚上工夫用布给我缝的，里面装了满满的荞麦皮。

再外面是一根十字花样捆着行李的麻绳。

我另外的财产是哥哥昨晚奉妈妈旨意给我炒好又碾了的一布袋玉米面，我们叫它炒面。最后，我还有一捆书。

街上起了小风，几片纸刷刷地在地面上飘过。我抄着手，跺着脚，用身体微弱的热量抵御风的侵袭。风吹过的街面上，一个三十多岁的汉子从一个门撞出来，抄着手，缩着脑袋急急地钻进另一个门；一头饿瘪了肚子的小猪颠颠地向前奔，四条腿像四根儿干柴棒。它那样颠着似乎能解除饥饿造成的痛苦，它很快消失在一个街口。

鼻涕顺着父亲的鼻孔淌下来，父亲拧一下鼻子，在我的感觉里他把鼻子都拧了下来，狠狠一甩，白白的脏物就飞贴到街旁的墙上了。父亲走到耷拉着眼皮发呆的驴屁股后，从车上抽出一根柳条枝儿，叫一声"驾"，抽一下驴屁股，驴就慢腾腾踢踏着街面走了，低着头，走得很蔫。

我抄着手跟在车尾巴后面。

街上没有人，很安静，小风扫荡着街面上的荒凉，天空灰蒙蒙的，衬得人心理黏糊糊的不清澈，东南方向的枣山掩饰在晨烟中，只有脑袋昂然挺立于半空，就像一个年迈的老人，端然稳坐在狼甸子大地上。

路过邢娘们儿家的大门口时，邢娘们儿从菜园子里站起来，边提起裤子扎着裤腰带，边看着我们。农村人都会过日子，小便撒在菜园子里，是为了增加土地的营养，种的菜爱长。她迈出菜园子墙朝门口走来。她是我八岁那年从黄家段乡嫁过来的，她为人随和，跟谁都嘻嘻哈哈，就是日子过得穷，没啥能耐，人们很少叫她大名，都亲切地称呼她熊娘们儿。她昨天晚上坐在我家炕上和母亲说了一晚上话，从她的语气和神态上看，似乎我考上高中是村里出了状元，认为我这次去上学等于去做官。

邢娘们儿站在了大门口，脸没洗，脏得像花猫屁股，前衣襟儿挂着油污，跟父亲打招呼："大爷送儿子上学！"

父亲说："考上了咋着，念呗。"话说得很无奈，语气却是自豪的，洋溢着欢喜。村里人说话都是自己怎么穷，怎么完蛋，怕别人沾上。

"这下大爷中了……"邢娘们儿的话说一半儿留一半，含意深刻。

父亲喜兴的不知道怎么着，抽一下驴屁股说："中啥呀，花钱的买卖！"

我们家在村上是穷户，当然，别人家也不富裕。入学通知让带四元住宿费，两元学费。父亲昨天晚上去队长家磨了一晚上，借了六元钱，现在就揣在父亲怀里。

邢娘们儿撇撇嘴，说："有的人家想花这种钱还花不上呢！"

父亲点头："那倒也是呀！"

我想到了没参加升高中考试的初中同学，想到了没考上高中的李来喜，有了自豪感。

邢娘们儿好奇地上下打量我，羡慕地说："这小子，没承想出息了，看小时候偷我家杏那会儿可完犊子了！"

她说的是她嫁过来那年，和她婆婆住在一起，她婆婆家院子里有一棵杏树。秋季我和同伴儿中午去偷杏，被她撵了个满山遍野。谁小时候都尿过炕，偷瓜摸枣是小孩子的本性，她这时说出来不等于撅我后腚炮吗！我脸上挺热，低着头走，不理她。

邢娘们儿忽然说："小子，你鞋垫窜出来了！"

我琢磨，我的鞋也没鞋垫呀，怎么会有鞋垫钻出来？想着，扭过头去看鞋后跟儿，立刻不好意思了。我从小到大没穿过买的线袜子，这次升学，母亲怕我在同学面前丢了家庭门面，狠了狠心到供销社给我买了这双袜子，拿回家，母亲怎么看这双袜子都觉得太洋气了，单薄的不经穿，就找来旧布，给袜子加缝了一个底儿，为了防止后跟处先被鞋磨破，在袜子后跟儿处也缝上了一层旧布，露在鞋外面的部分是半圆形的那层布，很像鞋垫窜出来贴在了袜子上。我怕邢娘们儿认真看，就说："是袜子的衬布！"

邢娘们儿看出来了，说："你妈这活计真够闹一阵子，从头发梢儿给你鼓捣到脚后跟儿！"

我听不出这是说我母亲抠还是会过日子。

走过了她家大门口，邢娘们儿忽然在我身后嚷道："当了官儿坐上吉普车，别忘了拉嫂子坐一回！"

吉普车很少能见到，村头的公路时常驶过大卡车、拖拉机，最多的是毛驴车，偶尔驶过一辆吉普车，人们都驻足观看，目送着吉普车消失在公路的尽头，都赞叹："鸡蛋壳那么大，眨眼工夫就干没影了，比跳兔都快！"听人们说，坐吉普车的人，最次也是股长。股长是多大的官？我一直搞不清楚。

邢娘们儿的话让我美滋滋的，我何尝不是这种愿望呢！可是，我心里又有几分空空荡荡的。一个高中生，前途该是怎样的渺茫，离吉普车太遥远了，我甚至连一双"原装"的新袜子都穿不起呢！

街上的风似乎小了，日头也从东半天的烟气中透出一丝光亮，我顿感空气有了暖意。父亲驼着背的身板和蔫蔫儿走着的驴都让我感到我的家庭的卑微。希望和负担就是这样绞在我的心里。

老赵婆儿叼着烟袋站在大门口，她的小脚、她的爬满皱纹的小脸，都像我想象中的媒婆儿。她跟父亲打完招呼，就微笑着看我，那眼光是赞赏，是满足。在我走过她面前的一刹那，她夸赞道："小子有出息了！"

昨天晚上，她坐在我家炕上，叼着烟袋边吸边有滋有味地介绍着村里的姑娘，母亲和回来关心我的二姐给她沏茶、装烟地侍候着，三哥在外屋守着锅台给我炒玉米花。

老赵婆儿是给三哥当媒人的，是看在我的份上。

三哥个子不高，很瘦，尖下颏，细长的眼睛，平时闷哧闷哧的不爱说话，这次他本该同我一起考高中，可是，考试前那天晚上的情景让我终生难忘。

二

三哥比我早上一年学，因为老是在家里干活儿，耽误了学业，上初中时蹲班了，变成和我一个年级。初中所在的村庄离我们村有五里地，升高中考试的前一天，晚上放学，我下了土路，踩着横垄地朝村子匆匆地走。冬天的庄稼地只有白白的庄稼茬子，暮色中前边的村庄像一片黑乎乎的山峦，有一缕炊烟从黑山包上升起来，一声狗叫两声鸡鸣，从黑洼处响彻四周，周围的大山都模糊了起来。庄稼地西头的小路上走着同班的三个学生，三哥在那里边，他们议论着明天的考题，声音在田野上漫游。我大步地跨着横垄地，暮色急匆匆地向身边逼来。

我走进家，黑洞洞的屋子气氛紧张，父亲抄着手在地上来回踱步，母亲盘着腿坐在炕头上瞅着父亲，他们不说话。我感觉他们这之前说话来着，见我进屋他们才不说话的，他们说的事情一定很严重，因为我每天放学回来屋子里都亮着灯，父亲蹲在地上鼓捣旧鞋或者坏了的驴套，母亲低着头缝衣裳，见我进屋就告诉我饭在锅里热着呢，没熬菜吃点儿咸菜。今天他们不点灯，什么也没干，脸色凝重，又不说话，一定是发生了什么事。我心里紧张，以至于把书包挂在墙上的木橛上，不敢去外屋吃饭，倚着炕沿抓挠手指头。父亲微笑地看着我问："你们明天考试？"

我说是。父亲从来没有这么朝我笑过，也从来没有这么关心过我的学习。前几天我和哥哥就跟母亲要过报考费，母亲没有，是父亲从白布裤腰里抠出一个脏布包，展开，捏出钱数了又数，然后递给我们。父亲知道我们明天考试。父亲问："考上就去镇上念呗？"

我说是。父母问过我，也问过同村的同学，他们很关心考上后到哪儿念书。我曾经为考上能到镇子上读书而高兴，我想父母也会高兴。可他们没表示过高兴，倒是老叹气。母亲问："你考上了吧？"

我没有把握，但为了让父母高兴，我说："差不多吧。"

我本想父母会轻松下来，或者笑一笑，可他们对望了一眼，没笑。母亲又问："你哥哥赶上你学习好了吧？"

我说："不赶。"哥哥经常帮家里干活儿，耽误课，学习不如我好。

母亲对父亲说："要不让他们都考去吧，谁考上谁念。"

父亲抄着手对着母亲，又好像是面对窗户，黑暗中看不清他的脸，但我能感觉到他的脸色是充满忧愁的，父亲说："要是都考上咋办？"

我心里一颤，我想父亲可能是说错了，或者是我听错了，他应该是想说："要是都考不上咋办？"试想，当父亲的能盼望儿子考不上学吗？要知道，这次同村有七八个学生要考镇上的高中，考不上的话父母脸上无光呀！

父亲说完母亲没有作声，她一定没听出父亲把话说反了。这时候窗户外响起了脚步声，在黑夜的院子里很清晰。门开处哥哥走进来，他在黑暗中喘息着把书包挂在墙上他那根木橛上，说我："明天就考试了，咋不快吃饭复习。"哥哥说着往外屋走，我也要走。父亲说："你们等一会儿，你妈我们俩跟你俩商量个事。"

我紧张起来，父亲从来没有这么一本正经地跟我们说过话。我们站住看着父亲，我想一定是个喜事。父亲说："你妈我们商量，家里没人劳动，你们俩都考上高中的话你妈我俩也供不起，得下来一个。"

我怔住了，我不相信这是从父亲嘴里说出来的，更没想到他们会商量出这种事。我看着母亲，希望她阻止这件事，母亲一直盼望我们学习好呀！母亲瞅着我证实说："是商量过了。"

我眼眶里发潮，脑海立刻出现了村西那连绵起伏的高山，村四周的土地和披着尘土从村街上走过的长辈们，我哀求说："爸，妈，我们都复习好了，明天就进考场了，让我们考吧，谁考不上谁下来。"

母亲说："你爸我们也这么商量过，怕是都考上。"

哥哥不作声，他向来是这样，从小我俩就在一起，不论割草、捡粪、喂驴喂羊还是扫院子,他都带头干,从不攀我,他是哥哥我是弟弟呀!我不能不念书,那太恐惧了,但我也想让哥哥念,我说:"我们两个念书花不多少钱……"没容我说下去,母亲就干脆地说:"这事定了,必定下来一个,你们俩商量谁下来。"

那个晚上,我和哥哥谁也没摸书本,连饭也没有吃,摸着黑爬上炕钻进被窝。我捂着被子流了半宿泪。第二天吃完早饭,我挎起书包走时,哥哥没有走,他摘下墙上木橛上的书包塞进了柜子里。谁也没说让他下来,这不用谁说,这类事都是他让着我,他出去干活去了。

我走在乡间的小路上,太阳光从东边温暖地射过来,田野一片明亮。一辆牛车从村口钻出来,三头牛顽强地拽着一辆大胶车,车上装着满满的猪粪,哥哥扬着鞭子吼喝着牛往地里送粪。

杂乱的校园乱哄哄的,学生中洋溢着紧张的兴奋,不断有学生进各个教室看考号,然后出来跟同学们说他多少号。有三四个和哥哥同班的学生跑到我身边说:"考试快开始了,你哥哥还没来,你咋不去找他?"

我不作声,我的心思已经在要考的题上了,我痛苦的心情不那么厉害了,只是别人一说我的心还是一揪一揪的。开考的铃声响了,我跨进考场。答完卷子离开考场时,瞧见哥哥的座位是空的,有的同学过来问我哥哥为啥没参加考试,我无言以对,心里很痛苦。哥哥将像父母一样,在生育他的土地上度过一生。

三

昨天晚上,老赵婆儿坐在我家炕上,把村里的姑娘数了一遍,对母亲说:"你这三儿子好说媳妇,你这四子一上学,回到村儿最损也闹个小队会计、民兵班长什么的。嫂子,你甭急,你三儿子的婚事我包了!"

母亲和姐姐喜兴的不行,母亲搓搓手,探着头问老赵婆儿:"大妹子,你有个谱吗?"

老赵婆儿叼着烟杆儿不瞅母亲,移开烟杆儿说:"能没有吗!我看呀,老朱家那个二丫头小熊就中。"

母亲和姐姐都怔住了,我也有点儿心凉,那小熊个子不高,有气管炎,衣裳老是那么破、那么脏。老赵婆儿见母亲皱眉头,说:"嫂子,咱们这情况在这儿放着呢,说好的也有,可人家干吗? 我说呀,我这家对小熊好,她家和于支书有点儿亲戚,将来你三儿子有光沾!"

我想,朱家和于家那是啥亲戚呢,七杆子捅不着,八竿子捅瞎眼。老赵婆儿说:"这还得看你四儿子升上学了,不的话,人家还不见的干呢!"

母亲不作声,她没有办法不同意。

老赵婆儿走后,母亲很喜兴,自顾自的嘀咕:"管他咋说,咱家也上介绍人了。这日子也有人看上了。"

姐姐说我:"看见了吗,你一升上学村邻就眼热。好好学习,回村当个生产队长,就是个副队长也行啊,也让人高看一眼!"

母亲说:"对,好好学习,长点儿志气。"

那晚上全家人躺在炕上都睡不着,都因为即将娶上的媳妇和我考上高中的事激动着。

现在,我对站在门口的老赵婆儿笑了一下,打招呼道:"大婶儿,吃饭没?"

"吃啦吃啦!"老赵婆儿欢快地应着,说:"这小子,知道说大人话了。放心上学吧,大婶儿包你三哥说个好媳妇,放假回来吃喜糖吧!"我用微笑感谢这个叼着烟袋的媒婆儿。

出了村口就是一条横贯村子的南北大路,这条大路是枣山镇通往北部罕山一带的,路的东边有五六户人家和小队院,小队院墙的南面站着一群男人,那儿背风,又有阳光,平日里社员们上工等着队长分派活计,就聚在那里。那里还可以看到路上南来北往的车辆行人,边看边议论,打发着一个又一个寂寞的日子。眼下正是冬闲,庄稼人没活儿干,坐在家里又闲肠子难忍,就有了这儿的天天一堆人,个个抄着手,缩着脖子,或斜倚在墙上,或两脚不停地捣动,或蹲着抽旱烟,或两条腿轮流稍息，不管哪种姿势，眼光都盯着路上。当父亲赶着驴车、我跟在后面上路时，我感到了这群人的眼光。我想，这些土眉土眼的庄稼人对我这样一个读到镇高中的学生该是心里羡慕、嘴上嫉妒地赞叹吧！

路上的风大一些，驴的脊背毛被吹得乍了起来，父亲每踏一下路面，他鞋底下就腾起一股烟尘，风催着我的屁股，就像有人拥着。

父亲不爱说话，他对我的希望就体现在默默为我准备东西上。送我上学，他对我的指望是能够做个有文化的人，具体希望我成为一个什么样的人，他也说不清楚。说起来，父亲也是个见过世面的人，一九四七年东北仗打得正激烈，父亲应征参加内蒙古骑兵师，当了四年兵打过十五次小仗，没打死过人，也没有被人打伤过。他的转业证上写着：立三等功一次，开小差一次；在"部队建议"一栏写着：有骑射特长，建议担任民兵训练的教练；在"个人志愿"一栏写着：做小买卖。父亲的这一愿望我深感同情，他从辽宁朝阳奔来内蒙古，不就是想有钱花、有衣穿、有屋子住、过上好日子吗！人人如此，这没有错。土里刨食一直穷困，他还没有忘记当年来到赤北过上好日子的远大志向。关于部队首长建议他当"民兵教练"，那是不了解地方情况，这里哪儿有骑兵，他能给谁当教练！

平日里，家庭的"外交"都是母亲的事，我上学需要钱，要朝队里借，这是大事。母亲一想到那个尖嘴猴腮、年纪不过三十的副队长"李喳喳"就打怵，父亲再熊也混过几年官差，就出马了。还行，父亲真就从队里借回六元钱。母亲欢天喜地地一遍又一遍地问父亲借钱的经过，父亲反复回答的只有一句话："我操，那小李喳喳真挺难逗！"

父亲说完眯起眼睛得意地笑，父亲只有在外面赚了什么小便宜才有这种笑。母亲拿过去钱，手指沾着唾沫，很满足地一遍遍地数那一元一张的票子。我家从来没有一家伙进这么多的钱。

出了村，广阔的狼甸子就展现在了眼前，黑乎乎的肥沃土地，高粱茬子和玉米茬子白花花的，就像白发老头刚剪过头，甸子上散布着牛、马、驴，在冷风的吹拂下，甸子更显得广阔、空荡和凄凉。父亲刚到这儿时,这狼甸子还杂草灌木丛生,狼兔奔窜。几十年光景,这儿全开垦成了田地,野兽失去了生存的生态,早已不知道逃到了何方,只留下了一个名字:狼甸子。

这甸子是块宝地,它夏季为村人产下粮食,冬季是牛、马、驴吃草的牧场,有些人过冬的烧柴也是到这甸子上捡的牛马驴粪。此时,一个人串行在牲畜中间,背个粪筐,伸着脖子,像个鸭子似的,脑袋一探一探往前挣着走,用粪叉子铲牛马粪往背筐里扬,我认出那是来喜。

李来喜和我从小学就是同学,我们光屁股一起长大,这里的田野、荒地、山冈都留下了我们这一茬孩子捕蚂蚱、追蝴蝶、放驴、挖菜、割草的足迹、洒下的汗水,在这广阔的土地上,我们有过无数个幻想和希望,我们望着那湛蓝的天空、遥远的枣山和眼前的狼甸子,编织过无数个梦,随着日变月移,年龄的增长,一切梦幻都腾空而去,剩下的只有现实。我的同学中有十几个都像三哥一样弃学了。李来喜和我一样参加了考试,但他父亲是过日子的"老抠",没给他复习时间,老是让他干活儿,他最终还是没考上。但是,他对我说,他满足了,因为他终于还是参加了考试,比那些家长不让考试的同学强,他为能在将来给儿孙讲考高中的历史而激动。

我成了全村历史上七个高中生中的一个,得到了全村人的羡慕。家里人也因此看到了希望。

我和父亲向南走了四五里路,把村庄远远地抛在了后边。回头看,村庄只是一片渺小的火柴盒,有的窗户和门还分辨得出来,有的烟囱升绕着乳白色的烟。我的家在后街,这儿看不见,我想着母亲忙碌的身影。哥哥去给队里用碌碡压谷茬去了,不知道他在哪块地。他的双脚将丈量这狼甸子上属于十二里段村的每一寸土地。

四

我的脑海里出现了我和三哥、来喜等伙伴儿们小时候㧟拉拉蔓儿(一种猪菜)的情景。

　　每到春天，漫山遍野盛开着"大碗花"，蚂蚱在拉拉蔓儿丛中蹦跳，蝴蝶在花上起落飞舞，山雀在空中吵叫，庄稼人拖着懒散的步子，慢腾腾地走出村子，到田里劳作。古老的土地，沉重的生活。母亲是个干瘦的女人，头发斑白，脸上爬满了犁沟，眼角放射着鱼尾纹，眉头皱着，像在想什么，手指像干木棒，抓猪食就像五根铁棍插进糠里。天蒙蒙亮她就拎着猪食瓢站在院子里喂猪，肥大的青布褂子下摆晃荡，像一条麻袋套在上身。我们孩子贪觉，困意绵绵，母亲进屋来，吵吵嚷嚷叫醒我们。我们翻个身哼几声，蜷着不动。母亲拍屁股，我们爬起来，揉着惺忪的眼睛，咕哝着。哥哥叠被子，我扫院子，姐姐蹲在灶前点火做饭……农家年月，忙不完的活计，熬不到头的日子。

　　夏季农忙时，母亲煮一大锅玉米碴粥，煮烂了舀到盆里，端瓢凉水倒进盆里，便是一天的饭，谁饿了都可以盛上尖尖一大碗，就着咸菜疙瘩吞下去，也很满足呢！

　　苗儿长高时，田野油绿油绿的，野外寻不到一点儿可吃的东西，干吃屋里的存粮，粮食就紧缺起来，饭也就半米半菜了。母亲常叫我们爬上榆树，将那嫩榆树叶儿，掺在玉米面里贴饼子，是最好的饭了。猪呢，当然连糠也吃不上了，只有吃菜度日，所以，夏季捋拉拉蔓儿，便是我们孩子的一大任务。

　　我念小学时，放学回到家，母亲在院子里忙活计或坐在炕上缝衣裳。我把书包往炕上一扔，到碗架子里摸个掺菜的玉米饼子，边吃着，边到院子里挎上柳条编成的筐。伙伴们早喊喊喳喳地等在街上了。我们吃着干粮，相互交换着各自带出来的咸菜疙瘩，品评着谁家的咸，谁家的香，亲亲热热走出村子。

　　拉拉蔓儿漫山遍野都是，一棵扎下一条白嫩的根，铺展一大片，紧紧贴伏在地皮上，草地、山坡、沟洼，到处都有，它从不挑剔土地的肥瘦。今年捋了，下一年它们又盖满山坡。拉拉蔓儿花粉里透红，状似大碗，火红一片，近看碗口朝天，揪一朵扣在嘴上，一吹，"啪"的一响，一把伞飘飘悠悠落到草地上。我们四散开去，边捋边走，土地上留下一串串小脚印,先垫筐底,再装平筐,直到拉拉蔓儿顶到筐梁,只能塞进胳膊挎上筐,才能回家。并非我们任务心强,而是不捋到顶筐梁,妈要骂我们"懒虫",赶上妈妈生气,还要挨笤帚疙瘩。哪个孩子挨了笤帚疙瘩,我们若看见了,同情那孩子,却谁也不敢吭气,站在远处观看。第二天上山捋拉拉蔓儿,时过境迁,我们又取笑那孩子:

"来喜,你妈那笤帚疙瘩抢得真欢,啪啪啪的像流星。"

"你们家那笤帚疙瘩是宝贝呀,会蹦高呢。"

"哈哈哈……"

童年的讥讽是友好的,完全是没事寻找点儿欢乐,过后大家就帮那挨笤帚疙瘩的孩子捋,以防笤帚疙瘩再在他屁股上蹦高儿。

母亲对大碗花有一种特殊的感情,我每次进田,母亲都嘱咐:"摘回几朵鲜大碗花来。"我挎着满筐拉拉蔓儿回到家里,边抹脸上的汗,边把捏蔫了梗的大碗花递给正在喂猪的母亲。母亲总会眨着昏花的眼睛细细地看。我糊涂,年迈的母亲喜欢这种花?或许是小时候她捋过拉拉蔓儿,对这种花有一种感情吧。我便也凑到母亲身旁,细细地看,花叶是底白上粉,花芯有叉子芯,有锨一样的芯,母亲扒拉着数那叉子和锨,然后嘀嘀咕咕道:"又是叉子多,坏年景。"母亲皱起眉头,叹一口气,脸上挂上了愁容。花从母亲手中脱落,飘飘落到地上,萎了。我们明白了,秋天打场,扬粮食用木锨,柴草用叉子挑,大碗花里叉子多,秋后草多;大碗花里锨多,秋后粮食多。哦,从大碗花上就能看出年景好还是孬。我在野外捋拉拉蔓儿,经常留心大碗花里叉子多还是锨多,都希望里面锨多,有时候懊丧地扔掉一朵,再揪一朵。"大碗花,大碗花,叉子掉了头,木锨按上把儿,扬起黄金空中洒,囤里流出金娃娃!"我们对着大碗花念叨不知道哪辈子传下来的歌谣,望着远山,憧憬着迷朦的希望。

漫山遍野捋拉拉蔓儿,原野冷冷清清的,偶尔响起山雀的吵叫,或是一只老鹰到头顶上盘旋,感到寂寞,腿也沉了,身子也懒了,没精打采地一棵一棵地捋拉拉蔓儿,忽然在哪一棵拉拉蔓儿底下,有个茶碗形的鸟窝,会使哪个孩子惊喜万分,大喝一声,四周的孩子便都慌慌张张奔过去,放下筐,围在一堆看。鸟窝里有一颗蛋、两颗蛋、三颗蛋、四颗蛋,从没有五颗以上蛋的,有时是几只刚出壳的小鸟,张着带黄边的小嘴,朝着天空叫,可能是在等着妈妈来喂食。我们到草地上扑住一两只小蚂蚱,揪下蚂蚱肚子投进小鸟嘴里,它囫囵吞下去。我们找到鸟窝都要套大鸟,但有小鸟的窝,我说:"不套。"孩子们眨着小眼珠瞅着我,我说:"它想妈妈,黑天它更想妈妈。"我就是这样呀,天黑的时候,若妈妈下田没有回来,院子里冷冷清清的,家家都关门窗睡觉了,自家屋里黑洞洞,我会害怕,在院子里蹲着不敢进屋,盼望妈妈早点儿回来。

孩子们当然同意,坐得远远地看着大鸟进了窝,才将拉拉蔓儿。

有鸟蛋的窝我们是非套大鸟不可的。哥哥套鸟顶拿手,将拉拉蔓儿的历史也比我长三四年。哥哥将马尾巴一根一根拈成套,拴到拉拉蔓儿梗上,套放在窝上,鸟往窝里趴,它的腿就被套上了,不管它怎样挣扎,即使挣断绳套,也拽不断拉拉蔓儿。远远地瞅见它扑棱,我们叫嚷着冲上去,和打了胜仗的士兵一样欣喜若狂。有一次,我发现鸟被套住了脖子,感到很奇怪。鸟往窝里趴,套该在它肚子底下,怎么就偏套住了脖子呢?哥哥任凭我们玩鸟,自己将拉拉蔓儿去了。我蹲在窝旁研究,套住鸟那套儿是放在窝边立着的,鸟要进窝就得钻过这个套,结果套上了脖子。我有了这个发现,便自告奋勇下一次套,果然灵验,一次便套住了鸟。这次的成功,使我在伙伴中有了名气,谁再找到鸟窝都请我下套,套住大鸟,不是送给我一只大鸟,便是送给我鸟蛋。

扛着锄头下田的村民见我们套住鸟,告诉我们说:"把鸟堵到窝里,往窝下挖,下面有宝贝。要是鸟飞起来,宝贝就往下钻,鸟飞多高,宝贝就往地下钻多深。"

"真的?"

"谁骗你们呀。"

我们非常激动,欢喜地跳起来。"挖宝贝卖了钱,买烧饼、买糖。""不,买袜子穿。""不,买瓜吃。"

我们找到一个鸟窝，舍不得老早下套，留着第二天早晨把鸟堵到窝里，这一夜肯定睡不安稳了。把鸟按到窝里，实在不是一件容易的事，鸟的眼睛特别管事，离它老远，你还没有看见它，它早盯上了你，两腿一用劲，翅膀一展，一头射向天空，放开嗓门欢叫，好像是在嘲笑你。堵"抱恋窝"的鸟容易些，这类鸟把蛋焐热了，人走近它也不愿意动，和它眼光对上，它预感到很危险，才跳出窝，短时间不往高飞，贴着地皮跑，把你逗引得离窝远了，才飞起来。我们的目的是把鸟按在窝里，事先要看好窝的位置，在窝旁的拉拉蔓儿秧上做个记号，马尾巴套要拴得短，以防它被套住挣远了。我们这样按到窝里几次鸟，几只小手争先恐后地往窝下挖，手指都挖出了血，也没挖到宝贝。村民告诉我们，宝贝是真有，他们小时候也挖过，也没挖到，听老人们讲，前人挖到过。挖这宝贝得注意两点，一是鸟按到窝里别动。要是鸟已经出窝，再按回去，宝贝就从地下跑了；二是挖宝贝的人心要诚，要是怀疑没有宝贝，宝贝也会跑了。我们记住了这两点，都对天起誓一定要心诚，还分配了任务：来喜专门按鸟，挖出宝贝有他一份。后来按住了鸟，还是没挖出宝贝，我们都抱怨来喜没按牢，来喜嘭起嘴，赌气地说："你们来按。"他一松手，鸟头一沉瘫躺在窝里，死了。我们呆了，回过神来，金宝呲着小黄牙，唾沫飞溅地说："有人心不诚。"大家都不承认，激上火来，都叫吵着脱下褂子，相互摸胸口，看谁心跳得慌就说明是心不诚，摸完，都跳得慌，也就说不出谁心不诚。没挖到那稀世珍宝，我一直感到很遗憾。我时常猜测，倘若挖出那宝贝，会是一个什么物件呢。

我们常年喝稀饭，吃菜干粮，烧心，正择拉拉蔓儿，来喜忽然吐了酸水，我们也烧心，不过习以为常了，并不在意。我们嘴馋，队里种瓜、柿子之类的玩意，家里从来没钱买，我们就在野外寻找"洋妈妈"吃。那是一种野瓜，手指肚般大，葫芦形，咬破外面的绿皮，里面的白汤就冒了出来，甜丝丝的。找得多了，他们会装进兜里带回家，给弟弟、妹妹吃。我在家里最小，回来会孝敬母亲几个。母亲脸上含笑，吃着，咂着嘴摸着我的脑袋，说我懂事。我们跑遍了村周围的田野山坡，哪个地方有

"洋妈妈"我们都知道，我们隔几天去摘一次，吃得美滋滋的。

　　馋得厉害，我们在田野上东张西望，动着小心思，有谁提了一句："偷杏吃去。"我们都同意，把筐放得远远的，猫着腰跑进队里的山杏树地，手忙脚乱地摘，摘完就跑。看见山沟里钻出一个黑胡子老头，气势汹汹地朝我们追来，我们四散跑开，他拿不定主意追哪个。有时老头也能抓住一个，瞪着凶恶的眼睛，很吓人。他使劲地提着你的袄领子，厉声问："跑了的兔崽子都有谁？"不管怎么害怕，千万别说话，他不打人，要哭，哭得可怜些，他就"放了"，放的时候口气并不软，大嗓门子告诉你："你再不要来摘了，秋后杏核卖钱，家家都能分到几文。"这教育对我们起不了作用，钱是大人的事，我们吃的是山杏。其实山杏特不好吃，青的时候酸得直咧嘴，黄了的时候又干又苦，可是，我们吃不上甜家杏，这个也算上等佳品了。

　　不论套鸟还是偷杏，哥哥都不参加，他边将拉拉蔓儿边远远地张望，看到有兴趣时，就咧嘴憨笑。我们玩儿够了，日头也落山了，村民都从田里往村子走，村子上空升绕着缕缕炊烟，我们的筐却还是空的，哥哥就把将的拉拉蔓儿分给我们，好让我们可以回家交差。虽然很少，但大家都将那么点儿，大人也就不怀疑什么了。村里人都夸哥哥懂事，看杏树的人追赶我们的时候，遇上哥哥，也会火气大消，抱怨一通，给哥哥几个杏。哥哥舍不得吃，会分给我们。

　　我总认为哥哥心眼不活，他比我早上一年学，每到夏季，猪缺食吃，妈妈就吵叫："耽误一天，将拉拉蔓儿去。"哥哥不声不响地将一天。星期天他更不得闲，没有时间看书，所以学习成绩很差。我上小学那年，哥哥留级了，和我上了一个班。临近考试，我躲在屋子里复习功课，妈妈又吵又嚷，叫我们上山将拉拉蔓儿，我又哭又闹："考不好老师会骂我。"妈妈没法子。哥哥不声不响地走了。所以，哥哥成绩不如我，老师夸我比哥哥灵，常用白眼看哥哥。妈妈、姐姐也说哥哥笨。我沾沾自喜，越发争强好胜。一次期中考试前，我星期日复习了一天，哥哥将了一天拉拉蔓儿，卷子发回来，我语文算术都得了一百分，哥哥语文将将及格，算术只得了五十二分。老师在班上责问哥哥："星期日干什么啦？"哥哥低着头，不说话。老师再三追问，哥哥才嘀咕着说捋拉蔓儿了。老师问我，我想，假若说哥哥捋拉蔓儿了，我复习了一天，也算不得我脑瓜灵。我忙否认哥哥捋拉蔓儿了。老师生气了，训哥哥："玩儿了一天还撒谎，该向你弟弟学习。贪玩儿还会有出息？"哥哥哭了，我正襟危坐，心里得意扬扬。

拉拉蔓儿到了旺季，坡坡岭岭都是人。大人们套上毛驴车，携儿带女，田野上到处都是"抢"的气氛，到处都是拼命捋的人，猪吃不了，就晒干了，到碾坊碾成末，留到冬天给猪煮着吃。这个季节漫山遍野都是人群涌动，每个蹲着的人身后都有一堆一堆的拉拉蔓儿，像羊拉的屎。孩子们往一堆抱，装上车，蚂蚱、蝴蝶、飞鸟也凑热闹，欢蹦乱飞。为了鼓励孩子们别贪玩，多捋拉拉蔓儿，家家都烙白面饼"犒劳"孩子，白面掺上高粱面，擀成饼，叠成一团，再擀成饼放到锅里烙，熟后一层一层的，人们叫它"千层饼"。到野外看，每个孩子都拿着这种玩意儿，舍不得一下子吃净。我们村白面稀缺，一年队里分几斤，家家都是留着过年吃，年三十那天只吃一顿，而且坐在饭桌前母亲说："可着劲吃，就这一顿，剩下就大人吃了。"我为了把一年的欠缺都吃下去，撑得肚子疼，过了一个时辰，五脏六腑都在翻腾，呕吐出来，从此得了胃病，喝口凉水都烧心，更甭说啃玉米面干粮了。现在有人说我吃东西挑挑拣拣的，不像吃过苦的农村人。捋拉拉蔓儿的季节不用怕吃多了，吃得肚子像皮鼓，一瓢凉水下肚，一身热汗出去，肚子就塌下去了，痛快得很。哥哥不爱吃饼，妈妈给他的饼，他偷偷地给了我，他吃玉米面饼，现在想来，也是疼我吧。

这个时节，妈妈、姐姐忙得很，哪天收工回家，都扛回一筐拉拉蔓儿。妈妈头发凌乱，褂子背部有一块块白色的汗渍，到家喂喂猪和鸡就走了，饭也是煮一锅吃两天，剩饭又白又酸，人饿急了也不顾饭好饭孬，盛上尖尖的一大碗，澄去酸汤，吃下去，不闹肚子不生病。人说庄稼人是铁肚子，好饭孬饭都能盛，不怕凉水灌，一点儿不假。

我们一放学,妈妈就撵我们上山,我扒几口剩饭,带上一个掺菜的玉米面干粮,到院子里找筐。放学日头要压山了,我怕天黑扒不满筐,就求哥哥合用一个筐。妈妈不许,把小筐都锁到仓房里,只留给我们两个大筐。我看着大筐头疼,当成一个负担,到了野外老瞅日头,怕它过早地滑下去。

扒拉拉蔓儿无论大人孩子,都反对"扒毛"。只扒个尖儿或只寻大棵扒,就叫扒毛。这样扒虽然快,但留下来半截秧和小棵的就不好扒了,人人都骂这么干缺德。我们孩子也同样反对扒毛,并排往前扒,哪个贪财鬼往前抢,我们就齐声喊:"红硫硫,绿硫硫,哪个王八打头了。"抢到前面的孩子怕挨骂,就会退回来。人过地净,一块一片,一棵不拉。庄稼人嘛,就应该这么会过日子。

天热,汗顺着脊梁流,我们都脱光膀子,把小褂系在筐梁上,挎着筐梁不磨胳膊。我们都怕哪个扒得多,边扒边比,农家孩子过日子的习惯是自然养成的,猪要有菜吃,日子要过得好,吃好穿好才有盼头。大人常哄孩子们说,猪喂胖了,过年有肉吃,其实,过年杀猪,全卖掉,我们也只是吃些血肠。那时节,进村看吧,家家院子里垛的、墙上搭的、街上晾的,全是拉拉蔓儿。大人喊,孩子叫,往一堆聚的,往屋里抱的,一番"备战备荒"的景象,哪家人手足,扒的拉拉蔓儿多,人们交口称赞,着实眼热,也就更恨自己家扒的少了。

哥哥有一股老成劲,不像我们斤斤计较:谁扒得多了,谁扒得少了,扒多了骂他贪财,扒少了讥讽他是孬种。哥哥一向走在一边,常常落后,扒我们扒过的地方,或自己找个地方扒,一天听不见他说一句话。回家时,他帮助这个装筐,帮助那个拎筐。我是个急性子人,从小任性。日落西山时,筐扒满了,天黑了,人们都回了村,蚊子就起来了,在田野上"嗡嗡"地叫,我们都穿着裤衩儿,蚊子趴在腿肚子上叮,又痒又烦,一巴掌拍下去,腿肚子一摊血,拍得腿肚子麻麻地疼。这时候,一筐沉沉的拉拉蔓儿惹烦了我的性子,我赌气从筐里掏出一些拉拉蔓儿扔掉,并叫着"妈妈想打就打"。哥哥拣起我扔的拉拉蔓儿,拔青草拧成一根草绳,捆上拉拉蔓儿,一个胳膊挎着筐,一只手提着那捆拉拉蔓儿。我们到家后已经很晚了,一身汗水。哥哥也不点灯,摸索着吃点儿剩饭,爬上炕睡觉了。

五

我和父亲默默地走,身边不时地驶过一辆汽车,带起尘烟,或者跑过去一辆马车,四匹马踏着坚硬的石子公路"哐哐哐"地响。公路该向东拐了,东边是雄伟的枣山,山的西坡有一群羊,白白的一片,如一粒粒白米镶嵌在山坡上,让人感到塞北牧歌的味道。

父亲回过身来看看我,问:"饿吗?"

我说:"不饿?"我感到我早晨喝的玉米面粥还在肚子里晃荡。父亲盯一眼车上那个鼓鼓的布袋子,那里装着炒玉米花,他说:"饿就吃点儿!"

我看着那个布袋咽口唾沫,那是我从小想吃而吃不上的东西,那是我的财富,我不能想吃就吃,我要节俭地吃,以度过那饿饱未卜的学生生涯。我对着父亲摇摇头。父亲疼爱地看我一眼。看得出,他对儿子第一次单独出外求学不太放心。他吧嗒着嘴,转过身去,用柳条敲打着驴屁股继续向前走。他的双腿迈动得很有力量,大约他当年当地主的愿望在儿子身上看到了希望吧,他的身体也有了活力。

前面看到了欧沐伦河的河岸,河那边的瓦房顶也一个又一个地暴露出来,回身望去,十二里段村早消逝在了狼甸子的地平线上。

我转过身去,迈着碎步跟上驴车,向镇子奔去,学校快到了。

高中在镇子北边。我跟着父亲的驴车跨过横卧在欧沐伦河上的木桥,进了喧闹的小镇,顺着石子铺面的街往东走,到十字路口,再折向北边,走到街的尽头,四周是零散的人家。在山坡上,坐北朝南的一个大门进去,就是镇高中。

我跟着父亲走进学校,院子里到处走动着学生,到处有小驴车。驴车旁都守着一个穿破衣裳的老头儿或脏脸汉子,脸上都有着光荣的微笑或拘束的神态。在乱哄哄的学生中，有的穿戴花枝招展，漂漂亮亮，有的朴素淡雅，还有的又脏又破，每个学生都攒足了劲儿显示着家庭的富有和贫穷。收发室门口挤着一大堆寒酸与富有的学生，认真地看着一块黑板。我也挤过去看，原来那上面用粉笔写着班级和新生的名单。我挨个名字看下去，终于在"四班"的行列里找到了我的名字，并且从旁边那块黑板上画的校园示意图上找到了四班的宿舍。我挤出人群，见有的学生从小驴车上扛起行李朝校园西边飞奔，我猛然记起父亲叮嘱的抢靠墙位置。我忙慌手慌脚地奔向父亲。父亲站在车旁，怀里抱着那根柳条枝，扬着脑袋，一动不动地望着满院的学生，似一尊塑像。我到父亲身边，慌不择路地说："爸，我得去抢宿舍！"

父亲回过神来，看我一眼，从怀里掏出那叠从队里借来的钱，手指沾着唾沫数一遍，递给我。我抓在手里，从车上抄起行李扛在肩上，拎起玉米花袋和那捆书、本，跟跟跄跄地向院西那几排房子奔，这时有好多扛着行李的学生都在往那排房子奔。这时，我想到了在乡村的山上拼命前奔捋猪菜的情景，那是为了日子，这是为了什么？

忽然，我想到了父亲还没地方吃饭，见父亲站在车旁，抱着那根柳条呆呆地看着我，见我停住，挥手示意我快走。这时又有两名学生从我身边跑过去，扛着行李奔往宿舍。我顾不了父亲，甩开大步朝西边的宿舍冲去。

我在贴在房子墙上的纸上找到了四班的宿舍，又在一个门的纸上找到了我的名字。门关着，但没有上锁，我一用力，用行李撞开门。屋里已经有了学生，一个学生伏在地上摆放的箱子上在写什么，一个学生坐在炕边上吃干粮，两个学生在靠窗户的炕上扯着行李争着什么，另一个学生头朝里躺在炕上，枕着行李。我见靠窗户的铺位有人占了，靠门这个铺位空着，我猛力把行李扔向墙旮儿，炕上立刻腾起一股灰尘，遮住了躺着的那个学生的脑袋。那个学生"扑、扑"地吹着气，用手往一边扇着灰，坐起来嘀咕："操，这人！真呛人！"

坐在炕边吃干粮那学生回过头来看着我，一脸不高兴地说："你慢点儿，别砸塌了炕！"

我有些不好意思，又不好说什么，只管站着喘气。靠窗户那两个学生继续扯着行李争，原来他们是在争靠窗户那个铺位。那个瘦弱的学生抓着行李，央求着说："管你叫大哥呢，让着点儿我，再说啥我也是先来的。"

另一个长得面孔白净，身材魁梧的学生往这边拉那行李，说："先来的多个鸡巴，滚过来吧！"说着，他把行李往这边一拉，连同那瘦学生一起拉过来。那瘦学生说："人家先来的，你非得占那个地方，这不是熊人吗！"说着，他还想把行李重新放回靠窗户的位置上，那体壮的学生早把自己的行李放在靠窗户的位置上，傲气地说："熊你，咋的？"

被熊的学生哼唧着，不服气又没有办法，边把行李安顿在那个壮学生行李旁边，边愤愤地嘀咕。

他们两个一消停，所有的人把眼光都转向我，其中伏在箱子上写着什么的那个更加干瘦的学生问我："你叫啥？"

我回答了。

几个人或点头或"哦"一声，表示知道我是谁了，因为我的名字在门上写着。他们打量我，我觉得很不自在，我发现他们都是穿的学生服。我的上衣是母亲缝的，是我们狼甸子农村老式的农民服，太不跟形势了。我自己也是十七八岁的大小伙子了，这里天南地北的人都有，男男女女的，我真有点儿戳不住个儿。

坐在炕边吃干粮的那个学生问我："你是哪儿的？"

我说："狼甸子公社十二里段的。"

众学生都忽然看着吃干粮那个学生要说什么。吃干粮那个学生先开了口："咋整的，咱们是老乡。"他说着，张开大嘴咬了一口干粮。

我肚子咕咕叫着，看着他的黄灿灿的玉米面干粮，咽一口唾沫，克制着馋欲，问："你是哪儿的？"

"狼甸子公社于家段的，叫耿日月。"他说完盯着地皮吃干粮，不再说话。

我想，他是怕我和他亲热起来要吃他的干粮吧？我用询问的眼光瞅其他四个学生，他们都明白了我的意思。躺在行李上的那个学生先开了口，说："我叫云人方，是红星公社三段的。"他指指刚刚争铺位那两个学生说："他们俩是先进公社王家段的，这个大个子叫云泽有，这个小个子叫孙有财。"

　　大个子即"熊人"的那个，小个子就是"被熊"的那个。云泽有说："他叫孙狗子，叫他孙子也行。"

　　孙有财说："反正我和你同辈，我是孙子你也是！"

　　云泽有忽然拧住了孙有财的耳朵，用着力问："你是小狗吧？是不是，说！"

　　孙有财龇牙咧嘴直"哎哟"，挺不过去了，说："是是是，我是小狗！"坐在桌子旁写东西那个学生"嘻嘻嘻"笑着。我便问他叫什么。他说："我叫郑人文，家是罕山林场的。"他说话尖声尖气的，像七八岁的孩子。我知道罕山林场在北边六百里处，是大兴安岭的一条支脉，他离家到这么远的地方念书，真是不容易。

　　我对郑人文写的东西起疑心，他是不是在写入团申请书？我装作若无其事地走到窗前往外看，外面是扛着行李或空着手奔跑的学生，这又诱发了我对即将开始的学生生活不可名状的担忧。我最为担忧的还是入团，入不上团，毕业回家什么事由也熬不上。我转回身，面朝门口看自己的行李那边，瞟了一眼郑人文放在桌子上的纸，不巧和郑人文的眼光碰上了，我脸立刻热了，就像偷鸡贼被人当场捉住。

　　郑人文说："写份入团申请书。"

　　我心跳起来，原来还有比我下手早的。云人方枕着行李说："都动手了？真快呀！"

　　云泽有说："不忙，你们先入，入完咱们再入。"

　　孙有财说："还不知道你，早晨来了最先交给老师申请的！"

　　云泽有说："胡说，那是别人让我捎的请假条。"

　　我已无闲心听他们穷争，我想，我也得马上动手。写申请让别人看着不好,不如先表现一下自己,给老师一个好印象。干什么呢? 只有去教室扫地、擦桌子,对,就这么干!

我出了宿舍急匆匆往教室走。

学校院子已经冷清多了,小驴车减少了,来往的学生也少了。这个中学在镇北的高坡上,站在院里就可以看见南边小镇的全貌,一片房屋躲在烟雾里面,北边的枣山就像从身边拔地而起,直向南边逼来似的,看着眼晕,十二里段就在山的西北边,也不知道家里人都在忙什么,我要为了他们早日入团,入不了团,回到村子就啥也不是。

教室在院子的东边,前后共四排房子,四班在最后一排房子的第二个教室。我走到教室门口,听见教室里有说话声,而且都是女生。我奇怪,这些女生这么早来干什么。我悄悄地探头往屋里看,见教室后边围着五六个女同学在说话,从穿戴上看是镇子里的,我犹豫了,有人在场,做好事好意思吗。现在都兴无名英雄,当着别人的面干好事不等于毛主席批评的那种人:做了一点儿事就觉得了不起,喜欢自吹,生怕别人不知道。可是,这学校走到哪儿都是人,不当着别人的面干事怕是永远也干不成什么事。管他呢,做好事又不是偷鸡摸狗,用不着前怕狼后怕虎。

我迈着大步,装作很大方地跨进教室。女学生听见脚步声,停止了说话,都转过脸来看我,我在众人新奇的目光的扫视下很不自在,心也跳了起来。说实在的,在村里还没有一个姑娘敢这么大胆地看我,这一次几个姑娘同时看,我都不知道该干什么了。

我为了遮羞,装作在桌箱里找什么,弯着腰一个挨着一个桌箱看。桌箱都是空的,我的架势和神态似乎在向她们说:我这文具盒或书或本或画册或钢笔什么的放在了哪一个桌箱了。她们终于对我失去了兴趣,又都转回头去叽叽喳喳的像家雀打架。

我见女学生们不注意我了,大脑从迷糊中清醒过来,直起腰巡视屋子有什么事可做,桌椅都摆得很整齐,窗户玻璃也擦得干干净净,地已经扫了。我见没什么便宜可让我捡,愤愤起来,这一切准是这帮臊妮子干的，你们都生长在有钱、父母有工作的家庭，何苦跟我们这些一身土气的后生们抢营生呢？我这么想着，再也没有什么顾忌了。郑人文在宿舍写入团申请书，教室的好事又让这帮臊妮子抢了，我弄个干瞪眼，开始就这么不利，以后还有好果子吃？我不能缩头缩脑的，得大着胆子寻事干了。我理直气壮地跨上讲台扫视教室，决心找到点儿事干。

忽然，我脚下一陷，趔趄着扑下讲台，摔了个嘴啃泥，惊得那几个女学生转过脸来，看着我狼狈的样子，都开心地笑了，嘀嘀咕咕的好像在讥笑我。我恼恨地站起来，拍打干净身上的尘土，回头看讲台。原来这讲台是用两层砖砌的，外表是用泥抹的，我无意地把讲台角上的两块砖踩了下来。我脑袋"嗡"一声，好事没干倒干了一件坏事。看看女同学，她们似乎没太注意这件事。我怕进来人看见，忙把砖摆了上去，可是，抹砖的泥掉了，摆上去的砖只要有人稍一碰就会掉下来，学生一上课人来人往的，讲台岂不越坏越大。如果有人追问起讲台是谁最先踩坏的，那我入团还有指望？唯一的办法是赶紧补救。补救的办法只有一个，就是和泥把砖抹上，这是很简单的活儿。我在门后找到水桶，到教室前面的水房打了半桶水拎到教室后面，这儿的黄土黏，抹讲台正好。我这才想起没有铁锨，也没有泥抹子，没法和泥，也没法抹讲台，怎么办呢？附近又无处可找，干脆，用"五齿耙子"算了，在农村，这点儿小活儿不足挂齿。

我用手划拉一堆土，倒上水和泥，很快和好泥，我捧着泥到教室抹讲台。正干得来劲，门外进来一个四十多岁的男子，他看看我抹的讲台，又看看女同学，一言没发走了。我猜他是老师，我担心他知道讲台是我踩坏的。我一连捧了几趟，虽然不及泥抹子抹的光滑，但也将就抹平了。我舒了一口气，转过身去，教室早空了，女同学们不知道什么时候走掉的。

我到水房洗了手，刷了水桶，走出教室时，天已经黑了。我走在寂静的校园里，望着镇子里的点点灯光。这时候家里人已经吃过晚饭，母亲正坐在灯下缝衣裳，哥哥因为累或许已经睡了。我不知道自己是做了一件好事还是没做，心里像干完一天的活儿那样踏实，但也有几分空荡荡的，入团并不是干这么一件事就能入上的呀，谁知道以后还会发生什么事情呢！

我带着空荡荡的肚子跨进宿舍，本想向同宿舍的人炫耀一下我的功绩，没想到正蹲在地上洗衣裳的郑人文幸灾乐祸地看着我，说："哎呀，你咋才回来？"

我预感到发生了对我不利的事，忙问："咋的啦？"

伏在炕沿上看书的耿日月猛地直起身子，气冲冲地问我："你上哪儿浪荡去了？"

这话真难听，我说："我在教室了，有什么事？"

郑人文得了便宜似的说："这个找呀，就是不见你的影儿！"

耿日月说："今天我值日，明天的饭没给你订，吃屎去吧！"

"订什么饭？"我奇怪。

坐在炕上和孙有财、云人方玩扑克的云泽有说："老师来过了，咱们宿舍开个会，轮流值日，值日的把每个人第二天吃多少饭写个数送到食堂。我们没找到你就没给你订。"

也就是说，我明天没饭吃。

耿日月说："不上课你上教室干啥去了？"

我说："讲台破了，我抹抹。"我说着脑子还想着明天吃饭的事。

众人大惊，云人方说："哎，我去过教室，也没看见讲台坏呀！"

耿日月说："你这家伙私心真大，偷着去干好事儿，也不告诉大家一声。"

郑人文也没了笑模样，说："你偷着下口呢，要整咱就整整！"他用劲搓起衣裳来。

我意外，我干什么是我的自由，又没碍着你们。我想发怒，可又一想，也合乎情理，就压了火气。

六

我上炕展开被子脱衣裳睡觉，早睡早起是我在家养成的习惯，我的乡亲们也都是如此。

躺下我很快就迷迷糊糊睡了，家乡的一切进入我脑海里，我有滋有味地回忆起家里的一切。

太阳懒洋洋地蹭着山脑袋，顺着西山的脊梁滑下去，告别了洒了一天热量的山洼。山洼里二三十孔窗户射出了昏黄的灯光。

妈妈在院子里圈了鸡，插上外屋门，爬上炕，手脚都伸进铺在炕上的被窝里。父亲坐在炕里，勾着头吸烟。妈妈央求爸爸："你再上街里赶集，给我捎回一双毡疙瘩吧，早晨做饭太冻脚了。"

父亲身子动了动，依旧低着头坐着，他整天蔫声蔫气的，尽管妈妈念叨一年毡疙瘩了，爸爸还是没给妈妈买。

我们家的房子和村里人家的房子一样，是三间土房，冬天屋子里生不起炉子。在这大兴安岭的山下，不出产煤，就靠上山捡牛马粪晒干了当柴火，再就是庄稼地的破烂秧棵，一年里烧柴总是供不上趟。冬天屋子里取暖就靠烧炕，村里人都说，炕热屋子暖，其实炕烧得再热，我也没觉得屋子暖过。

三哥掖刚铺好的被子边，弄严被子缝儿，他怕被窝进冷风，一会儿睡觉被窝里凉。我趴在被子上，这样压着被子，一会儿就能把被窝儿焐热，脱了衣裳往被窝里一钻才暖和呢。妈妈朝我嚷道："别压，多费被子。"

我起身坐到炕上，看着被子，总想趴到被子上去。妈妈问我和三哥："烧炕了吗？看看去，别让火着起来。"

为了晚上睡觉炕热，又不浪费柴火，每天晚上都把碎柴火填到灶火里，只能让碎柴火冒烟，不能起火苗，起火苗柴火着得快，没有柴火就得老往灶火里添，灶火里没有火了，后半夜炕就凉了。为了防止起火苗，每天晚上都有一个人看着灶火，一起火苗就铲灰往火上压。外屋太冷,蹲在灶火坑前守着活受罪,谁也不愿意干,为了这事我和三哥老吵嘴。后来我和三哥说定轮流,一人一晚上,谁也别找奸。我说三哥:"该你了!"

三哥瞪起眼睛看着我说:"昨天晚上是我。"

我说:"昨天晚上羊没回来,你去找,我守着了。"

"别犟,大柱去。"妈妈招呼三哥。妈妈眼睛才亮呢,我在灶火坑前蹲一晚上她看见了。哥哥白我一眼,下地拉开门去了外屋。妈妈朝着外屋大声嘱咐说:"锅里添点儿水,别把锅烤坏了。"

外屋响起铲灰声和往锅里添水的声音。

屋里亮着灯妈妈怕费电,坐一小会儿,估计不会有村邻来串门了,妈妈就催我们睡觉,说:"早点儿睡,明天早点儿起来干活儿。"

三哥抱着膀钻进屋来,蹦上炕,我抢先脱光衣裳,钻进被窝,哈,真凉,炕席溜滑。我裹紧被子。哥哥脱了棉袄搭在被子上,我看见他把棉袄往我棉袄底下塞,棉袄压在底下早晨穿着热乎,谁不知道咋的,我抢先脱衣裳就是想把棉袄放在他棉袄下边。我"呼"地坐起来,把他的棉袄扯出去,嚷道:"你咋那么奸呢。"

三哥憨笑着说:"一人在底下一晚上,昨天晚上你的棉袄在底下来着。"

我不服,说:"可不的,谁先脱衣裳谁的在底下。"

他硬把棉袄往我棉袄底下塞,我不让,我俩撕扯着。我才不信那个事儿呢,想熊人,没门儿。妈妈调解说:"别争,个人放个人的,谁也别压着谁的。"

三哥把棉袄放在旁边,袄袖子塞进我棉袄的袖子底下,我扯出来,往旁边一推。耍啥心眼子!

我和三哥盖一床被子,睡觉的时候,他扯我也扯,为了谁占得多或少,固然要比量一阵子。我俩脸对脸还挺暖和,一翻身就不行了,背对着背,风儿顺着脊梁吹进被窝,一冷冷到屁股沟。

父亲最富,铺一张羊皮毡子,顺炕檐上方拉一条绳,挡住从门缝钻进来的风，真享福。妈妈看看我们，得意地说："你们贪着好时候了，还不知足，我在你们这么大的时候，一家子人盖一床被子，那时候咱们村顶数王德树家富，被服垛得顶房梁。"

啧啧，真馋人，我们家是没有那么多。

早晨最难熬。母亲在外屋拉风箱的"呱达呱达"声把我们唤醒，我们裹着被子，缩着脑袋，懒地起来。妈妈做熟了饭，把一盆冒着热气的洗脸水放在地上，我们就赶紧把被子上的棉袄扯进被窝焐热，穿上就跳下地抢着先洗。冬天到后街的大口井挑水不容易，就得省着使水，全家人就这一盆热的洗脸水，后洗的人水脏也凉。挽挽袖子，弯着腰在脸盆里捧起水在脸上忙乎几把，扯下搭杆上的手巾胡乱抹几下，有那么回事就行了。然后，我们按分工各干各的活儿。哥哥挎着筐村里村外地捡粪。我的活自在，把我们家两只绵羊往十字街一赶，然后往家跑，冷不到哪儿去。

太阳要出山时，正是狗龇牙的时候，真冷。我轰赶着羊往十字街口跑，十字街口已经有了三四只羊，羊倌穿着白茬羊皮袄缩着脑袋，抱着膀儿守着羊群。我感到裤筒、袖口往身上钻风，鞋底特别薄，一跺脚，震得脚底板子麻酥酥地疼。我把羊送到十字街，返身往回跑。

光光的大街冻得裂开了缝子，肃立的树枝上挂着霜，家家烟囱上升绕着乳白色的烟，我感到浑身凉透了，冷得要命，擤一下鼻涕，还没落地就成了冰蛋。三哥挎着筐在街上捡粪，冻得脸红紫红紫的，光着头，抄抄手，又捂捂耳朵，跺跺脚。我们俩只有我戴的这一顶狗皮帽子，帽子耳朵的狗皮是爸爸在集上买回来的，爸爸说没有卖黑狗皮的，只好买了这白狗皮。帽子做好后，妈妈说三哥净干外面的活儿，给三哥戴。三哥嫌白狗皮不好看，不戴，我捡了落儿。要到家门口了，我摘下帽子递给哥哥，说："给。"

三哥摇摇头，他为妈妈没给他缝个黑狗皮帽子而生气。

我忽然指着三哥的鼻子说："你鼻子。"没等三哥反应过来，一条线似的鼻涕滴在三哥前衣襟儿上。三哥抹一把鼻涕，甩在地上。

我瑟瑟着跑回家,外屋门口往外涌着热气,妈妈在外屋的热气里钻来钻去。我进屋时,瞥见母亲端盆的手裂着血口子。妈妈哈着手,跺着脚。我闯进屋,脱了鞋,爬上炕,站在炕头上,炕挺热。望望窗户,阳光爬上了窗棂。

三哥回来了,他进屋,也爬上炕,抄着手活动着脚。我发现哥哥耳朵发白,赶紧问他:"你耳朵咋的啦?"

他只顾跺着脚,没在意。一会儿,三哥说耳朵疼,让我看看耳朵怎么啦。我一看,呀,三哥的两个耳朵红肿,还在往厚了长。他忙下地照镜子,然后用手捂着,哼哼唧唧说疼,工夫不大,他在地上转悠起来,疼得掉泪了。妈妈慌忙进来,扒开哥哥的手看看耳朵,吓一跳,忙从缸空儿找出那半截猪骨头。我们经常用猪骨头里的油抹手或脚上的冻口子。母亲用斧头砸开骨头,用火柴棍儿挖骨头里的油往三哥耳朵上抹,告诉哥哥,不要用手摸,那会把油摸掉,然后,妈妈又挖了油往她自己手上的血口子上抹。

在我们村,大人孩子都穿戴女人缝制的衣裳,谁家也不肯浪费钱去集镇上买。从小养成了习惯,我不好意思穿着新衣裳走出家门,倘若穿了,围上一群孩子,就又摸又看,还有取笑的眼光射在身上,比针刺还难受。母亲一给我做新衣裳,我就偷着抹上泥或灰,然后洗净,弄旧了许多,再往外穿。母亲不知道怎么回事,就责怪我说:"咋又到土里玩儿?节省着点儿穿,一年省下一身衣裳不是啥。"

母亲是会过日子的,她结婚二十多年了,从辽宁省朝阳老家带来的一床绿花被子仍是完好无损,只是旧了些。

那一天,村里传出消息,说供销社来了减价的绿布帽子。村里有的孩子戴上了,走在街上洋洋得意,真好看。妈妈也动了心,打开柜子,拿出一个布包,数了数钱,琢磨了半天,叫来分开过的后院大哥,带我们小哥俩去供销社买帽子。我乐得不行,这可是我平生第一次戴柜台上买的鲜货。

在供销社的柜台前,众目睽睽之下,大哥跟卖货员要了一顶帽子,给我们哥俩试,不是大就是小,最后有合适的,我心中一喜,大哥却叹一口气,把帽子还给了卖货员,拉着我们俩走出了供销社。到了街上,我问大哥:"咋不买?"

大哥沉着脸,很不高兴地说:"只有一元五毛钱,买两顶不够。"

可惜!回到家,母亲坐在炕上听大哥说完,想了老大一会儿,对大哥说:"你买二尺蓝布,我给他们俩一人缝一顶帽子。"

大哥到供销社把布买回来后,妈妈忙了两三天,手被扎了四五次,帽子也没缝出来,妈妈说这玩意儿比啥衣裳都难缝。她叫我把邻居家的帽子借来,当作样子。我借来了换饱的帽子,换饱守在妈妈身边,恐怕给他弄坏了。妈妈忙了一天,终于把帽子缝出来了,我往头上一戴,太深,帽子檐儿直压到眼眉。换饱说我特别像电影上的日本鬼子,我一出现在街上,孩子们老远就喊:"小鬼子,小鬼子!"

我骂他们,当然也抱怨妈妈缝得帽子不好。三哥嫌不好看,没戴,他那顶一直挂在墙撅上。他比我大,有了自尊心,依旧光着头,不戴帽子。

我们常年跑跑颠颠地干活儿,脚冻得净成了口子。妈妈下了狠心,给哥哥和我一人买了一双线袜子,那袜子真棒,往脚上一穿,袜子桩儿快到膝盖了,妈妈怕我们穿得费,就在袜子底缝了两层布,穿上袜子再穿鞋很挤脚。我央求妈妈做一双大点儿的鞋,妈妈训我:"鞋一大脚就长,脚大多费东西,还是挤着点儿吧!"后来我的脚让鞋挤得往一块并,脚趾头像泥抹子头一样窄。

妈妈看我们的袖口坏了,露出了棉花,不想办法不行了,就把袜子桩儿剪下一截,缝在袖口上,好看,还防止了掉棉花。

袜子加底倒是暖和,就是洗了不好干,晚上我把袜子洗了,早晨一摸还没干。三哥正在炕上往腰上扎麻绳,我就偷偷把三哥压在被子底下的袜子拽出来,穿上去撒羊。哥哥捡粪回来,脚冻出几道口子,一着地就疼,哥哥抱怨我,还哭。妈妈看了看三哥的脚,叹一口气。吃饭时,妈妈坐半天没动筷子,然后下地从柜里找出三元钱,给了哥哥,让他去供销社买双棉鞋。

那天三哥太阳落山了才到家，一身尘土，嘴唇干裂，脸发黄，看样子又累又饿。他把妈妈在锅里留给他的饭菜端到锅台上全吃了。妈妈问他买鞋没有，他说没有三元钱以下的棉鞋，供销社、集镇他都去了。妈妈盘算一下，还要买盐、火柴、猪崽，没有剩余的钱了，只好把钱要了回去。全家人沉默。

那天后院的大哥正好过来，听了三哥买鞋的事，说供销社有卖军队穿过的减价大头鞋，一家人都说那鞋也不错。哥哥去了一趟供销社，拎回来一双大头鞋。我们家第一次拥有这么昂贵的鞋，全家人围着看稀罕。大头鞋磨损得破了几处，很脏，三哥穿上，全家人都说好看。妈妈高兴得直抹眼睛，妈妈眼睛有毛病，一见风就流泪，妈妈说她眼窝子浅，好流泪。三哥这双大头鞋穿着特别节省，从外面干活回来，立即脱掉，穿上那双后跟儿开线的破布鞋，把那双大头鞋擦净，放在屋墙根儿。那一天三哥出去没穿大头鞋，不知道是忘了还是舍不得穿，我馋得慌，穿上试了试，是暖和，就像脚伸进被窝里。

我穿上大头鞋，又穿上姐姐的旧衣裳，戴上我那帽子，美滋滋地走出家门。孩子们看见就围过来，摸我的趟子荣裆子，品评我的大头鞋。我表面上装作没什么，心里很得意。一个孩子问我："柱子，你这大头鞋贵吗？"

我看看鞋，说："贵，两元多钱呢。"

他们抄着手，啧啧赞叹。另一个孩子说："柱子这鞋比来喜那鞋强，那鞋不经穿。"

孩子们的眼光移到来喜脚下。我一看，来喜穿了一双买的棉鞋，底子是胶皮的，面是黑帆布的，形状像个绵鱼嘴，帆布上渗出一块汗渍。来喜低着头看着他自己的鞋说："我这鞋可暖和呢，你看这汗，自己出来，不在鞋里面存。"

一个孩子说："吹，脱下来看看里面有没有汗。"

来喜真就脱下来，光着脚丫单脚独立。我们扒着鞋往里面看，鞋里面垫的是苞米皮,湿得像个水窝窝。说"吹"那孩子讥讽地问:"这是啥? 还没汗,这是猫尿?"

来喜嘟着嘴,虽然不服气,但也说不出啥。

三哥再穿大头鞋,不是哪只脚穿哪只脚的鞋,而是左右脚换着穿。妈妈看见了,不解地问:"怎么错着脚穿?"

三哥脸红了,嘀咕着说:"老一面穿前面都快顶开了。"

哦,三哥怕是老一面穿费鞋,他更会算计,不过,他这么一换着穿,看着别扭,走起路来也不好看。

那一天三哥在院子里垫着石头用钉子砸鞋,我过去看看,原来鞋底断了,细一看,是旧印儿,这鞋买来时就是坏的,不几天,鞋底断利索了,不能再穿了,全家人叹息,只有妈妈抱怨三哥买鞋时不挑挑。

爸爸净干重体力劳动,穿鞋费,妈妈做鞋供不上爸爸穿,给爸爸买了一双胶鞋。这鞋是真家伙,棒得狠,鞋底一按软乎乎的,大哥过来看了后说是海绵;面儿鲜黄鲜黄,穿个十年八年的准没事儿。爸爸走路我就偷着瞄,真眼热,我也下决心要买一双这样的鞋,钱嘛,好说,没啥事我就捡麻绳头到供销社卖。那天我们孩子去小队院子捡麻绳头,回来看见串村而过的路上走着一个穿翻毛皮鞋的军人,我们站住,傻头呆脑地看,那军人走远了,来喜叨咕:"那家伙的鞋真阔。"

三哥猜着说:"他是个班长。"

来喜反对说:"去你的,准是排长。"

我不同意,说:"排长有资格穿? 最低也得是个团长。"

我们没争出个高低,因为我们村自古以来就没有过在外面当军官的人,后来我想那个官儿也许是个军长或许是司令呢,我一辈子也穿不上那样的鞋。

秋天,活计忙,活儿也重,我们全家人出动。这时节拼一天,可以挣十工分,平时都是九分、八分的,累点儿也合适。哥哥码谷子费前衣襟儿,妈妈找出一块破羊皮,缝上两根绳,扎在哥哥腰上,像个围裙。姐姐每天收工回来都一身汗水一身土,褂子有几处挂破了。妈妈说:"干吧,多挣工分,下来秋分红,一人给你们买一身新衣裳。"

我们一家人一心拼命,都盼着秋后分红,那时候有了钱,可以买好多穿的。

天冷了,冬天到了,终于盼到分红了,前一天晚上,我们全家兴奋得脸都红了,谁也没觉。妈妈喜洋洋地叫我们各自把工分本拿出来,大哥也被请过来,掌管算盘,一家人围在灯下核计挣了多少工分。算一遍,不对,又算一遍,还是不对,一直算到半夜,个个乏劲儿上来了,哈欠连着哈欠。

分红是三哥去的,一家人在屋子里等待。三哥回来了,全家人都看着三哥。我心跳得特别厉害。妈妈盯着哥哥的脸,满怀期待地问:"多少钱?"

三哥站在炕前,伸开手掌,把攥得汗湿的钱递给妈妈。我们凑上去看,是五元一角五分。不多,但也不少了,我们家一年还没有过一次进这么多钱的时候。

妈妈有些失望地看着哥哥问:"没算错吧?"

三哥说:"没有,扣去吃菜钱、口粮钱,就这么多。"

妈妈想了想,问勾着头坐在炕头上的父亲:"买啥呢?"

父亲不作声。母亲摆弄着钱,叹一口气,想了一会儿,说:"给大柱买双鞋吧,忙一年了。"

大哥坐在凳子上抽烟,说:"给桂花买个头巾吧,那老大了。"

姐姐坐在炕上补褂子,埋着头说:"我那头巾也没坏,给爸爸买顶帽子吧,他那顶帽子破顶了。"

爸爸动了动身子,很生气地说母亲:"你不是要毡疙瘩吗?快买吧!"

母亲摸着钱叹一口气,默默地把钱揣进衣兜。全家人不再说话,大哥站起来回后院他的家了。全家人铺被子睡觉,可是,谁也睡不着,都在盘算这钱该买点儿什么。我盘算,这钱该给我买件褂子,或者是给我买一条黄色裤子,就是在村头路上看到那个军人穿的那样的,至少该给我买一挂鞭炮，留着过年放。

……

同学们一阵吵嚷，把我拉回到现实，同学们还没睡，屋子里亮着灯，又有动静，我睡不着。

七

在家睡觉院子是静的，屋里什么动静也没有。住学校的宿舍我不习惯，走廊里响着脚步声，同宿舍的同学干什么的都有，灯光很亮，我虽然闭着眼睛，饿得昏昏沉沉的，却睡不着。我想吃点儿炒面，又怕同宿舍的人眼馋，他们要吃的话我能不让吗！

忽然，云泽有和孙有财因为扑克吵起来，并且动手抢起牌来，看书的耿日月忽然抬起头来，吼道："不愿意玩儿滚蛋！"

云人方摔了扑克，说："算了，不玩儿了，该睡觉了，明天还得上课呢！"

孙有财扔了扑克，急赤白脸地说："那么赖，不叫玩意儿。"

云泽有边收拾扑克边不以为然地说："赖你也没治，气你！"

三个人脱了衣裳钻进了被窝。郑人文晾完衣裳，也钻进了被窝。耿日月也打了哈欠，在书中间折了一页，上炕睡觉。他先拉灭了电灯，然后慢慢地脱衣裳。

屋子很快安静了。我肚子太空，仰面躺着好像肚皮贴到了脊梁骨，想躲在被窝里偷吃干粮，又怕屋子这么静，让睡在旁边的人听见了，等别人睡着了我再吃吧！

走廊不时地响起脚步声，很快郑人文也翻身。我想，他们也像我一样想家吧！孙有财出了一口长气，悄声问："哎，你想家吧？"

云泽有没好气地说："家有啥好想的！"

孙有财说："我老想家，睡不着。"

耿日月忽然提高嗓门，说："想家上外边想去，别叨叨的影响别人睡觉。"

孙有财也似乎来了气，说："又没和你说。偏说！"他索性大声和云泽有说起话来："你说我现在想啥呢，我想起我们考试那会儿。我爸和我妈本不想让我升中学了，可是，小队缺个会计，不要小学毕业的，非要中学毕业的，村里找不到，就让老会计先代着，我爸妈想让我毕业接那小队会计的工作，我倒不想当会计，我怕下庄稼地太受累，想多念几天书，将来找个好事由。"

云泽有用不以为然的口气说："小队会计有啥，不如当兵去，好好干，当军官，那多神气！"

"那么容易！"孙有财叹一口气，信心不足地说。

"还是你完蛋！"云泽有说。

两个人不再说话，月光透过窗户无声地洒到被子上，我饿的有点儿忍受不了，怎么也睡不着。我坐起来，想找点儿事干，忽然觉得有了尿，这才想起如果起夜咋办，厕所在这栋宿舍房子的西边，有一百多米，黑天跑这么远也不是容易的事，如果在这屋子里方便就好了。

郑人文忽然翻了个身，问："黑天起夜咋办？"

云人方问："什么叫起夜？"

郑人文说："就是有了尿！"

云人方舒了一口气说："不知道，反正我没那个习惯。"

我觉得我的尿有点儿急了，老远的厕所跑一趟可够呛。我趁势说："黑天有了尿往这屋尿就行！"

"敢！"耿日月大吼一声，"谁那么干割谁鸡巴！"

我一听，完了，只好躺下往被窝里缩缩，大气也不敢出。

郑人文说："我来尿了，咋整？"

"上厕所！"耿日月说。

郑人文坐起来，我影影绰绰地看见他望望窗外，犹豫着，他说："天这么黑，出去害怕。"

"憋着！"耿日月说。

孙有财幸灾乐祸地说："上厕所没事，男女厕所分着。你和女生尿不到一个坑去！"

云泽有说："又没狼，还怕咬掉鸡巴！"

郑人文坐了一会儿，终于躺下去说："憋一宿！"

耿日月说："别尿炕呀，冲了我跟你算账！"

躺一会儿，我有点儿挺不住了，想出去，肚子太空，心想，就着这个机会，何不吃个干粮。我轻手轻脚地到靠墙的布袋里摸出个干粮，然后坐起来，披上棉袄。挨着我的云人方问："你不睡觉鼓捣什么？"

我说："我出去一趟。"

耿日月说："哦，我明白了，你刚才说有尿往炉坑撒，原来你先就有尿了！"

我让别人揭了短，脸上很热。

我弓着身子，抱着膀子，顺着静悄悄的走廊出了西门。校园很黑、很静，天上的群星眨着眼睛，北边的查布干杆山隐去了巨大的身影，南边的小镇上还闪烁着几点灯火。厕所在西边几十米处，我迈着碎步往前跑了一段路，听听四周没有动静，蹲下放肆地撒起尿来，同时，大口大口地吃起玉米面干粮。这干粮真好吃，在家母亲是舍不得贴这种纯玉米面干粮的，都是掺上糠或菜叶子。给我带这种纯玉米面干粮一个是为了门面上好看，另一个是怕我饿坏了。

尿撒完了，干粮也吞下去了，我吧嗒吧嗒嘴，香味犹存。该放的放出去了，该进账的进账了，心里很满足，站起来想回宿舍，忽然听见后面不远处有动静，转过身去贴近地皮往西看，隐隐见十几米处有两个女生蹲着，正在嘀咕什么，可能是先于我来的，见我来了才平心静气地盯着我。我撒尿吃干粮想必她们都看见了。我心里骂一句，不知道是骂自己，还是恨这两个女生该死。我披着衣裳，哆哆嗦嗦地往宿舍跑。

我钻进被窝，半天暖不过来，上下牙一个劲儿地磕，稍稍镇静后，才觉得肚子那点儿食太少，根本没有消除饥饿感，特别是又放出去一股水。

别人都没了睡意，翻身的，叹气的，不用看也知道都在抓耳挠腮。

郑人文说:"怎么这么饿呀,谁有吃的? 借点儿!"

没人作声,我知道,人人都有,都舍不得。

我心里不踏实,是不是刚才我拿干粮有人听出来了,在我离开屋子时他们议论了? 再就是我不在屋时他们翻了我的袋子? 我要是不吱声不合适,我说:"我这儿有炒面!"

郑人文说:"那可好,吃点儿!"

灯亮了,郑人文馋猫似的穿着裤衩下地,我拿起炒面袋子递过去。郑人文拿过去袋子,就像揪了我的心一把。这可是母亲下了大决心给我带的,就这么送人吃,我又心疼又不好拒绝别人。

郑人文把袋子拎到地上他的箱子上,解开袋口,拿起他的碗到袋子里面舀出尖尖一碗炒面,我看了差点儿吓晕过去,这家伙心太狠了,这么敢下手! 那一碗够我吃一天的,我操他祖宗!

"我也吃点儿!"云泽有忽然坐起来说。

其余三个人也跟着坐起来,说着"吃点儿",光着身子下地寻碗舀炒面。

几个人干吃几口,都觉得太噎,又相互指责太贪。耿日月说郑人文:"没水咋吃,你叫我干爷(噎)呀?"

"真的!"几个人都面面相觑。耿日月说郑人文:"别人出炒面,你去水房打水!"

"我害怕!"郑人文说。

"咱俩去!"云泽有说。他穿一件红秋衣,一条白布缝的衬裤,拎起了水桶。

郑人文说:"我穿上衣裳!"

云泽有说:"都快半夜了,穿衣裳干啥,外边没人,快去快回。"

郑人文穿着红布裤衩,披着棉袄跟着云泽有出去了。

老大一会儿,不见两个人回来,三个人有点儿等不及,说要出去看看。这时云泽有拎着一桶热水笑着撞进屋来,郑人文骂着也跟进来,爬上炕钻进被窝说是暖和暖和,好像他们两个发生了什么事。

云泽有站在地上喘着气说出了事情的原委。

水房在宿舍房子的前面,宿舍共有四排房子,我们所在的这排是第四排。第一排是女生宿舍。两个人走到第一排房子东边,拐过房角就到水房了。两个人拐过房角,看见两个女生去水房打水。郑人文没穿衣裳,便站下了,云泽有穿着内衣内裤,加之水房有灯照的通亮,他不怕,叫郑人文走,郑人文犹豫,云泽有说:"你在房东这儿等着,我去打水,咱们一起回去!"

郑人文站在房东等,云泽有去打水,云泽有到水房后,故意不打水,在那儿磨蹭,那两个女学生打了水,出了水房回宿舍,郑人文看得很清楚。等了一会儿不见云泽有出来,他想去叫,又怕有女学生出来打水,只好等着,渐渐冻得哆嗦起来。这时,查宿舍的老师去女生宿舍,走到房东发现有人,并且探头探脑朝女生宿舍望,那老师用手电照着他,有些吃惊地问:"你在这儿干什么?"

郑人文在手电光的照射下蹲下了,用棉袄遮住身子,说:"我和同学来打水,在等他!"

老师用不信任的眼光盯着他下身,郑人文有几分害怕,不管怎么说,这是女生宿舍的地界呀!

"你别走!"老师朝水房走去。

郑人文害怕了。老师一准去问云泽有了,要是云泽有否认,那事情就闹大了。他这么一想,吓得心慌,下边一放松,"哗哗"地流起尿来。

很快,老师和云泽有来了,云泽有趔趄地拎着水桶,老师来到郑人文面前,说:"再来打水穿上衣裳,别再躲在这儿!"

云泽有和郑人文走了好远,见老师还用手电照郑人文那泡尿。

郑人文边骂云泽有不够哥们,边钻出被窝和几个人泡炒面吃。我一看这几个人肆无忌惮地抢着吃,心像刀绞一样难受,这是我都舍不得吃的呀!我心一狠,一不做二不休,干脆都吃了它得了。我穿衣下地,气冲冲地把剩下的炒面都倒进碗里泡上水猛吃,郑人文惊呼:"看那家伙,一口半碗,你们家真富!"

操你祖宗的，都是你引的头！大伙咬了我，我独恨郑人文。

后半夜我睡得很实，正睡得香，被嘈杂声和吵嚷声惊醒。我睁开眼睛，同学们都忙忙地穿衣裳，走廊里响着管宿舍老师的嚷叫声："快点儿，快点儿，上操去！"

我很快穿好衣裳，下地穿鞋，管住宿的老师走进来，说："把行李卷起来，把毡子和褥子铺开，保持室内整洁！"我们几个人爬上炕，我没有褥子，铺开毡子退下炕。管住宿的老师忽然指着云人方我们两个人的毡子说："这两个是谁的？褥子也展开！"

学生们把眼光都集中到我们两个毡子上，我说："我没褥子！"

老师不相信，叫我们两个上炕将被子展开，见确实没褥子，就说："卷起被子，上操去！"

我脸很热，幸亏还有云人方做伴儿。

下了操回到宿舍，值勤的学生来宿舍通知，说检查宿舍物品行李摆放情况，有几个屋不合格，其中也有我们屋，说是我们屋有的褥子展着，有的没展着。

耿日月火了说："谁的褥子没展着？我找值勤的说理去！"说着冲出屋。一会儿，跟着耿日月进来一个拿小本子的高年级学生，耿日月指着炕问："哪一个没展褥子？"

那个学生说："还用我说，看不见吗！"

耿日月说："那两个没褥子！"

我和云人方脸红一阵白一阵，很不好意思。云泽有说："整不起褥子嘛，你要想检查方便，你给整一条！"

那学生一甩袖子走了，很快走廊传来话：各宿舍展开毡子即可，今天宿舍检查的成绩取消。

郑人文站在我铺前看了一会儿，问："你没褥子咋睡？"

我说，被子往回一折不就当褥子了。郑人文待一会儿，摇摇头，回到他铺前不明不白地说一句："我操，真是！"

第一次集中到教室，只是老师学生相互认识，老师叫彭子干，是我抹讲台时进屋看看又走了的那个老师,四十多岁,眼睛不太亮,说话慢声慢语的,一副老实持重的神态。他介绍完自己,又点了一遍学生名,然后他说:"咱们一开学就出现了好现象和坏现象,有几个女同学擦了教室的桌子和窗户玻璃,这里提出表扬,还有一名男生把坏了的讲台抹了,这里也提出表扬,希望同学们向他们学习!"

学生们叽叽喳喳议论起来,我又高兴又不好意思。老师接着说:"提出批评的是,据后勤老师反映,咱们班有个男生黑天半夜去女生宿舍墙下撒尿,这是流氓行为,如果再犯,将给予处分!"

学生们"嗡嗡"地议论,相互打听是谁,我见坐在前面的郑人文埋着头,木头一样呆坐着。老师接着说:"刚入学,有可能用的东西准备不全,近日可请假回家,以后就不要再请假了!"然后老师宣布:"今天不上课,打扫宿舍卫生!"

回到宿舍,个个都闷声不语,郑人文从兜里掏出一页纸揉成一团扔进炉子,我看见像是入团申请书。郑人文爬上炕蒙起被子。云泽有叉着腰在地上来回走,不停地说:"我不怕,我不怕!"

云人方嫉妒地看看我说:"行了,你行了!"

耿日月说了一句:"拉拉谷撵汽车,假积极!"用笤帚用力地扫毡子。

孙有才边摆放搭在绳上的毛巾,边说:"咱们也得长点儿心眼了,人家背后下口,咱们也别傻咧咧明着整!"

我的心情也许比郑人文还难受,可无论如何我是受表扬了,我得干下去,给老师留个好印象。

我的干粮一天就吃光了,本来就带了四个,昨天夜里吃了一个,今天一天吃了三个还饿得慌,在食堂订饭吃不饱,只好跟老师请假回家拿吃的。

第二天,我又走在了来的路上,望着狼甸子,望着高耸的枣山,心情像天空一样空空荡荡,我的希望、前途都在这狼甸子上,我要有个好的前程。我回家的心情很急切,脚步欢快起来。

八

我身子拽着大腿走回了村子,街上小冷风刮着,不见一个人影儿,路过邢娘们儿家大门口时,见她家的院子死气沉沉,门窗紧闭,八成邢娘们儿正守着炕上的火盆取暖呢。

我走进家,屋里只有母亲一个人,她正守着火盆缝衣裳,看见我,惊喜道:"哟,我老小子回来啦!"

我看看屋子,虽然没什么变化,但对于没出过远门的我,看着很亲切,这终究是我落生长大的屋子呀。母亲问:"放假了?"

我惦记着哥哥的事,又不好直接问,就说:"回来拿点儿吃的。"

"那么多都吃完了?"母亲大惊。

我说没有,怕母亲追问,加上肚子饿,就到外屋碗架子上寻一碗剩玉米面粥吃了。母亲跟到了外屋,专注地看着我,我发觉母亲有点儿异样,心跳起来。我看着母亲,母亲眼睛放出了喜兴的光,像告诉我一件机密的事一样,凑近我说:"老赵婆儿去朱家了,朱家同意了!"

我惊喜的碗差点儿掉到地下。天呀,我要有嫂子了,并且和大队于书记多少能拉点儿关系。

我问母亲:"什么时候换盅?"

母亲说:"老朱头说要等出战勤的小熊哥回来再商量一下。"

我知道小熊哥在外牧场给队里放羊,村里人管这叫出战勤。我想,哥哥不会管妹子的事,这种事没啥问题了。

这时,三哥下工回来了,他一身尘土,脚穿一双白球鞋,很精神。大约三哥已经知道婚事快成的事了吧。我主动跟哥哥说话,他带搭不理的进了西屋,我跟进西屋,他又到了院子,我跟到院子,他蹲在院子里修理铁锹,原来的铁锹把断了,他换一根新的。我不明白三哥为什么不高兴,或许是不好意思吧!

吃晚饭的时候,我问母亲打算什么时候换盅。母亲看了三哥一眼,说:"看吧!"

三哥耷拉着眼皮说"小熊有病……"

我听三哥的口气，他好像不太愿意娶小熊。

母亲说："有病人家还不愿意呢，咱家有啥，就是老四上了高中，不的话当村能娶上媳妇？"

我听母亲的话，也觉得是理，就把学校的情况介绍一遍，特别细细说了我抹讲台和郑人文耍流氓的事，母亲为我的能耐而赞叹不已，夸我有心眼，是好小子，也为郑人文叹息，说："唉，他爹妈知道了得多伤心！"

母亲总是多愁善感。

晚饭后，我们围坐在炕上，守着火盆闲谈，肚子饱了，心满意足，又有喜事，心情欢快，我家的日子从来没有这样喜兴过，我甚至跟母亲商量起哥哥换盅时我请不请假，穿什么样的衣裳好。母亲说："你哥换盅你别穿好衣裳，你哥穿才对！"

我觉得也是，无话可说，我又向母亲、哥哥说起了学校的事，高中嘛，就是比小学、初中学校的院子大、教室多，学生都学习好，我当然也不差，将来回村准能弄个什么事由。正说的热乎，院子里有脚步声，我忙下地开门，老赵婆儿拿着长烟袋闪进来。她有点儿慌急，没容母亲下地，她已经进了里屋，坐在了炕上。母亲给老赵婆儿找烟、拿火、沏茶。老赵婆儿边往烟袋锅里装着旱烟边笑眯着眼，看着我说："四儿啥时候回来的？"

母亲说："也是刚到家，回来看看他哥的婚事咋样了。"

老赵婆儿不再说话，盘着腿坐着，叼着烟袋吸烟，哥哥、母亲和我都站在地上，等着老赵婆儿开口。想着将给我们家带来什么。母亲站在老赵婆儿面前，一个劲推着劝着老赵婆儿，说："往里点儿，炕里热乎！"

老赵婆儿似乎生气了，她说："大嫂子，你再这样我不管这事儿了，都是自家事，跑腿费心是应该的，你老把我当圣人供着，我真过意不去。来，嫂子，你也上炕！"

我一想也是，自从老赵婆儿第一次坐在我们家的炕上，我们全家就像圣人一样孝敬着她,连小脚的母亲也是在地上待候,端烟倒水,我觉得我们太下作了。母亲上炕坐在了老赵婆儿身边,笑望着老赵婆儿。老赵婆儿沉下了脸,耷拉着眼皮,看着炕席一口接一口地抽烟。她每次都是这样,故意表示城府深吧,只有这样才是办大事的人。

"我去过朱家了!"老赵婆儿不动声色地说。

"咋说?"母亲依旧笑望着老赵婆儿,她去过朱家我们都已猜到,我们想知道的是结果。

"老朱头说这门亲事不好做!"老赵婆儿吞吞吐吐地说,我们都呆住了,傻望着老赵婆儿。老赵婆儿有几分沮丧地说:"老朱义说喂羊羔子那事,看出你们不是人!"

我很惊讶,望望母亲,母亲像被雷击了一样呆呆地望着老赵婆儿。哥哥倚着柜站着,直直地盯着屋子的地,我们不会想到老朱头会提出这么一件事儿。喂羊羔子那事我清楚,去年秋天外牧场的羊开始产羔,队上派了父亲和老朱头去外牧场经管羊羔子,前些日子羊羔子量减少,队里决定留一个人喂羊羔子,因为老朱头儿子在外牧场放羊,就决定留老朱头。父亲被打发回来后,母亲一听就火了,家里本来就穷,冬天再不抓挠着挣点儿工分,日子还有法儿过吗?喂羊羔子这是多好的差事呀,在屋里干,不冷。母亲火气冲冲地找到队长,历数老朱头怎么懒、奸、馋,不但喂不好羊羔子,羊羔子食也都让他当口粮吃了,说父亲如何经营羊羔子拿手,要求让父亲去喂羊羔子。队长并不计较谁喂,反正一个人,就打发父亲去喂,捎信儿让老朱头回来。这是父亲送我走的前一天定下来的,父亲送完我就去了牧场。

老朱头憋了茄子,没想到现在气还没出。

母亲没了笑模样,为了撑起这个家的日子,她才去找队长的,说到底,她并不是有意要伤害老朱头,而是为了多挣点儿工分。母亲皱起了眉头,对老赵婆儿说:"这么着吧,这就叫他爸回来,让老朱头去喂羊羔子!"

老赵婆儿说:"我那么说了,他说工分不打紧,知道你们是啥人就中了。"

我万万没想到，我们家的人在老朱头的眼里是坏种，我一向认为我们一家人是很善良的呀！

母亲埋下头去，用手搓脑门子。她一着急就头疼，哥哥不言语地出了屋子，我的心情也阴冷起来，外面的小风还在刮着，窗户纸轻微地"哗啦哗啦"响着。

老赵婆儿安慰母亲，说："嫂子你别着急，你三儿子不矮不丑，好说媳妇。"

"都怪我！"母亲责备自己，"大柱媳妇就这么散了。"

老赵婆儿说："不能说散，我还有个主意，在你们四儿子身上想办法。"

母亲迷惑地看着老赵婆儿。老赵婆儿说："你们四儿子是咱们村的高中学生啊！"

母亲说："有啥用，咱家队里没人，毕业也是下庄稼地。"

老赵婆儿说："你们请于书记吃顿饭，就说四儿在学校老师宠，跟他说说四儿子毕业给他安排个事由，然后把大柱的婚事一提，让他去朱家说和说和。他和朱家是亲戚。"母亲看样子没信心，又没有别的办法，想了一下，她脸色好看一些了，说："四儿说，他在学校维护得挺好，老师真挺宠他的！"

我听母亲瞎吹，脸有些热，低下头。老赵婆儿笑眯眯说我："这小子有出息，在老师面前会来事儿，将来回村有事由，大婶也沾点儿光！"

我对将来的事由心里没底，高兴不起来。

老赵婆儿又和母亲唠叨了一阵子请于书记的细节，夸奖着我下地出门了。

九

第二天早晨我返回了学校。

我一进宿舍走廊，就听见我的屋有人吵架，别的屋的学生纷纷出来围在我的宿舍门口看，我走近门口，听出是云人方和郑人文在吵。我挤开人群踏进屋，见云人方站在地上，端着一碗高粱米，脸红脖子粗地嚷。郑人文也同样脸红脖子粗，见我进屋，郑人文像见到了救星，唾沫四溅地说："有人来了，让他说说，有炒面大家吃，人家没吭一声，像你，小气鬼！"

我不知道是怎么回事，又怕把事惹到自己身上，故意不理郑人文，将干粮袋扔到毡子上，坐在炕边上歇气。

云人方说："我不管别人，吃我的东西就得还！"

"一个破炒面……"郑人文不屑地说。

云人方说："破炒面你还借，我上赶着了吗？你说借了还，是你说的吧？"

郑人文瞪起了眼睛说："我还了吗？"

云人方说："你还的啥？大家看看，这就是他还的玩意儿！"他端起那碗高粱米饭给围观的学生看。

原来，郑人文离家远，没有零食，食堂订的饭吃不饱，就寻别人的东西吃。昨天晚上他饿了，看云人方老实，朝云人方要吃的。云人方也是在饿中熬着，带来的炒面舍不得吃，哪肯给他。郑人文耐不住，提出借着吃。云人方同意了，结果郑人文在云人方炒面袋里挖了尖尖一碗炒面，足足地吞了一个饱。郑人文没炒面可还，今天早晨多订了四两高粱米饭，顶那碗炒面还给了云人方。云人方一看那碗饭恼了，说一碗高粱米饭不及一碗炒面的分量，也不及一碗炒面经饿。郑人文说一碗还一碗，不肯多加，两个人就吵了起来。

围观的学生有的说郑人文，一碗米饭确实顶不住一碗炒面，应该多加点儿；也有的说云八方，借一碗还一碗，事先又没说还什么，还是算了。众人议论纷纷。

云人方不听众人说什么，说这碗饭不能要，要顺着窗户扔出去，要拿去喂狗，咋咋呼呼满地转，疯子一般，就是舍不得毁了那碗饭。郑人文上炕往行李上一躺，双手兜住后脑勺，不言语，意思是借面还饭，欠账一笔勾销,再要一粒饭也不给,耍起赖来,你没治!

两个人势不两立,直到响起上课的钟声,屋里的紧张空气才流出宿舍。到教室也不上课,学校说是开门办学,刚开学又没说上哪儿办学,学生们都无所事事地在教室里乱轰嚷。老师让写大字报,大字报沾到屋顶一拖到地下,老师进屋看不见教室后面的学生,又不敢叫学生把大字报撕掉。

孙有财始终没闲着过,扫地喷水,干得满头大汗,他在为他将来小队会计的差事奋斗。

傍晌午我饿了,今天没订饭,我想回宿舍偷吃干粮。云泽有和耿日月写大字报,孙有财两手泥正在抹又坏了的讲台。我悄悄回到宿舍,意外的是,云人方和郑人文都躺在各自的行李上,仰望着屋顶,那碗米饭放在地上郑人文的木箱子上,两个人看样子闷着火,我也不能在屋里吃干粮了,装作无所事事地爬上炕,也躺在了行李上。

躺了一会儿肚子饿,一会儿食堂开饭学生都回到宿舍就没有机会了。我想一想,只有拿出干粮出去找地方吃。我翻身半坐起,装作在行李靠墙的空处翻书,顺便从干粮袋儿拿出一个干粮,怕两个人看见,抓着干粮往地下蹭,用身体挡住拿干粮的手。刚下地,门开了,吓我一跳,孙有财走进来,拦住我问:"干什么去?"

我担心他看见干粮,心跳得很急,口吃地说:"啊……出去!"

孙有财说:"哎,中午你不没订饭吗?把你的碗给我使使,我一会儿打饭用。"

我一找碗就会被他看见干粮,就不由分说地挤过他身子,边跨出门边说:"我去去就回来!"

我顺着走廊走到宿舍西边,有两个学生站在近处,抄着手在说什么。我装作去厕所,要走到厕所了,那两个学生还站着说话,我正犹豫,厕所出来一个学生,好奇地瞅我,我不得不走进厕所,厕所没人。我忙咬了一口干粮,大嚼起来,干粮好香。天气很冷,厕所没臭味。我刚咬第三口,听见外面有脚步声,我停止嚼动,屏气静听,脚步声朝侧所走来。

我慌了，咬着一口干粮，拿着大半拉干粮。在这厕所里让人看见多不雅观。我急中生智，解开裤腰带，蹲下去，勾下头，手里的干粮退进袖筒里。

两个学生跨进来，我用眼角余光瞟着他们，一个站在我近处解裤腰带，另一个蹲在我旁边，站着的很快响起了从高处向低处的流水声，蹲着的伴随着用力的喘气声，传来了两三声东西砸下去的声音。我肚子空空，根本挤不出东西，天气又冷，一动也不能动地那么冻着，我渐渐打战了。站着的学生开始提裤子，蹲着的学生还蹲着，我从眼角余光看见他像下蛋的老母鸡，憋得脸通红，很费劲地吭哧着，半天，下面响起一声物体砸地声，他才缓过劲来。他偏过头来奇怪地瞅瞅我，我不好意思，可又不能站起来。

这是个很麻烦的人，我都冷得要抱团了，他才站起，磨蹭着系好裤腰带走出厕所。他一出厕所我就大嚼起来，刚想提裤子，又听见有脚步声响起来，我蹲着不敢动，细听听，是往女厕所走的，我边抓紧时间猛吃干粮，边站起来。这一阵子冻得好苦，我不停地活动着双脚。我最后一口还没嚼完，又有脚步声朝厕所走来，我紧嚼。在脚步声到门口时，我还没嚼完，但也不能再站下去，就嚼着迎着进来的人出了厕所，差点儿和进来的两个学生撞个满怀，在我走过他们身边时，他们好像在好奇地看我。我走出几步，听见两个学生议论。

"他好像在吃什么？"

"这里有啥吃的？"

"他是不是吃屎了？"

"得了，他又不是猪。"

我进了宿舍。孙有财在屋里打转儿，说我："你这屎蹶子咋这么长，我都有点儿等不得了。"

我忙给他找碗。

第二天孙有财值日，中午他拿着饭盆到食堂把饭打回来，然后按照我们订的量分饭，按照一勺二两的惯例，每个人分得了"四两"饭，最后还有孙有财自己的四两没分,饭盆里却没有饭了。我们面面相觑,孙有财说:"一人拨回点儿来!"

我们都看着自己的碗不动手,饭是食堂师傅用秤约到瓮里的,一两都不会多,我们都觉得饭太少,再拨回点儿去,就更吃不饱了。耿日月说:"咱们一共订了多少饭?"

"一斤六两。"孙有财说。

耿日月眉毛突然立起来,说:"一斤六两只有我们四个人的,根本没有你的饭!"

我们恍然大悟,他没订饭。孙有财似乎不服,拿起扔在炕上的订饭单看看,傻住不动。云泽有责怪地说:"这么几个数还算不过来?"

耿日月说:"得了吧,他是想贪吃大伙的饭!"

孙有财脸红一阵白一阵,忽然拿起碗冲出屋,朝食堂跑去,耿日月说:"这样的人就得整他,下午告老师!"

没人作声。孙有财回来了,端着一碗冒着热气的饭,显然是在食堂另买的饭,大口大口地吃,好像是说,你们看我像贪污几两饭的人吗!

下午到教室,老师向全班同学通报了一件事:有的住宿生不订饭,却想分别的学生的饭吃,这是严重的贪污行为。

老师说完走了,学生们"嗡嗡"成一团,打听是谁贪污饭。孙有财低着头出了教室,我跟了出去,到后操场,孙有财坐在北边,抱着头,一动不动。我很同情他,远离家乡,求学无非就是入个团,当上小队会计,这一击他受得了吗?

我走过去,坐在他身边,他在轻轻抽泣,我劝他:"有财,别多想,你是算错了,不是贪污饭,老师误会了。"

他猛烈地抽泣一下说:"我完了!"并狠狠地摇摇头,似乎要挣脱烦恼,抽泣声大起来。他忽然扑进我怀里,放声大哭,边哭边说:"我该死,我没脸见人了⋯⋯"

我抱着他的头,木然地坐着。我们的背后是雄伟的枣山,前面是静静的小镇,我忽然想到了我的前途,无限地惆怅起来,安慰、劝解的话再也说不出口。我随着孙有财的哭声，眼泪也溢出了眼眶。

十

星期六到了，我踏着小镇通往十二里段的那条土路，又回到了家。

三哥正在扫院子。他精神似乎挺好，依旧穿着那双白球鞋，虽然旧了，但刷洗得很干净。母亲正在打扫屋子，姐姐也回来了，在帮着干活儿，我预感到家里要发生什么事。没等我问，母亲说："你哥的婚事成了，于书记给说和的，条件呢，你爸把经管羊羔子的差事让给老朱头，把你爸经管羊羔子挣的工分都给朱家。你明天趁星期日，跟老朱头去东沼牧场把你爸接回来。"

那一晚上我兴奋的没睡着觉，我也要有嫂子了，我一遍又一遍地勾画着我及我们家的美好前景。

早饭后，母亲给我换上二哥穿过的大褂子，戴上三哥的狗皮耳帽子，穿上爸爸的旧棉鞋，来到老朱家。老朱头已经套好了驴车等在大门口了。他五十多岁，驼背，脸很黑，一本严肃地瞅着我。我认为我们是亲家了，应该对他亲近一些，就上前叫大爷，边接他手里的驴缰绳边说："你上车坐着，我赶车！"

他不给我驴缰绳，说："这车破，驴的体格也不行，不能坐人，咱们走着吧！"

我本来是想跟着他一同坐着车走的，这样一来我也坐不成车了。

外牧场有二十里路，出了村子往东，贴着枣山北边走过去。牧场是我们村和邻近几个村建的，专供冬季羊马牛驴出场用。念小学时我来过。

我跟着老头的车朝牧场走，这条路我太熟悉了，近处是田野，远处是山峦。我脑海中映出小学时走在这条路上去牧场捡粪搂柴火的情景。

小学放寒假，进了腊月，我们全家人围坐在炕上，我和三哥学着母亲的样子，将被子围住脚，坐着写作业。只有父亲忙，他把一个瓦盆放在炕上，从园子里的高粱秆上撅来上边两节秆儿，钉锅盖，准备到镇子里卖，为过年攒钱。母亲不眨眼地盯着父亲，好像她的指望都在父亲那双手上。我真羡慕父亲的好力气，他把大锥茬子（大针）扎入高粱秆，翻过去一揪，把锥茬子拔起，"吃、吃"地拽动麻绳，声音在屋子里回荡，震得全家人心满意足。母亲见父亲的麻绳快用完了，就将一束麻绳吊在屋顶的铁钩上，坐在那束麻绳下面，撸起裤筒，拽两条麻在干腿棒子上搓，边搓边往手心上唾唾沫，一会儿，腿搓红了。母亲一心供上父亲用麻绳，并不在乎腿红不红。

父亲在炕上的高粱秆里挑来扒拉去，高粱秆渐渐少了。母亲发话了："中了，你们俩别写了，去园子里撅高粱秆！"

我和三哥合上书，穿鞋下地。我虽然不愿意，但不去母亲就会大骂，终究是写不成，我只好戴上我的破狗皮帽子钻出屋。我和三哥撅回来高粱秆，放到炕上。我们手脚冻得生疼，抢着脱鞋上炕，占热炕头。母亲说："先别上炕，大柱子去给驴添草，二柱子去外屋拿个盆来，跟你爸学钉锅盖。"

我很高兴，我一向视钉锅盖这种活计难，像我这么大的孩子，全村没有会钉的，我如果学会了，也算了不起了。我忙下地端到炕上一个三号泥瓦盆，母亲把父亲用不上的短秆拢过来，挑出两根粗细适中的，剪成一般长，把两头在灯窝抹上黑灰，把两根棍交叉成十字，用锥茬子从中间扎过，说："这两根是准头，它俩多长，就钉成多大的盖儿。锅盖你钉不了，你就钉小盆盖，你钉的卖了钱给你，买炮仗。看好哇，这不把绳穿过来了吗，再挨着放秆，从秆的小半边扎过去，扎到那根的小半边，翻过来，再挨着这根放秆，再把小半边……"

我问："我爸咋用两根大锥茬子钉？"

母亲说："你爸钉的是大锅盖，两根是为了钉方块，结实经用，人家愿意买，方块费麻绳，费劲。这小盖不钉方块，钉盘肠，省麻绳，省劲。"

妈说的"盘肠"，就是"之"字形，后来我才体会到，如果直线钉，就钉不成"准头"那么大，而且切圆时容易切断麻绳，盖就散了，必须走

"之"字，左拐右绕，才能始终向"准头"那根秆延伸，钉完一半，再钉另一半。我很快学会了，也就在父亲身边另开了劳动场地。

钉完切圆，这是最后一道工序，母亲教我："拿一根秆儿，用针扎在盖中间。它的头要和'准头'四端对齐，然后转动它，用菜刀随着它切，切时底下垫着木板。"

当我钉完第一个只能盖盆的盖时，兴奋得脸都涨红了，母亲擦着眼泪激动地看着我，三哥也惊异地看着盆盖儿，拿在手上翻过来调过去地看。母亲在盖边上穿上一截麻绳，拴个套儿，边往墙上木橛上挂，边说："这是小柱钉的，到镇子上卖钱归小柱。"我望着墙上的盆盖，呀嘿，我也要发财啦！

挂在墙上的盆盖虽然不起眼儿，我却顿觉满屋生辉，它多像一面旗帜，给我带来无限满足和希望。我吃饭望着它，睡觉望着它，心老是欢快地跳。爸爸是大拿，我是二拿，三哥向来不计较这种事，照样喂驴、喂羊、扫院子、捡粪，剩下的时间就给爸爸和我撅高粱秆。这大约是他从小就让着我的缘故。母亲见三哥也没少干，就说："大柱为小柱撅高粱秆，卖了钱小柱给你哥点儿。"

我不大愿意，可不分给他是不行的，我盘算分给他几成我才不至于吃亏。

几天之后，我已经钉了十个盆盖，父亲也钉了三个大锅盖，母亲便要我和三哥去镇子上卖。母亲把父亲的锅盖放在锅上量了量，笑容满面地说："这大的少说也卖一块，十印锅的，你那小的可别少了两毛呀。"

父亲叼着烟袋抽烟，很有一副大功在身的神态，说："大的家里只要一元，卖多了归你。"全家人都笑吟吟地看着我，似乎我会给家里带来一笔大财。

天刚亮，母亲给我们做了饭吃，我用木棍串上小盆盖的绳套，扛着木棍儿，盆盖搭在背上。三哥也像我一样，背上三个大锅盖。我们便向二十里地外的镇子奔去。冬天的乡间土路上没几个人，周围是田野，远处是大山,附近有一群庄稼人在平地,现在到处都在革命,只有这些庄稼人没革命。我们这儿是内蒙古与辽宁的交界处,一九四四年腊月父母在辽宁朝阳刚结婚就套着牛车来到了狼甸子。听母亲说当时车上只拉着一口柜子,母亲用柜子遮挡着寒风,走了八天九夜,说是到这里开荒种地当地主,可惜到土改时才弄了个下中农。看到周围的大山和田野我就想到这件事,心情就很沉重。

路上我和三哥商量,听大人们说,卖东西多要点儿,买的人总不给原价,他一降价,正好是你要卖的价。爸爸的大锅盖要卖一元,多卖归我,我问三哥:"爸爸这大锅盖得卖一元三吧?"

三哥埋着头走路,他做这种事总不好意思,妈妈常说他愚。他说:"谁买!"

我有点儿心虚,说:"要不……一元二?"我有点儿心疼,没等卖,自个儿先降一毛,不核算。

三哥似乎再不同意就有些太愚了,他不表态。我看出他还是嫌贵,但我不敢再降了,如果要价一元,人家给一元,自己没捞头,白白把一张票子扔了,多可惜。我说:"我这个要两毛五一个。"

三哥斜我一眼,很是不满。

我也不愿意撒谎,何况自己这小盆盖也就是两毛钱的货,就要两毛吧,少给我不卖。

进了镇子,遇到一个妇女,她拦住我们,看看三哥背着的锅盖,问:"多少钱一个?"

"一元一。"三哥说。我吃了一惊,三哥怎么私自降一毛钱?那有什么不好意思的。

"哟,你这孩子,这么大点儿的锅盖卖一元一,谁买呀!这也就值八毛钱。"

我心慌了,八毛,连父亲规定的钱也卖不上,怎么说也不能卖。妇女说:"八毛,不少了,卖我就拿着。"

三哥摇摇头,他也知道绝不能少于一元。

"九毛。"妇女说。三哥说："最少一元。"

"你这孩子不懂事，卖去吧，卖上七毛就不错了。"妇女又转身向我，问："你这盆盖多少钱一个？"

我让她一吓，不敢多要，说："两毛一个。"

"哎呀，这么大一点儿，最多一毛。"她飞快地翻动着我背上的盆盖看，边看边说："一毛，卖我就挑一个。"

我摇摇头，心情压抑，好不容易遇上一个买主，价给的这么低。我原想发一笔大财的呀。

妇女说不会再有人给这么高的价了，叨叨咕咕地走了。

三哥和我朝镇内市场走，三哥抱怨我要价太高，好像我做了一件丢脸的事。我也觉得这样不好，不值那么多非要那么多，太不好了。

到了市场，市场里卖锅盖、炕席、火烟的人很多。我们把盖儿摆在早已经摆了一排盖的一头，像其他卖主一样，我们抄着手站着，盼望着有人来买。一个老太太走来，蹲下看看我的小盆盖，问："多少钱一个？"

"两毛。"我话一出口就心跳起来，好像做贼一样心虚。

她看看，说："一毛五卖吗？"

我想，我这东西可能只值一毛五，就答应了。老太太挑了一个最好的，交给我一张纸币，一个硬币。我欢天喜地的头有些涨，开张了，天老爷，可开张了，我得了一毛五分钱，从小长大这还是第一次呢。我没忘记三哥给我撅高粱秆的功劳，给了他五分。他见旁边的人望着我们，摇摇头，我不强给，回去分也行。我解开麻绳腰带，把钱塞入袄兜，拍拍兜，满足的连咽几口吐沫。

又来了一个妇女，问大锅盖价，三哥说："一元。"

我想纠正，又一想，一元就一元吧，可能也就值一元，没捞头就不捞了。

妇女说九毛，三哥坚持一元，那妇女笑了，说："你真犟，大人告诉你的吧？"

我和三哥都不作声，这些人，什么事都断定是大人的主意。妇女看了半天锅盖,说:"钉的倒是挺结实,靠力气干的,买一个吧。"她给了三哥一元钱。我暗自佩服爸爸,那家伙的,倒是有尿,一下子整来一元,顶得上我五六个盆盖呀。

傍晌午,父亲的三个大锅盖卖完了,整整三元,我也卖了三个小的,一共四毛五,肚子饿了,又没人再肯买盆盖,我就和三哥商量回家。走出市场,我总觉得有了钱,该买点儿什么,我想到了麻花、油条、糖什么的,又舍不得在这上面泡费,就提出到书店看看,那里书多,买两本有意思的画册看,再买几张画让妈妈欢喜欢喜,我也能挣钱啦!

进了书店,我们想先看一会儿画册,然后再买几张画,奔到画册柜台前,寻一遍,打仗的画册只有三本:《地雷战》《地道战》《南征北战》。这三个虽然电影队去村里演过,可是跟卖书的阿姨要过来翻翻,似乎比电影有意思,我和三哥一人一本看起来,刚看几页,阿姨说:"买吗?不买拿回来吧。"

我真舍不得还给他,思思量量拿着,不肯痛快地给她,她说:"愿意看买回去坐在炕上看,又不贵。"

说的是,要是买下来,就是我的了,这冬天没啥事,坐在炕头上看吧,省的什么意思也没有。我没跟三哥商量,就掏钱,我知道,阿姨绝不会白给我,虽然我边掏钱边盼望她说:"不要钱了,给你吧。"

一算钱,三个画册四毛四,喔哟,我的这笔财富只剩一分钱了。三哥瞪我,可是,我已经说买了,还能反悔?那样阿姨会说我小气,她会小瞧我的,好汉子做事好汉子当,我咬咬牙把钱递过去。

我和三哥往回走,走到约四五里路,又饿又累,不愿意走了,起了小风,路上一个人影也没有,我俩都不愿意说话,到了一个小渠旁,我俩坐下边避风边歇气,也不想再走。我忽然想起一件事,听父母说,前几天刮大风,西边石匠沟村有个小孩子上镇子卖火烟,回家时坐在一个水沟里避风,结果冻死在那个沟里了。我害怕起来,他是不是也累了,坐下不愿意走,一直待到死?

三哥倚着渠埂,闭着眼睛,似乎要睡。我想,睡一会儿,没关系,别忘了一会儿走就行。

我刚迷糊着,三哥推我,说:"走哇,慢慢走。"

我浑身赖散,极不愿意动弹,不过我明白,不走是到不了家的,必须坚持,走到家就好了。三哥也一定这么想。

到了家,日头快压山了,母亲做好了饭等着我们。母亲、父亲都关心我们卖了多少钱,三哥从兜里掏出三元叠整好的钱,递给父亲,父亲手沾吐沫数钱。母亲问:"大锅盖一个卖多少钱?"

我说:"一元。"

母亲说:"我不信,多卖的钱你们留起来了吧?"

我说没有,心里不是滋味,这都怪我们无能,没能多卖。三哥倚着炕檐站着,埋着头,摆弄着指头。母亲说父亲:"你一个给他们一毛吧,跑一天了。"

父亲很高兴地一人分给我们一毛钱,三哥执意不要,我也不要。说的好哇,多卖归我,我没能多卖,就不能白要父亲的钱。钱是父亲受累挣的,我要一毛父亲就少一毛,他一准心疼。

母亲说:"拿着吧,怕你们卖少了才让你们卖一元,这就多卖着呢。"

我知道,这是母亲安慰我,我不拿着,母亲心不安,拿着吧,以后给家里买个盐、火柴什么的用。我接过父亲的钱,很难受,我真应该卖一元一,那样父亲和我都满足。

母亲数着我放在柜台上的盆盖,说:"卖了仨,多少钱?"

我把画册和一分钱放在炕上。母亲一向禁止我买这玩意儿,我担心她生气。母亲说:"自己挣的钱,买就买吧,搁起来留着看吧。上炕吃饭。"

这顿玉米面干粮熬酸菜,我吃得格外香,我太饿了。

晚饭后的时光是我最愉快的,我们狼甸子农村冬天都吃两顿饭,饭后日头还有一竿子高,放下碗筷,三哥喂我家一头瘦驴和两只绵羊,我就跑到街上和孩子们藏猫猫或打口袋玩儿。我跑起来贼快,是"大能将"，分伙时哪伙都争着要我。我学会了钉锅盖之后，加上要过年，积攒买炮仗钱，晚饭后我好几天不上街上跑着玩儿去了。

很快，我们家园子里的高粱秆用光了，而且镇上卖锅盖、盆盖的人渐渐多起来，后来我钉的盆盖一个只能卖一毛钱，爸爸的大锅盖卖七毛还不好卖。我的盆盖积攒了十七个，挂在墙上，没有再卖出去的指望。爸爸妈妈都为过年缺钱发愁，坐在炕上不说话。

我不钉盆盖了，晚上到街上和孩子们跑着玩儿，玩儿够了，就和孩子们分好了明天的伙，说好明天晚饭后到碾道聚齐接着玩儿。我走进黑乎乎的院子，窗户还亮着灯光。进了屋，父亲蹲在地上绑搂柴火用的耙拖子，三哥坐在炕边用麻绳缝后跟儿开了线的鞋；母亲坐在炕头缝我穿破的旧衣裳。母亲说我："早点儿睡觉，明天跟着你爸爸去东沼搂柴火。"

我们这地方不产煤，长年烧柴就靠到野外捡牛马粪和搂柴火。我奇怪，秋后我们已经把一年的烧柴准备足了，还搂什么柴火？我问母亲，母亲说："过年没钱，搂点儿柴火到镇上卖。"

我心凉了，我们孩子已经分好了明天玩儿的伙，明天晚饭后他们等不到我，多失望。我倚着炕檐站着发呆。母亲说："去，到西屋把你的旧鞋找来，让你爸给你钉上鞋掌。"

我只好到西屋找来我的旧鞋，爸爸收拾完耙拖子，给我鞋底后跟儿钉上铁三爪掌，钉上它，鞋底经磨。我不安地上炕睡了，搂柴火捡粪的活计最累人，我想一想都恐惧，夜很深了才睡着。

第二天，爸爸套上驴车，带着我和三哥向四十里外的东沼走去，那儿是村里开的牧场。父亲走在前面，迈动着长腿，高高的个子，弯着背，颠达颠达地往前走，很有力量。甭看他五十多岁了，身体像粗粗的榆树干那般坚硬，庄稼地的活计把他锻炼出来了，腰上、裤腿上扎着麻绳，防止冷风往身上钻。三哥赶着驴车，他比父亲多一副羊皮套袖，两只手抄进套袖里，用粪叉子敲打着驴屁股。天亮前的小冷风像尖刀，搜刮着人的脸。三哥为护着脸，侧着身子走，歪着头，用脸把狗皮帽子耳朵压在肩上。我穿着一件半身破羊皮袄,走着小碎步跟在车后。远处是大山,近处是田野,我们行走在山间的土路上。

路过梁东的"半截子"供销社时,父亲叫我们先走,他朝供销社走去。一会儿,父亲走上来了,他拎着一包馃子,还有两个小包,父亲把馃子包放在车上,把两个小包打开,一包是面起子,一包是糖精。我们带的吃粮是玉米面和炒玉米面,父亲买这东西是贴干粮用,两样合在一起和在玉米面里,又能把干粮发起来又甜,一准好吃。父亲好算计!这笔开销是昨天晚上妈妈同意的,那馃子妈妈可没提。父亲问我们俩:"饿吗?"

三哥摇摇头,我惦记着馃子,咽一口唾沫,不作声。父亲从车上拎起炒面口袋,撑开口递给我,说:"抓一把,就着路边的雪吃。"

我常这么吃,可现在吃不下去,馋馃子。父亲理解我了,把炒面袋放回车上,拿起车上的馃子包,打开,捏起一块给我,我接了,父亲又捏起一块给三哥,三哥也接了。我吃下去,吃得太急,没吃出啥味道;父亲又给我一块,我接过来慢慢吃,想品品味,真好吃。父亲把馃包放回车上,看着我们,很满足,我们家从来没有这么泡费过。

三哥拿着那块馃子,始终没见着他吃,他舍不得吃。

傍晌午,我们到了东沼的牧场。这地方几十里几百里没有人家,许多吓人的传说都源于这荒凉的山地,远近群山叠立,满山遍野灌木杂草丛生。山沟里只有三间破土房,是放牧人的住处,村里来捡粪、搂柴火的人都挤在这房子里。我们在门前卸了车,把驴车拴在车轱辘上,进了屋。外屋地上铺着羊草,一只母羊带着两只羊羔子趴在上面,一股膻味,屋角一口十二印大锅敞着口,左右屋子里面是两面炕,炕席烧出几个碗口的窟窿,东屋南面炕上没有炕席,铺的羊草,我们进了西屋,墙上挂满了衣裳、粮食袋子、鞋、皮袄等又脏又破的东西,屋里除了羊倌"朱猴子",还有马倌田二、来捡粪的大车老板子朱密林。他们喷着烟,尘垢满面,和我们打招呼。田二问:"哎,老六,过年了咋还往外跑?"父亲在哥弟之间排行老六,村里人都这么称呼父亲。

父亲边往炕上扔干粮袋子，边说："没钱过年，不往外跑咋着。"

朱密林问："这山上有钱等着你捡呀？"

父亲说："搂点儿柴火卖呗。"

田二看着我和三哥，同情地说："这俩小家伙够呛。"

我和三哥第一次来这陌生的地方，看哪儿都脏，膻臭味又难闻，我俩眼生，倚着炕檐站着，都不作声。父亲跟他们说一会儿话，歇过气来，叫我们安顿行李，然后分给我们俩各一块馃子，也给了另三个人一人一块。三个人笑容满面，大口地吞下去。田二吃完不住地吧嗒嘴，边跟父亲套近乎。父亲把剩余的半包馃子放进炒面袋子里，挂在墙上，那三个人直勾勾地盯着。爸爸叫三哥去喂驴，让我烧火，要把这几天的干粮一次贴出来。爸爸和好面，我也刷好了锅，点着了火，锅里的水很快开了。爸爸一条腿蹬在锅台上，从盆里抠起一块面瞅着锅，咕哝："咋贴？"

田二走出来看热闹，他抱着膀子站在一边，随口说："那还能咋贴呀，往锅帮上摔呗！"爸爸把一团面用力朝锅里摔下去，只听"啪"的一声，那团面就粘在锅帮上了。

锅里的干粮启出来，父亲说："带几个，到山上干一会儿吃，天不早了。"

朱密林从里屋走出来说："这时候还上山？"

父亲说："搂一车明天起早去镇里卖呀，来不就是干活的吗。"

父亲带着我们来到"恶头山"下，这山十里外就能看见，阴森森的山头拔地而起，直插云天，巨石笔直地立着，几房高的石块斜指天空，似乎来一阵风就能刮下来，从它下面走过让人提心吊胆。山南面背风迎阳，草盛柴厚，是搂柴火的理想地点。我们卸了车，把驴拴在车辕子上，我跺了跺冻麻了的脚，鞋底太薄，震得脚底板子针刺般的疼。

我搂了四耙拖子，父亲和三哥搂了七八耙拖子。我们走了半天的路，又没有吃东西，都疲了。父亲在车旁放了大耙，坐在车耳朵上抽烟。三哥蹲着收拾耙子。父亲抽完烟，抱来一抱柴火，点燃。我知道，父亲要烧凉了的干粮吃。我到车耳朵上拿干粮袋子，可是，我大吃一惊，干粮袋子被驴咬破了，干粮被驴吃了，只剩半拉干粮，车耳朵上撒着一些干粮渣儿，我慌忙对父亲说："爸，干粮让驴吃了。"

父亲翻过来调过去看干粮袋子。三哥急了，说："你干啥来，干粮不放好。"三哥皱起眉头，干裂的嘴唇紧闭着，两眼泪蒙蒙的。我想，三哥肯定饿了，他满怀希望地吃完干粮再干，可是……

父亲把干粮渣儿收集到手上，递给三哥，三哥接在手里，捏着往嘴里扔。父亲把半拉干粮塞进火里烧，一会儿，火里冒出糊香味，父亲从火里扒出干粮，干粮黑黑的，包着白灰，父亲拍拍吹吹，掰一大块给我，我咬一口，好香，剩下的那块父亲给了三哥，三哥急不可待地咬了一口，嚼几下吞下去。

爸爸什么也没吃，半闭着眼睛坐在车耳朵上抽烟。三哥吃完干粮，躺在地上。我虽然吃了一块干粮，但是肚子依旧像空水桶，哪怕塞满棉花也比这好受。我倚着车轱辘，用皮袄紧紧地裹住身子，抄着袖子坐着，很享受。

我正迷迷糊糊的，父亲在车辕子上磕烟袋灰的"啪 啪"声把我震醒，我睁开眼睛，父亲站起来，把烟袋别在裤腰带上，说："走，搂去，搂满车好回去。"

我累，三哥一定更累，他吃得少，肚子更空。我又冷又没劲儿，不知道是困还是饿，脑袋昏昏沉沉，搂了两拖子说什么也走不动了，为了取暖，我扔了耙子，坐在卧着的驴前怀，抄着手，缩着脖子。

爸爸和三哥在山坡下懒懒的拽着大耙，机械地迈着步子，不屈不挠地向前挣着。三哥脸冻得紫红，嘴唇干裂，幸亏他累惯了。

日头沉入了西山后，终于搂满了车，父亲和三哥支撑着身子，套上了车。赶车是三哥的事，我只要跟着就行了。我迷迷糊糊地跟在车后，晃晃悠悠地走。粼粼车轮，茫茫田野，只有我们这辆车和我们三个人在慢慢地蠕动，我们谁也不说话，在这大山里，庄稼人的日子就像这车轮在田野上滚动，慢慢腾腾，无穷无尽。到了住地，爸爸和三哥把车赶到一个废弃的牛圈里卸车，我饿得受不了，想趁爸爸进屋之前，偷拿馍子吃。我跑进屋,爬上炕去朝墙上挂着的炒面袋里掏,心一惊,纸包空空的,馃子没了,是让人拿去吃了。我狐疑地回过头去。田二坐在炕上抽烟,斜着眼睛瞄我。坐在行李上的朱密林也神色不安地瞅着我,我断定是他们吃了。

爸爸和三哥进屋来了,我对爸爸说:"爸,馃子不知道让谁吃了。"我指望爸爸查问屋子里的人,谁吃了让他赔,这么贵重的东西不能让他们白吃了。

爸爸却朝屋子里的人笑了,说:"操,你们咋不给留几块,两个孩子都没舍得让他们吃。"爸爸向来这么老实,在乡亲们面前胆小怕事,在村里谁也不把他当块料。

田二说:"好东西谁不吃,到这儿就别分谁的。"他黄眼珠,顶难逗。

我气鼓鼓的,想说:"那你咋不买一斤让我们吃?"又没敢说。

朱密林说:"锅里有开水,泡炒面更好吃。"

我心里更来气,好吃你咋不吃?却偷吃我们的馃子,说这话也不怕闪了舌头。没办法,我和三哥只好赌着气到外屋泡炒面吃。

刘凤蹲在外屋羊草上干咽玉米面干粮,另一只手掐着一个咸菜疙瘩。他三十六岁了,还是光棍一条,家里穷,他下面还有两个光棍弟弟,他是来捡粪的。他大口嚼着,一口干粮,一口咸菜,吃得很香。里屋北面的炕上,王信盘着腿坐着吃炒面,面前的炕上放着一碗咸葱叶子,他边吃边对田二和朱密林说着闲话:"今个儿不合适,丢了个鞭子。"田二问:"丢到哪儿了?"

他往北墙上一挥,说:"北山那一带。"

"你跑那老远干啥?"

"我看那儿有一群马,晚上卧盘,明儿个早上能拉几个粪蛋儿。"

屋外传来喝驴和卸车的声音,一会儿,进来一个人,三十多岁,小眼睛,一身尘土。田二近似惊讶地说:"操,谢大赖咋拱来了?"

谢大赖叫谢意,一副忙火火的样子,往炕上扔行李,说:"搂几车柴火卖,过年整两个钱花。"

父亲问："你咋这么晚才到？"

谢大赖说："我从家里来直接上的山，搂满车回来的。"

我心中惊讶，他真有尿。王信问："在哪儿搂的？"

谢大赖跳上炕，安顿行李，说："长脖子梁北边。"

王信问："那儿有'顺山溜'吗？"

谢大赖说："哪有'顺山溜'，净是'兔子毛'。"

王信说："你整些'兔子挠'咋烧。"王信拐弯抹角地骂谢大赖。

谢大赖不以为然，行李放好了，往墙上砸木橛儿，说："卖还管它啥柴火。"

王信随口说一句："熊家伙，谁鸡巴像你。"

谢大赖接一句："你鸡巴像我。"

全屋人笑，谢大赖回过味来，忽然骑在王信脖子上，拽住王信的耳朵，问："你是我鸡巴吧？"

王信挣扎着要站起来，谢大赖不让他站起来，王信哎呀着说："是……是……"

谢大赖放了王信，在墙橛上挂了粮食袋子，跳下地，说："整点儿吃的。"去外屋了。

刘凤走进来，打着饱嗝，揉着肚子说："哎呀，今儿个我做饭时故意约约面，一斤二，全吃了，好个吃。"

田二说："你们老刘家人都是草包大肚子汉，能吃不能干，啥家底也吃穷它。"

"穷也得吃，肚子撑不起来就玩儿不动。"刘凤龇牙咧嘴地坐到炕上，捅了田二一下，说："孝顺儿子，给老爷子烟。"

田二将刘凤后脑勺一下，说："这年轻的，跟你爸啥都说。"把烟荷包递给了刘凤。

朱密林也凑过来，搓着烟往纸上撒，他蹲在炕檐上，说："我赶大车走南闯北，就觉得东沼这地方好，没人管，烧柴充足。我看呀，咱们就在这儿入户，定个制度。"他用舌头舔纸卷上烟，说："再好好选个夫人，就像外国人来中国访问那样带个美娘子,到大地方风流风流。王信你笑啥?老娘们儿可真有长的好的,我去年赶大车去通辽拉脚,在那儿的百货商店,看卖货的女人长得都那么浪,脸子像白腚似的光滑。我老娘们儿和人家一比,像老母猪,操,这一辈子活瞎涨了。"

王信把最后一口炒面扒进嘴里,讥笑地说:"快别光棍做梦搂媳妇,想好事了,明天你还得撅着眼子捡你的粪去呢。"

我和三哥吃完炒面,撑得心满意足。爸爸说明天他起早去镇子卖柴火,叫我们明天上山搂柴火,他回来装车,打发我们早点儿睡觉。我和三哥上炕钻进了被窝。

谢大赖急火火地走进屋,像发现了新东西似的说:"哎,刚才我上房后抱柴火,看见那儿扔了个死羊,吃不吃?"

全屋人振奋起来,朱密林说:"拖进来,扒了割大腿煮上。"

王信说:"肝和头也煮上。"

说着几个人呼啦啦涌了出去,一会儿,外屋响起嘈杂声、烧火声、添水声。

我又累又困,迷迷糊糊地睡着了,不知道过了多长时间,有人推我,我睁开眼睛,是爸爸,他说:"起来,吃羊肉。"

我听见全屋都是咀嚼声,翻身伏在枕头上看,坐在行李上的、蹲在炕檐上的、站在地上的,都拿着一块骨头瞪着眼睛啃,谁也不瞅谁,狼吞虎咽。三哥也被爸爸推醒了,他瞅瞅我,问:"吃吗?"我咽一口吐沫,说:"吃。"

爸爸说:"吃就自己去外屋锅里捞吧。"

三哥翻身坐起,刚想穿衣裳,谢大赖在外屋说:"谁吃快来捞哇,要没了。"

三哥顾不上穿衣裳,光着腚跳下地,到外屋捡来滴着油汤的羊肋条,给我一块,他拿着一块,跳上炕钻进被窝,我俩伏在枕头上啃。呀,没煮烂,咬一口冒血筋儿,肉像胶皮,要拼命才能撕下来,我把没啃干净的骨头递给三哥,三哥连同他那块,一齐拎着送回外屋的锅里,三哥回来刚钻进被窝,田二去了外屋,拎来两块骨头,正是三哥刚送到锅里那两块,田二蹲在炕边,龇牙咧嘴地啃,像一只红眼狗。我不想再啃这半生不熟的死羊肉,躺好睡觉。

第二天,爸爸和谢大赖结伴儿起早去镇子里卖柴火,我和三哥扛着大耙上山,搂明天去镇子里卖的柴火。我们来到昨天搂柴火的那条山谷,今天有风,天很冷,杂草刷刷地响,山谷像有千头野牛低吼,山雀从山坡上升起,歪歪斜斜地扎到南面山后。我和三哥搂到仿晌午,都累到劲了。我两条腿像灌了铅,身后的耙拖子像一座山,沉重得拖不动。冷风穿过脖子,肉皮又痒又疼,汗出尽了,又累又冷。三哥不说话,上身向前探着,拼命拖着大耙走。

我终于走不动了,躺在柴火堆旁,三哥也坐在我身边,扒下鞋磕打里面的土,我问:"爸爸今天这车能卖多少钱?"

三哥不语。我继续说:"卖五元吧?"三哥说:"谁知道。"

我想能卖五元,三个人拼了一天,那老大一车柴火,五元不算挣得多。

我坐起来,举目远望,忽然看见南山坡上一只鹰在高空盘旋,它发现一只逃跑的兔子,流星般扎下地面,又箭一般射向天空。兔子在奔跑,四蹄几乎绷成"一"字,身体似乎要脱离地面飞起来。天呀,它跑得这么快!鹰在空中不断地翻滚、旋转、平飞、侧飞,忽而身体下降准备发起进攻,忽而又昂头将身体拉成流线型冲入云空。鹰的影子投射到地面,兔子边奔跑边躲避着那团黑影,鹰把飞行位置向旁边移动了一小段距离,不让兔子看见它的影子,快速向兔子压下来,在接近兔子的一刹那,兔子忽然仰躺在地,举起张开的爪子迎战。我们离得太远,看不见兔子在干什么,听老人说,兔子在鹰冲下来后,便躺在地上,背依草地,舞动四只爪子挡鹰嘴、划鹰腿、挠鹰脖子、蹬鹰肚子。鹰缩回一只爪子护自己的胸脯,用另一只爪子捕抓兔子,但很难得逞,只好重新升空,盘旋一遭再扑下去。兔子依然仰面朝天躺下,故伎重演。鹰再次升空,反复几次,鹰疲了,只好在空中盘旋,没有办法。我看见兔子在鹰攻击几次未果之后逃入了山沟。

三哥盯着，叨咕："这是一只老兔子，有办法斗鹰。"

我忽然发现，鹰由慢吞吞盘旋转为急速旋转，而且越来越低，在它下面，又出现了一只兔子，拼命朝我们跑来。我常听大人说，兔子遇到鹰时往往朝有人的地方跑，这我还是第一次见到。三哥蹲下，比刚才紧张，说："这是一只没经验的小兔子，非死了。"

话音刚落，鹰收拢翅膀，伸出利爪垂直下降，径直去抓兔子背部。

三哥站起来，望着，见鹰按着兔子啄兔子的脖子，啄一会儿不啄了。三哥猛然朝那儿跑去。鹰发现有人朝它跑来，抓起兔子起飞，飞了几下，升不了空，扔下兔子飞走了，三哥捡起地上的兔子回来。

我跑上去一看，呀，一只足有四五斤重的肥兔子，脖子被鹰啄了个大窟窿。我们俩高兴的一时有些惊慌，不知道该怎么处置这么大一个东西，要知道，这是白捡的兔子，全家人能吃两顿，我想到了妈妈和全家人。三哥说："拿回家过年吃。"

"对。"我说，又一想，说："回住处让田二他们看见咋办？"

三哥说："咱们藏起来，塞柴火里，回到屋里埋到墙旮旯羊草下面。"

"对。"我说着，把兔子塞进柴火里，看看四周，没人看见。我们得到一笔财富，饿、累、冷全没了，我们接着搂柴火。

我在拖着一满拖子柴火往柴火堆返时，发现北山梁窜下来一群黄羊，它们争先恐后地往南逃，一会儿淹没在草地，一会儿又窜出来，一人多深的洪水沟它们一掠而过，那瘦瘦的身子给人一种"劲"的感觉。我正疑惑是什么东西追它们，猎人吗？或许它们就这习惯，不停地奔跑。我望望三哥，他也站住看。我再望向黄羊，忽然北山梁上空出现了一只硕大的雕，它像一只小山羊那么大，狠劲地扇着挺老长的双翅，快速追下山梁，赶上后面一只黄羊。雕落在黄羊身上，两只大爪抓住黄羊的脊背，就像钉在黄羊背上一样。黄羊偏顶风跑，又一个劲地跃沟、上下坎、串草丛，雕就是掉不下来，骑着黄羊向南奔。雕在黄羊背上站牢后,用它那尖尖的嘴开始戳黄羊的脑袋,一下,两下,三下……戳个不停。那只黄羊步子迈得更大,跃得更快了。可能是因为背上多了个东西,那只黄羊始终追不上前面奔跑的黄羊群。

我想起父亲说过,雕戳破黄羊的脑袋,就在皮上撕破一道口子,再戳。雕这东西贼狠,不给黄羊放血它就不停地戳,见血了,雕就不戳了,稳稳地骑着黄羊,任凭黄羊跑,几里、几十里路跑出去。黄羊血流净了,倒在地上死了,黄羊群跑远了,雕就扯碎死黄羊的皮,开吃。

我见雕骑着黄羊跃过南山梁,不见了踪影,心想,黄羊跑一会儿就死了,应该去捡。我放下耙子就朝南跑,三哥叫我,我站住。他问:"你干啥去?"

我说:"捡黄羊去。"

三哥说:"行了,不知道跑出去几十里地呢,你追不上。"

我一想也是,泄气了,忽然又生出同情心,觉得那只黄羊真可怜,也就愤愤起来,那老雕真可恶,落入我的手非狠揍它一顿,叫它以后别再害命,妈妈说过,好有好报,恶有恶报,它会得到报应的。我边搂柴火边惦记那只黄羊,这会儿它可能已经死了,它太可怜了,生流血流死。

我和三哥搂够了一车,还不见爸爸来,我们蜷在柴火窝里等,一个劲想父亲这么晚咋还不回来。傍落日头,我们在饿、累、冷中终于等来了父亲。他一脸尘土,嘴唇干裂,身子疲惫。父亲掏出几块糖分给我们,我知道,卖柴火的钱是用力气挣来的,父亲不舍得乱花,但我们累了一天,父亲又不能不给我们买点儿东西,买什么呢?父亲一定盘算了又盘算,才给我们买了这几块糖。我和三哥都舍不得吃,装进兜里。我从柴火里掏出死兔子,对父亲说:"看,捡的。"父亲拎着兔子看了看,递给我说:"放好,拿回家过年吃。"

我们支撑着身子,费力地装上车,默默地朝住处走。到了住处,进了屋,其他的人都吃完了饭,坐在炕上闲扯。田二问父亲:"老六,卖了多少钱?"

父亲说:"一元九。"

我暗吃一惊,这么少？朱密林说:"操,卖那么点儿,和送给人家差不多。"

父亲说:"卖柴火的车几十辆,没几个人买。"

王信说:"那你等到明天卖呀！"

父亲说:"山上还有两个孩子,明天哪行。"原来父亲忙于将柴火卖出去是惦记我们俩。

我们开始做饭,我去车上抱柴火时,父亲跟出来,我偷偷地把塞在柴火里的兔子拽出来,问父亲:"这个咋办？"

父亲看看兔子,说:"藏起来。"我将兔子放进柴火里,抱进屋,趁外屋没人,把兔子埋进墙旮旯的羊草下面。

谢大赖赶着驴车回来了。他一进屋,田二问:"你从镇子里回来直接上山搂的？"

谢大赖拍打着身上的土,说:"嗯。"

田二说:"够呛！"

"够呛咋着,你也不帮你老爸搂去。"谢大赖上炕摘墙上的炒面袋。

王信问:"一车卖了多少钱？"

谢大赖说:"一元八。"

全屋人都看着他,田二说:"你咋卖那么贱？"

"贱？那还差点儿没卖了呢,卖柴火的比买柴火的还多,到下午了,老六卖了一元九走了。一个妇女挑着一副水桶路过,给我一元七,我一急,答应了,赶着车往她家送,半路上我越寻思越不合适,就扭头想回市场。那妇女看见了,'砰'地扔了水桶,水都洒了。她慌忙追上来,问我咋回事。我说太贱,不卖了,她忙加了一毛,我才卖给她。"

全屋人唏嘘。

我们说是做饭,实际就是烧点儿开水泡炒面吃,我们正坐在炕上吃着,谢大赖在外屋烧水,忽然他进来,拎着那只兔子,举着问:"这是谁的？"

我吃一惊,他怎么发现的？三哥和爸爸也都意外地看着谢大赖,屋里人相互对望。我想承认，但承认了还放得住吗？这么多嘴！不承认，兔子没有主儿，他们还不照样吃。我拿不定主意，瞅着父亲。

田二问："在哪来？"

谢大赖说："在墙角儿的羊草里埋着来，羊吃草扒了出来。"

父亲说："两个孩子在山上捡的。"

田二说："吃它。"

众人附和说："对，吃它！"

我心疼起来，指望父亲阻拦，父亲却笑着说："你们可够馋的。"

众人不理我们，纷纷议论怎么吃，最后一致同意，扒了皮切成块，每人出点咸菜掺上熬。田二和谢大赖拎着兔子到外屋忙去了。我愤愤地想，田二最馋。

一会儿，田二端进一个盆，盆里冒着腾腾热气，往炕上一放，众人像猫见了鱼，围上去，脑袋聚在盆上，一只手伸进盆里抓兔子骨头，一烫，猛地缩回去，响起急吼吼的咝哈声。又有几只手试探着，终于有一只手捞走了一块骨头。众手纷纷探抓，个个转过身去急急地吃。我等人们让出空儿，凑上去，咸菜里只剩零星的骨头了。我往碗里挑，然后端上炕，爸爸、三哥我们才开始吃。

谢大赖拿着个空碗进来，伸着脑袋看看盆，愤愤地说："我操了，没啦？"

只有一片啃咬声和唏嘘声，没人搭理他。谢大赖急了，用碗在盆里恶狠狠地舀了尖尖一碗咸菜，愤怒地上外屋去了。

吃完，大家都夸这肉好吃，有的说没吃够，有的抱怨吃得少，相互指责别人吃的多，有人说有点儿土星味，有人附和，有人说不如鸟肉好吃……最后大家意见统一：没啥吃头！所有人都东倒西歪地闲待，回忆刚才吃肉情景：谁谁的狼狈相，谁特别馋，谁专捡大块拿，谁……

我吃了炒面，又吃了兔子肉，有点儿撑得慌，出去拉屎，到窗户前刚蹲下，屋子里出来了几个人，排着在房子那边蹲下，传来吭哧声和臭味。黑黑的田野，空旷而深远，一片宁静，满天繁星个个眨着眼睛，像在窥视我们这些人。我遥望东方,地平线上有古长城墙似的群山,山那边就是我的家乡。母亲在干什么呢?是不是指望我们挣回去大钱?或许在惦记我们,盼望我们早些回家。这只兔子要是拿回去,全家人围着桌子吃一顿多好哇。我想家,想念自己家的小院儿,想念伙伴们,想念那熟悉的田野和村庄,在那里,有无穷的乐趣。

第二天,一场大雪盖住了大地,田野茫茫,远山像数只大象,驰骋向远方。不能捡粪、搂柴火了,所有的人都要赶回家过年。我和爸爸、三哥带着拼来的一元九毛钱,随着这些土眉土眼的庄稼人踏上了归乡之路。

天很冷,这些人都笑容满面,过年了,吃的烧的都不缺,没有什么不知足的。

我们走向家乡,个个劲头十足。

十一

老朱头牵着驴,我跟在车后边,踩着狼甸子大地的一条土路朝东走。天晴日朗,头上不时有山雀吵叫着飞过,南边的枣山罩在烟气里,路边不时有野兔窜出或有鸟儿升空。一出村我尽量热情地跟老朱头说话,但他带搭不理,后来干脆离开车,在路边随着车边走边捡草地上的干牛粪。傍晌午快到外牧场时,车上装满了牛粪。

过了一个山梁,东边草地上出现了几幢土房,在旷野里显得很冷清,一幢房子上面升绕着炊烟,才显得这里有生命活动。在房子南边一里地处,有一群羊羔子在寻草吃,一个老人在看护。这就是东沼牧场,我故意问老朱头:"这儿就是吧?"

他撩起厚重的眼皮,沉着脸说:"是!"

外牧场在我们村里人心目中是个了不起的地方,村里人没机会去山外的大城市,长年劳作在田里,只是因什么话计到外牧场走一遭,就算是出远门了。我今天又到了外牧场,有几分兴奋。

老朱头说:"看着羊羔子的是你爸,你去找吧!"

我身子拽着大腿朝父亲奔去,走不远,我回头看一一眼,见老朱头坐在车上,赶着驴朝牧场的房子奔去。原来他这一路不坐车,就是怕我坐车,这老头真抠!

爸爸已经知道家里发生的事了,我帮助父亲把羊羔子赶回羊圈,到屋里爸爸便把队上的物品都点给了老朱头,开始收拾行李。我在外屋等父亲,见墙角处有一袋玉米炒面,那是羊羔子食,我咽了几口唾沫。老朱头正守着锅台涮饮羊羔子的铝盆,没注意那袋炒面,我忍不住摘下帽子,到墙角的炒面袋里捧了一捧炒面放到帽子里。我抬起头来,发现老朱头停止了涮盆,惊恐地看着我,好像看见了一件让他震惊的事。

我脸上虽很热,但还是不顾一切地一手托着帽子,一手抓炒面吃。这时,马倌田二走进来看见我吃炒面,惊讶地瞪直了眼,好像不相信我在吃队里的东西。我受不了他的眼光,就走进屋里。父亲已经捆好了行李,看见我吃炒面,脸色阴沉下来,手不由自主去摸不知道是谁放在炕上的鞭子。恰好田二走进来,上前夺过父亲手里的鞭子,说:"一个孩子走这远的路,饿了。"

爸爸不再说话,收拾好行李,背在肩上,和我走出牧场小屋。

天太冷,我把剩下的炒面装进衣兜,抖掉帽子里的炒面,戴上帽子,跟着父亲往回返。走了十多里,父亲累了,坐下歇气。我坐在他身边,他问:"还有炒面吗?"

我把衣兜里的炒面抓给他,他填在嘴里,嚼着,望着枣山,好久不往下咽,似乎很香。我想,他成天守着那袋子炒面,可能没吃过一口。

我和父亲到家时已是日落西山。吃完晚饭,父母和姐姐坐在炕上商量三哥订婚的事,我站在地上倚着柜听,三哥在外屋不知道在干什么活儿。刚说了一小会儿,院外有人叫,说于书记叫父亲去大队部一趟。父亲立刻出了家门。

我们一家人坐在屋里不说话,等待父亲回家。小半夜了父亲才回来,黑丧着脸,在上炕坐下,低着头。我们都预感到发生了不好的事。母亲问:"于书记叫你什么事?"

父亲说："是儿子吃队里羊羔子食的事。"

我脑袋轰然一响，然后就"嗡嗡"的处于半麻木状态。

母亲问："谁说给于书记的？"

父亲说："田二今天回来说的。"

"你咋说的？"母亲问。

父亲说："孩子饿了，吃几口，闹着玩儿的事。"

母亲一听皱起了眉头，一拍大腿，着急地说："哎呀，你咋往孩子身上推，他的前程是大。你快去大队，就说是你干的！"

父亲觉得母亲说得在理，马上下炕去了大队。父亲一宿没回来，母亲在炕上坐了一宿，姐姐躺在炕上一个劲儿地翻身，三哥躺在我身边老出长气。我到天亮时才睡着，很快又被惊醒了。

街上人声吵闹，细听是游父亲大街，口号声不断，还夹杂着锣声。姐姐气得在地上打转儿，含着热泪愤愤地说："该，整死！不干好事！"

姐姐回了婆家，三哥也上工了。母亲坐在炕上默默地流泪。我坐在凳子上，心情阴郁，我好像看见了父亲戴着纸糊的高帽，赤膊弯腰地走在街上，街的上空，是艳艳的太阳。

我老实厚道的父亲，不该是这副样子！

晚上老赵婆儿坐在了我家炕上，他没对躺在炕上的父亲安慰一句，对哭红了眼睛的母亲说了一些安慰的话，说："朱家的婚事不成就不成吧，朱家那丫头也不咋的。"然后就是叼着烟袋不停地吸烟，时不时叹一口气，好长时间她才说："田二不是使坏，他说你儿子吃炒面他爸要拿鞭子打他，就这么着说走了嘴。"

很晚了，老赵婆儿才走。母亲送她出院子，又回到屋子。院子很静。

第二天我要返回学校了。

街上依然很冷，没有人影，连一只鸡也没有。路过邢娘们儿门口时，她蹲在园子里撒尿。小队院墙西边依然站着一群庄稼人，不知道他们是议论我家的事还是别的事。狼甸子还是那么空旷。

我踏着土路，艰难地朝学校走去。

第二章　回乡务农

一

高中毕业了，我回到了生育我的十二里段。我的前途就在这狼甸子开始了。

晚上，我放下饭碗，抹一下嘴巴，一扭屁股，腿夺拉到炕檐下，坐在炕边上，思谋着是不是上街上走走。街上肯定有人闲扯。院子里蚊子在叫，可能是园子里种玉米的原因，据说种烟就不起蚊子。

父亲也吃完了，退坐在炕头，揪一根笤帚棍儿剔牙。母亲扒啦了碗底的几口粥，看见父亲的所作所为，马上皱起眉头，沉着脸说："又揪，笤帚都让你揪光了，哪儿有钱买！"

屋子黑了，明天还得出工。我跳下地，伸起胳膊打哈欠，打算去西屋睡觉。大门外有人叫，叫声在静静的院子里荡漾。我举起的胳膊没有往回收，侧耳细听。母亲也将举在嘴边的碗定住，细听。

又有人叫，细细的女子声。母亲瞅我一眼，说："叫你呢！"母亲忙扒净碗底的几口粥，把碗扔在炕桌上，到屁股底下摸鞋。我心慌意乱地窜出屋，对着大门应了一声。

"叫你去大队开会！"一个姑娘在大门外肆无忌惮地嚷，左右邻居都能听得见。我听出是李芳红，我问："什么会？"

李芳红说："给你们回乡青年开个会！"我不敢慢待地说："进屋待会儿吗？"她说："不，我回家取歌本儿，于书记叫我顺便告诉你一声。"我说："我马上去。"

李芳红的脚步声在街上走远了。我听见邻居的咳嗽声、关门声，可能他们都在偷听，以为这黑夜里要发生男女之间的事。我想，李芳红做得对，进院告诉我，让人撞见会起疑心，这样大吵大嚷显得光明正大。我回到屋子里，母亲已经提上了鞋，关切地问我："让你干什么差事？"

我说:"没说,让去开会。"母亲忙给我系敞开的衣扣儿,嘱咐我说:"到那儿好好说!"

我有些不耐烦地扯起柜上的绿布单帽子,扣在脑袋上,推开母亲,边系最后两个衣扣儿边朝门外走。母亲怔怔地看着我走出屋。

母亲的心思我清楚,她供我念完高中,指望我给这个熊家庭撑撑门面,在队里弄个职务,诸如民兵班长、团支部委员什么的。我也是抱着这种愿望从学校回到村里的,可是,那容易吗!

大队办公室灯火通明,书记于贵德盘着腿坐在炕上,叼着烟袋闷着头吸。他个子矮,外号叫"于小个子",眼睛小,贼溜溜地转,四十多岁,心眼子在全村全踹,在村子里说话绝对算数。副书记王顺在办公桌前沏茶,权利方面,他是于小个子的陪衬。

我的另六个高中毕业的同学都来了,在炕上、地下坐着,谁也不说话,似乎都是虎视眈眈的,因为今天晚上是我们毕业后大队第一次开会,可能要安排什么职务,这和我们前程有关,不可能不紧张。

王顺给每个人倒了一杯子水,坐在办公桌前,看着我们说:"来齐了,于书记,开吗?"

于小个子撩一下厚重的眼皮,看我们一眼,说:"开吧!"

王顺清清嗓子,开始讲话。他讲话的意思主要是,党支部和全体干部欢迎我们青年回乡生产,队里又增添了生产上的骨干。然后王顺说请于书记讲话。他的口气很庄重,正襟危坐的我们七个青年不知道该不该拍手欢迎。我看看其他几个同学,都无所适从地相互看,没人带头,掌也就没有拍起来。于小个子把烟袋在炕檐上铛铛铛地磕掉烟灰,坐直身子,看着炕席,顿了一下说:"你们遵照毛主席的一系列指示,回到这广阔天地扎根干革命,我代表狼甸子村党支部、革委会、全体贫下中农,对你们的回归表示热烈欢迎!"

于小个子像在万人大会上做报告,讲得威武雄壮,声音震得人的耳膜发麻,整个屋子都"嗡嗡"地响。我心跳起来,不由得对这个大字不识的文盲书记产生了畏惧感和尊敬感。王顺带头鼓起了掌,我们七个青年无所适从地跟着鼓起了掌。会议气氛庄重起来。

于书记接着说："你们要好好接受贫下中农再教育，你们的前途就在这狼甸子上，完啦！"

又是鼓掌。接着王顺要我们发言。我们都认为这时候应该有个态度，刚毕业得积极点，都抢着要发言。王顺让文心发言。文心说："今天开的这个大会，我也参加了……"

我认为文心说得太俗，应该说得有点儿水平，我在脑子里盘算该说什么，还没有想好，王顺让就我发言了。我慌忙开口说："今天开的这个大会，我也参加了……"我说得什么，别的同学说了什么，我晕晕乎乎的啥也不知道，大约都是表表决心。

七个人抢着说完，还剩下郑海峰。他半倚在墙上，好像不屑于和我们争。王顺说："郑海峰你也说说吧！"郑海峰不以为然地说："好好干，没了！"听口气他有一肚子气，他是气我们争先恐后吧？或是不屑于和我们争？

散会了，我和几个同学走到院子时，见郑海峰还坐在大队炕上，卷着旱烟跟于书记说着什么。我担起心来，念书时郑海峰就是个心计多的人，他说不定说我们几个人的什么事呢。

第二天我们七个人跟着大帮社员干活儿，活计是抽莠子穗儿，目的是防止莠子籽儿在秋后打粮时混到谷子里，明年再种谷子时莠子多。挨着我左边的是因为脸白而人称"白种"的齐志才，右边是号称"成三疯子"的成风财。成风财将一双新鞋左右脚倒换着穿，他说这样省鞋。三个人无话。领着干活儿的是妇女队长朱桂琴，她长得很美，与她拢挨拢的郑海峰和她叽叽喳喳地说着什么。人们私下说他们两个人正谈得热乎。人们像羊群一样游动在谷子地里。

古老的土地，似水流年的日子。

儿时的记忆放映在我的脑海里。

暑假的时候,庄稼长高了,大人们都在干田里的活儿,只有我们孩子还在捋拉拉蔓儿。

早晨我在母亲的喊叫中爬起来,惺忪着眼睛洗把脸,围坐在桌子旁,喝起玉米面粥。我喝两二大碗,三哥喝两小碗。我觉得肚子胀,倚在被服垛上,手搭在圆滑的肚子上,费劲地喘着气。爸爸吃完了昨天剩下的玉米菜团子,从笤帚上掐下一根细蘼儿,盘着腿坐在桌前剔牙。母亲正在喝最后几口粥,看见父亲又掐了,生气地说:"笤帚快被掐光了,哪儿有钱买!"母亲扯过笤帚,塞在自己的屁股后,脸色很难看。

三哥跪在桌子前,饱嗝连着饱嗝,眼睛贼溜溜地在桌子上扫。我知道他要干什么,顶是个馋虫!那不是盘子里还有一个昨天剩下的玉米菜团子,本来是给爸爸吃的,爸爸没吃了,母亲又没舍得吃,他惦记上了。我伸出脚踹他屁股一下,他歪起头白我一眼,说:"你管呢!"

他遮羞地在咸菜碟子里捏了一叶咸葱叶子,扔进嘴里,嚼着,说:"哈,真咸,真咸。"哥哥坐到炕檐上,又用眼角余光瞟了一下菜团子。

阳光爬上了窗棂,猪"吱——吱——"地拱外屋门。我透过玻璃窗望出去,家雀儿站在杏树上吵叫。母亲说:"都吃饱了吧?吃饱了就得干活儿,今天去捋拉拉蔓子,不到晌午别回来呀!"

我跳下地穿鞋,伏在炕檐上问母亲:"我使哪个筐?"

母亲说:"都别使小的,跟你哥一起使大的,都在窗户下放着呢。"

我和三哥走出的时候,母亲教训父亲:"耪地又累又分少,死热荒天的,掏大粪又轻又多一分,就是臭点儿呗。你跟队长说说,老头咋也得照顾一下。"

我们家的日子母亲当家,爸爸只有蔫儿蔫儿的份儿。

我们在窗房下拿了筐,朝大门走去。

"你给我拿会儿筐,我去拉泡屎。"三哥把筐递给我,边解裤腰带边颠颠地往房后跑。

　　天气挺好,树绿,天蓝,远处的大兴安岭像长城一样起伏着,几朵白云在上边飘浮,一只鹰在山顶上盘旋。园子里的杏花结蒂了,七八月份杏就红,妈妈会分给三哥我们俩几颗杏儿吃。那杏儿吃着,啧啧,又酸又甜,糖换?才不干呢。

　　出了大门口,三哥回来了,告诉我:"西院邢娘们儿他们家的小猪在咱们粪窖呢。"

　　我问:"你没赶出来?"三哥说:"我赶了,它跳不上来。"

　　妈妈说过,一斤大粪卖给队里三分钱,平时妈妈不让我们随便拉屎,那猪准是在里面吃大粪呢,得把它赶出来。我刚想去房后,西院的邢娘们儿忽然从大门口走出来,腰上扎着围裙,看样子她刚才在刷碗,两只手还湿着。她撒么大街,看见我们哥俩,问:"你们俩看见我家小花猪了吗?"

　　"在……"没容我说完,三哥抢着说:"上饭馆子了。"

　　邢娘们儿眨着眼睛,眉头聚了聚,问:"哪儿有饭馆?"

　　三哥说:"在我们房后呢。"

　　邢娘们儿想了想,明白了,家家的房后除了粪窖没别的玩意,她指着我们俩笑骂道:"这两个王八犊子……"

　　我们两个赚了香营儿,弯着腰笑起来。

　　我们俩走在街上,比赛轮筐,看谁轮得圈儿多又不迷糊、不倒。轮了几圈,三哥忽然不轮了,说:"我都饿了。"

　　我知道他又想起了那个菜团子,忽然心一动,我说:"你回去把那个菜团子偷来。"

　　"行。"他说。一说吃,他胆子才大呢。他把筐递给我,说:"你给我拿着筐。"

　　三哥朝家跑去。一会儿,跑回来了,笑嘻嘻地瞅着我笑,瞧他那得意劲儿,我就知道他偷来了,不过,他两手空着,什么也没拿,裤腰倒鼓个包。他解裤腰带,忽然,菜团子从裤筒里钻出来,在地上滚了两圈。我忙捡起来,吹了吹土,用衣袖子擦了擦。

三哥说:"拿来,我偷来的。"

我说:"一人一半。"

三哥盯着菜团子,说:"行,我要大半儿。"

我用指盖儿在菜团子上划了个圆圈儿。三哥紧紧盯着,恐怕我亏了他。我正要掰开,忽然改变了主意,说:"先放起来,到山上饿了吃。"

"行,得我拿着。"他不放心,把背心掖在裤腰带上,把菜团子装进背心里。

我随便问:"你咋偷来的?"

三哥说:"妈在院子里喂猪呢,问我干啥,我说渴了,回来喝口水,进了屋,我在碗架子里拿碗到水缸舀水,边喝边看着门口,妈没跟进来。我把碗往碗架子送的时候,就把盘子里的菜团子抓了出来……"

我替三哥捏了一把汗,这要是让妈妈看见,他非挨一顿笤帚疙瘩不可。

赵大叔扛着一筐拉拉蔓儿从村外走来,光着膀子,膀子落着尘土,汗珠闪闪,又黑又亮,穿条青布裤子,紫红色的皮裤腰带老长,在裤裆前甩来甩去。他有个毛病,边走路边无缘无故地咳嗽,又眼色不大好,长年挎着筐捋猪菜、割驴草,村里人都管他叫赵大筐,我们孩子见了他总是要他。他从我们身边走过时,三哥损劲儿上来了,憋着嗓子"咳咳"两声。赵大叔停住脚,转过身来看着我们俩,生气地瞪一眼说三哥:"少教养……"

赵大叔那又脏又沉的脸很吓人,惹急了还敢凑人。三哥害怕了,咕哝道:"还挡住人家咳嗽了。"

赵大叔走了,走远了,三哥胆子大了,放开嗓门嚷:"赵大筐,尾巴长,颠达颠达上南梁,南梁有个大水盆,扣住脖子憋气门。"

我们孩子都管屁股眼儿叫气门。赵大叔可能没听见,只是往前走。

"哎,你看!"三哥指着赵大叔,发现了什么新奇玩意儿。

我看不出是什么。三哥提示说:"那屁股。"

哦，看出来了，赵大叔裤子开线了，他一迈腿，总是露出大一块屁股。三哥满地寻石头，说是给他一家伙。我制止了，打疼了他，那老头儿打小孩子特别敢下手。

出了村口，绿色的大地展现在眼前，远山手牵着手，把村子围在中间。妈妈说过，到山那边就到天边了，爬上山头就能摸到天。不过妈妈嘱咐过，可别乱去摸，那天就像烧红的锅底，太阳一天一天地烤，锅底被烤热了，摸一把能烫伤了手，所以，我们都不敢跑到山脚下去，怕烤坏了。

几头驴在草地吃草，一群大人在田里干活儿，边干边说笑。大嫂子也在里面，她不知道在跟谁闹着玩儿，亮着嗓门笑骂："你也不是三岁两岁的小孩子，睡觉还用我搂着，小时候你摸着我妈妈儿睡觉，大了还想摸，我奶奶你得了。"

笑声像风吹杨树叶子，"哗啦啦"在人群中响起来，一阵混乱不清的吵嚷。

大嫂子骂人特别敢张嘴，她这个年龄的妇女嘴没个讲究，村里的小伙子们怕她们才邪乎呢。按照乡间的规矩，小伙子管同村的妇女都称呼嫂子，嫂子和小叔子闹着玩儿，妇女们认为生过孩子，见多识广，自然不把小伙子们放在眼里。大嫂子更不知道可耻几斤沉，在全村妇女群里骂起人来全踹。

王顺媳妇忽然停下锄，朝我们俩喊："大柱、二柱，你看见你大嫂子和你大哥哥亲过嘴吗？"

这个刑娘们儿穿得挺破，又总是不洗脸，干活儿净拉后。这娘们见我们就闹，反正没好话。我说："我大哥和你亲过嘴。"

人们又是一场大笑，有的男人指着刑娘们儿的鼻子问是不是真的。

三哥训我："你瞎说啥，大嫂子听着乐意吗。"

我不服气，说："那天大哥在街上碰上刑娘们儿，说要跟她亲嘴，刑娘们儿躲到一帮妇女身后去了。"

三哥说:"那是闹着玩儿。"

我说:"这不也是闹着玩儿吗。"

三哥瞪我一眼,意思是说我真犟,真傻,真……

我和三哥来到西山坡,这儿拉拉蔓儿遍地都是,一棵挨着一棵,蔓儿错综复杂,粉红的花像大碗,开遍山坡。蚂蚱在拉拉蔓儿丛中蹦跳,蝴蝶在大碗花上起起落落,山雀在空中抖动翅膀,撒下一串银铃声,日头真毒,烤得人直淌汗。

我和三哥都脱了背心,团了团扔在筐里,光着膀子捋起来,一只手捋,一个胳膊夹拉拉蔓儿,夹不下了,就送到筐里,捋平筐。三哥怠了,说是饿,我把菜团子掰给他一大半,我要一小半,我们俩坐在筐旁边狼吞虎咽地吃下去,真香!

三哥仰面躺在地上,两只手揉着胸口,轻轻地哼着,他烧心。我见日头快中午了,用脚尖踢三哥屁股,说:"起来,快捋吧。"

三哥说:"烧心。"

我也烧心,胸口就像有个红红的炭火球,酸水一口又一口地咽到肚子里,这要是有口水喝就好了。三哥忽然坐起来,两手反背撑着地,说:"咱们偷瓜去。"

我也挺馋瓜,远远的瓜园,瓜把式李商隐老头正在瓜地转悠,可能是在寻熟瓜,瓜棚前有几个路人吃瓜。偷?在哪儿下手呢?李商隐眼睛可毒着呢,让他瞅着非追掉鞋不可。三哥说:"要不,咱们去吃蹭瓜?"

嗯,这还差不多,村里人都说李芳红的爷爷李商隐心肠好,哪个孩子去他给瓜吃。

"去。"我说,把褂子系在筐梁上,挎上筐就走。三哥挎上筐,小跑步跟上来。

我们横穿庄稼地,来到瓜棚前,瓜棚门口停着一辆吉普车,几个胖胖的干部在大口大口啃西瓜。我和三哥放下筐,眼巴巴地看着干部们啃。三哥一口接着一口咽唾沫。热辣辣的日头晒得我们汗直往下淌,我不断地挥手抹脖子上的汗。

李商隐拿着笤帚把干部们吐出来的瓜子往一齐扫,故意扫到我们脚下,赶我们:"去去去,远点儿玩去!"

这么热的天,我不打算站下去了,三哥随着李商隐的笤帚往后退,不肯走。李商隐直起腰,望望通往村子的土路,路上没人,路旁的谷穗子静默地耷拉着脑袋。李商隐转回身,到棚子里的瓜堆上挑了两个拳头大的香瓜,递给我们俩,神色不安地说:"去远处吃,别让人看见。"

我俩抹抹瓜上的尘土,三两口吃下去,吧嗒吧嗒嘴,像没吃一样,仍然馋丝丝儿的。三哥直盯着干部们吃,脸上很多混浊的汗道子。

呀,干部们扔在地上的瓜皮上还有很多瓤呢,要捡得的欲望鼓动着我。三哥也看见了瓜皮,他站一会儿,用手背抹一把汗,蹭在裤子上,上前捡瓜皮,干部们惊异地瞅着三哥,李商隐问:"干啥?"三哥仰起脸来说我:"快捡,拿回去喂猪。"

对,喂猪,我也上前捡,专挑瓤多的捡。

吉普车一道烟跑了,我们把拉拉蔓儿装到一个筐,另一个筐装西瓜皮,我俩连拎带挎,费了好几身汗,才走到家。日头正午了,村里人都午睡了,村街上没有人,村庄很静。妈妈正站在院子里喂猪,看见我们抬回一筐西瓜皮,气冲冲地嚷:"王八犊子,整这个干啥?"妈妈忽然看见西瓜皮上红的、黄的瓤,咽一口唾沫,上来扒拉着看看,说:"快,妥一盆水来!"

爸爸、妈妈、我和三哥在院子里啃完瓜皮,都饱了,三哥肚子圆得像蝈蝈。妈妈用毛巾擦着手,满足地说:"睡觉吧,过晌午早点儿上山捋拉拉蔓儿。"

我和三哥上炕,三哥先抢了炕稍儿,炕头热,又铺了羊毛毡子,躺上去更热。我说:"把羊毛毡子拖到你那边去。"

"不,羊毛怪扎人的。"三哥先躺下了,蜷着腿,脸朝墙那边美滋滋儿地假装睡了。

我怕毡子扎身子,把毡子卷起来,立在炕旮旯儿,躺下。窗子开着,屋子里还是热,我俩四仰八叉,对着窗户外的蓝天,听着园子里的蝈蝈单调地鸣叫,慢慢地睡着了。

社员们的嚷嚷声把我拉回来,看看这片庄稼地,再看这些劳作的人们,我有些茫然。

三

晚上收工时,朱桂琴特意走到我身边告诉我,晚上开批判会,大队让我代表回乡知识青年在会上发言。我脸红红地低着头答应了,我知道旁边的人都在看着我们,我赶紧走到一边。朱桂琴瞪我一眼,那一眼是善意的,也是一种嗔怪。我心里是恐慌般的甜。到家我急三火四地扒完粥,伏在炕檐上抄报纸,抄到最后一个"吠"字我不认识,忙翻字典,注上拼音,把发言稿叠好,揣进兜里,心满意足地朝大队走。街上有零星的人朝大队走。到大队院门口,郑海峰从街对面走来,我们两个人打过招呼,一起进了院子。朱桂琴从西边的大队办公室走出来,拿着几页十六开的白纸,朝我们两个走来。郑海峰朝朱桂琴微笑着站下。我认为没有我的事,又不想听他们说什么,就朝会议室走。

郑桂琴走到我面前,问我:"你咋带搭不理的?"

我愣了一下,明白过来,解释说:"我不知道你找我,啥事?"

朱桂琴看着我说:"帮个忙,给我写个批判稿儿!"

我念高中的时候,寒暑假朱桂琴常找我给她写批判稿、发言稿什么的。我说:"会议要开了,不赶趟了吧?"

朱桂琴干脆地说:"明天用。"说着,递给我纸。我接过纸,朱桂琴要说什么,我意识到郑海峰就在身后看着,不等朱桂琴说什么,我就朝会议室走去了。朱桂琴跟郑海峰打个招呼,转身回办公室了。

会议室灯火通明,屋里地上摆着的檩子上边零星地坐了一些人。男人们抽烟,女人们悄悄地说话。我和郑海峰走到最后一根檩子上,坐下。郑海峰问我:"刚才朱桂琴找你干什么?"

我感觉不妙,郑海峰可能起了疑心,怀疑朱桂琴看上了我,或者猜测我图谋不轨。我说:"她让我给她写个批判稿儿。"为了打消郑海峰的疑心，我补上一句："老找我写这个那个的，我烦她！"

郑海峰闷坐一会儿，忽然站起来走了。一会儿回来，到文心、齐志才他们那边坐了，嘀嘀咕咕地说着什么。我心里有些恐慌，他们准是说我什么，这正是大队要给我们几个回乡青年安排事由的节骨眼上，我怕他们给我使坏。

批判会开始了，王顺主持会议。于小个子第一个发言，他声音宏亮，近似吼叫地说："长城内外，大江南北，东风吹骏马，四海舞红旗，毛泽东思想是在走向全面崩溃的时代……"

社员们听惯了他这段历次批判会的开头语，觉得很有气势，就是……就是后一句有点儿别扭，好像是反动的话，但知道这句话不是他说的，也好像不是这么说的，谁说的、怎么说的也弄不太准。唉，管他呢，一个文盲书记，能整出这么几句有劲的话，也算有口才了。

轮到我发言，齐志才、文心他们使劲地拍巴掌，我的心更慌了，走到讲台上对着话筒稀里糊涂地念完，低着头回来，见我坐过的地方空着，不好单独去坐，就走到文心、齐志才身边坐下。忽然，郑海峰站起来坐到我坐过的那根檩子上，齐志才和几个同学也跟过去，我被晾在了这儿，浑身不自在，心更加慌乱。

批判会要结束时，朱桂琴忽然从姑娘堆里站起来，猫着腰走到郑海峰他们面前，说了几句什么，那几个同学抢着跟她说什么，朱桂琴又走到我身边坐下，悄悄地对我说："你的批判稿真有水平！"

我没有在大庭广众之下挨着姑娘坐的经历，更何况在我心中朱桂琴已经是郑海峰的情人了，郑海峰看见我们坐在一起会有想法。我觉得朱桂琴挨的我太近了，我暗暗地往旁边挪挪屁股，谦虚地说："将就事吧！"

朱桂琴凑近我一些，问："你发言稿儿最后那个字是这样写的吧？"她打开手中的日记本，我看见她在日记本上写了一个"吠"字。我说："对。"她问："这个字念什么？"我说："念吠。"她说："刚才我问郑海峰他们几个人，都说念'犬'。"我说："那念'犬'，没有口字旁。"朱桂琴看着我问："犬是什么意思？"她小学毕业。我说："指狗。"她叼着笔杆歪着头看着我问："吠呢？"我说："狗叫。"她问："你为什么在批判稿里说狗叫？"我说："我是说孔老二叫嚷复辟，像狗叫。"她羡慕地看着我，赞叹地说："你真有水平！"

我没有告诉她，这个"吠"字我也不认识，是抄报纸时看见的，现查字典才认识。

四

散会时，于小个子在前面宣布："郑海峰、齐志才、吕斌站下有事。"

我有几分不安，又有几分喜悦，猜测安排我们什么事。留下我们三个回乡知识青年，一定是好事。

我们三个人跟着于小个子来到大队办公室，于小个子盘着腿坐在炕上，叼着烟杆边吸边说："你们三个参加文艺宣传队，今天晚上晚回家一会儿，写几张大字报。"

参加文艺宣传队是我求之不得的，只是写大字报干什么？旧报纸和墨汁都准备好了，放在桌子上。我们三个人没有学过毛笔字，瞅着桌子上的报纸不敢下手。我问于小个子："写什么？"

于小个子端着烟袋抽烟，朝桌子上扬扬下巴，说："随便。"

我瞅着桌子上的报纸思量，让写大字报肯定有什么用意。郑海峰试毛笔，齐志才拿着毛笔在墨汁瓶子里反复沾。我想，天不早了，早写完早利索早回家。我掏出兜里的批判稿儿，铺在桌子上抄起来。写到纸上的毛笔字，我自己看着都挺难看的。郑海峰看着我写的毛笔字，脸上有不易觉察的讥讽，好像打定了主意，在纸上慢慢地写起来，看架势决心要比我写得好一些。

我抄完批判稿，也不在乎写得如何，把"大字报"放在桌子上。郑海峰和齐志才还在一丝不苟地描。于小个子坐在炕上端着烟袋抽烟，瞅着我们。我无事可干，朝屋子外走，准备回家。于小个子说我："再写一张！"我说："不啦。"出了屋子，走在安静的街上，我想，我这么不认真可能不好,于小个子是不是对我有看法?

第二天我刚吃完晚饭,听见院子里有脚步声,我探着脑袋顺着玻璃窗户往外望,看见影影绰绰的走进屋子里一个姑娘。我跳下地往外屋跑,差点儿和进来的人撞上,定睛一看,是大队铁姑娘班班长李芳红,她还兼着大队文艺宣传队副队长,是早我一年毕业的初中生。李芳红站在门口外对我说:"大队让你今天晚上去学校排节目。"

我慌乱地点头说:"是,是。"

坐在炕上的母亲忙着下地,边在炕檐下拿起鞋穿边慌不择路地对李芳红说:"进屋呀!"

李芳红微笑地对母亲说:"我就告诉他这件事,走了。"但是她并不挪步。

母亲跳下地,捣着小脚冲向外屋,说:"看你,待会儿!"母亲抓住李芳红的胳膊拉进屋,摸着李芳红的头说:"看这孩子长得多俊,个子这么高,不戴头巾不冷吗?快把我这个戴上!"母亲说着,从炕上抓起她那又黑又脏的头巾,往李芳红头上围。李芳红躲闪着,说不冷,看脸色不好意思了。

我站在旁边很不自在,母亲真是的,头巾那么脏,也不看看人家那刚洗过的头发,穷近乎个啥!还不是看中了人家,想让李芳红嫁给我,给她争个脸面。那不是想香饽饽吃吗,也不看看你这家穷成个啥样。我没好气地说:"这大夏天的冷什么!"

母亲停住,遮羞地说:"黑天冷。"回头看见我脸色不好看,把头巾扔在炕上,推着李芳红在炕上坐一会儿。李芳红受不了老太太的热情,边推脱边说还忙着,钻出屋。我不看母亲,戴好帽子,阴沉着脸走出屋。

到街上,李芳红在前面走,我怕和她在一起走被别人看见,故意放慢脚步,跟在李芳红的后面,和她拉开距离。走到十字街,朱桂琴从另一条街上走出来。她边走边啃一个咸菜疙瘩,看见我,她把咸菜疙瘩退进袖筒里,低着头从我面前走过去。我忽然想起一件事,对朱桂琴说:"给你批判稿。"我从兜里掏出从报纸上抄下来的批判稿。

朱桂琴转过身来，头也不抬，一把捋过去批判稿儿，扭头便走。我怔住了，她生什么气？我努力回忆，也记不起什么时候得罪过她。朱桂琴走了几步，突然转过身来，很气愤地说："给我写这个不白用你，给你拨几分工。"

我没有回过神来，随口说："这又何必呢？"

朱桂琴质问我："你背后说我什么了？"

我说："没有哇。"

朱桂琴阴沉着脸，看着我说："别装老实了，你说我老找你写这写那，你烦我。"

我猛然想起，昨天晚上在会议室里我这么跟郑海峰说过，只一天她就知道了，一定是郑海峰告诉她的。郑海峰这小子，真不拉人屎。我由此更加断定，郑海峰跟朱桂琴有私情，以后可得小心这两个人。

朱桂琴前面走了，我心里很过意不去，平白无故地糟践人家，我这也太不叫人了！以后可别这么干了。

文艺宣传队在学校的一间教室里排练，一群大姑娘小伙子，蹦的、说的、唱的，很热闹。文艺宣传队长林有洋最欢，他脑袋老是无缘无故地摇晃，好像帽子戴得不合适，其实是习惯。我看看全屋的人，不见郑海峰和齐志才。我站了一会儿，没人理我，感觉很不自在，想走，但又觉得不行，走了就再也进不了宣传队了，在队里闹个事由的希望也将变得渺茫。我走到正练打快板的林有洋身边，问他："我干什么？"

林有洋停止了打快板，看看我，一脸的不屑，没好气地说："自己找事干。"

我有些慌，巡视一遍屋子，找不出什么事干，我揉搓着衣裳角，无所适从。忽然林有洋走到李芳红身边，说："走，咱们招呼杨小琴去，就缺她了！"

李芳红正在练一个跳舞的姿势，她停住，看一眼林有洋，不高兴地说："她不愿意干就算了，天天叫她天天不来。"说完又接着练。

林有洋态度坚决地说："不行，这不是她愿意干不愿意干的问题，是个态度问题。"

我见林有洋这副态度有些害怕,我想李芳红肯定跟着林有洋走了。李芳红态度也很坚决,说:"我不去!"

林有洋没有再对李芳红说什么,而是低着头思量着什么。李芳红不管他,继续练跳舞。林有洋看看屋子里的人,看见了我,走到我面前,拉起我,说:"走,你跟我去!"

我脑袋很懵,没有反应过来,在林有洋的拉扯下,便跟着林有洋朝门口走,心里挺高兴的,我终于有事干了。李芳红叫我:"吕斌,等一下!"

我站下,林有洋仍然抓着我,我半转着身子。李芳红点头朝我示意,说:"你过来!"

我挣脱开林有洋的拉扯,跟着李芳红走到屋角的一张学生桌前。李芳红拿起桌子上的一本剧本,打开说:"你演这个话剧里的甲,先把词背会。"然后她悄声对我说:"别跟着他去叫杨小琴。"

我压低声音问:"为啥?"

李芳红一脸不满地说:"他在这里面搞遍了,都隔腻他,又到外面去勾引。"

我怔住了,弄不清这里面的曲折直弯。

林有洋走过来,拉着我说:"走哇,还磨蹭啥!"

我找由子说:"我不去了,我得背台词,你自己去吧!"

林有洋急赤白脸地质问我:"咋,刚入队就不听组织分配?"口气中带着威胁。

我一听"组织"就害怕了,在等待大队安排事由的节骨眼上,我谁也不敢得罪,只能跟着林有洋朝外走。

外面很黑,街上很静,村子的房子都模模糊糊,死气沉沉的。村东的成片树木像站着的千军万马,林子里隐藏着无穷的秘密。我和林有洋蔫不几地走,两个人的脚步声传向远处,"踏踏踏"地非常清晰。路过大队门口时,看见会议室里灯火通明,传出来批判发言声和喊口号的声音，我能想象出屋子里的情景，我觉得很疲惫。我们顺着街走到村子东头，从一家一家大门口走过，家家的门窗都是黑的，院子里死气沉沉。到一家大门口，林有洋站住，我也站住，我看见这家窗户亮着灯，知道这是谁家。林有洋对我说："你喊杨小琴！"他是命令的口气。我想到了李芳红的提醒，我怕他设什么计，有顾虑，不想喊。林有洋又催，我不敢不喊，只好往门口走两步，张开嘴喊。我想到了电影《地道战》里面的一个场面，鬼子逼着伪军下地道并朝地道里面的老百姓喊话，伪军不敢不喊，喊又声不大且战战兢兢的。我也故意小声喊，估计附近的住户都听不见。

"大点儿声，大点儿声，你怎么啦，怎么啦？"林有洋不耐烦地催促道。我仍是那么点儿声。林有洋来气了，走到我面前，对着院子里放开喉咙大喊："杨小琴！"

他这喊声震荡着附近的人家，引起几家住户的狗叫。杨家的窗子灯光熄灭了，院子立刻陷入了黑暗。林有洋见杨家熄了灯，更来气了，伸长脖子对着院子急三火四地吼起来："杨小琴杨小琴……"见院子里没有反应，回过身来对我火气冲冲地说："喊呀！"

我怕不喊惹火了他，以后他再给我苦果子吃。我刚要喊，杨家的屋门"吱嘎"开了，门口探出一个人的脑袋，并响起一个姑娘尖细的声音："谁呀？"

林有洋不由分说地嚷道："走，排节目去！"姑娘说："我家里没人，我看家呢！"林有洋问："你家里人呢？"姑娘说："上我姥姥家了。"林有洋问："刚才你们屋子里谁点灯来？"姑娘说："是我。"林有洋说："走吧，就等你了！"姑娘说："我不去。"林有洋坚决地说："去也得去，不去也得去。"林有洋说着，拽着我朝院子的方向拉，说："走，上她屋。"

我站着不动，黑天瞎火的上一个姑娘屋，多不好，她家里人又都不在家。林有洋朝我吼道："走哇，做她的思想工作去，去也得去，不去抓着她也得让她去！"

我坚持站着不动，林有洋气冲冲地质问我："你进不进去？"见我不动，就说："你不进去我进去。"说着林有洋跨进大门。我有些吃惊，他要干什么？我还没有反应过来，姑娘着急地喊："你别进来，我已经脱衣裳睡觉了。"说着，"哐"地关了屋门。

林有洋已经走进了大门口，他站下对屋里喊："杨小琴，你到底去不去？"

邻居家有人走出屋门朝这边看看，弄清怎么回事，又回屋了。一会儿，杨小琴在窗户里喊："我不去，你走吧！"

林有洋用威胁的口气说："你不去可别后悔，寻思着办吧！"

杨小琴在窗户里用无所谓的口气说："行，我寻思着办。"

林有洋不甘心，问："你咋寻思的？"

杨小琴说："我寻思就不去了。"

林有洋声嘶力竭地说："好，你等着，我向大队汇报。"

屋子里没有动静，任凭林有洋怎么吼，杨小琴都不再回话。林有洋垂头丧气地走出杨家大门，低着头顺着大街朝学校走，我跟着，街上很安静，路上林有洋没有跟我说一句话。

排练完节目很晚了，我和李芳红的家都在村子西边，我们两个人走一路。我们和那些人分手后，并着肩顺着街朝家走。村子静极了，走了一会儿，李芳红对我说："前天我听于书记说，你们几个高中毕业的都安排工作了，打算最后安排齐志才。"

我心一动，随口问："真的？"李芳红说："于书记说先安排你，社员们也都说你字眼最深。"我想，这大约是同村那些小学同学传的，从打念小学我一直是学习上的尖子，村子里的一些小学同学因为家里穷，小学毕业就不念了，但他们都服我。

李芳红问："你妈对我咋那么好？"

我不知道该说什么，我知道母亲的心思，她是看有的人家儿子在村子里娶上了媳妇眼热，也想不出村就娶上一个儿媳妇，这说明日子过得好，被乡亲们看得起，是一件脸上有光的事。一个农村老太太一辈子的最大理想也就是这个吧！我能让母亲失望吗？我们两个人走到十字路口,该分手了,我们两个人没有说话,李芳红自然就朝她家的方向走去,我站下,望着李芳红消失在夜色中,听不见李芳红的脚步声了,我才朝家走去。我心中充满喜悦,我憧憬着的希望正在实现,我想,看来我不仅能当上民兵班长,或许还能当个大队会计、民办教师什么的。我在静静的大街上慢慢地走,户户都死气沉沉的。我看看满天繁星,在大门口转悠了半天,才走进家门。

早晨上工,我走到社员们聚集的十字街,社员们都闲散地站着,我走到几个同学身边,几个同学都躲着我,走到旁边去了。我不明白,念书时,这几个同学常借我的作业抄,经常围着我转,怎么回到村里就不理我了?我想不起来哪儿碍着他们了。我想他们走到一边也许是无意的,我就再次走到几个正说话的同学身边,几个正说话的同学都不说话了。郑海峰说:"咱们别跟人家宣传队员在一块儿,走吧!"

郑海峰带头,几个同学朝一群男社员走去。我脑袋麻木,傻站着。我有了感觉,也许这些日子我在大队有得势的兆头,惹来了他们的嫉妒。其实,大队干部并没有对我怎么好。我担心,倘若最后大队什么差事也没给我安排,我又把同学们得罪了,岂不苦了我。

晚上,宣传队接到通知,要宣传队全体队员到大队参加群众大会。我们到大队会议室里,屋子里坐满了社员,抽烟的,说话的,放屁的,空气沉闷得很。我们在摆在地上的檩子空处坐了。会议由王顺主持,于小个子宣布朱桂琴提升为大队党支部副书记,郑海峰、齐志才被任命为大队革委会委员。我听到最后,也没有听到我的名字,心凉了半截。

第二天母亲知道了这件事,趁我吃饭的工夫,母亲边刷锅边吵吵起来:"我以为你在外边混得不错呢,闹半天啥也不是,看人家郑海峰、齐志才,一步登天,你这书都白念了!"

我正为这事挺窝火的,母亲一吵吵我愤愤道:"他们前扒后踹的,不干明事!"

母亲说:"人家那叫能耐。"我不服气地说:"我不稀罕那能耐!"母亲大骂："你熊,想有那能耐你也有不了!"

我的火气涌上来,说:"没有,气死你!"母亲更加来气地骂:"白吃饭,要账鬼,垫粪坑都不是好粪!"我把半碗饭用力墩在桌子上,把筷子一摔,钻进西屋,站在炕前出气。

晚上,我在西屋看小说,听见母亲和父亲在东屋嘀咕:"咱们也请请于书记吧。郑海峰他们都安排了,还不是请了,再穷,咱们也不能一毛不拔呀!"父亲不作声,有划火抽烟的声音,父亲就是这么老实,儿女的事他不管不问,全是母亲一个人张罗。

我心烦,看不下去书,到大街上瞎转,大街上很黑很静,我心情不好。对面走过来一个人,我仔细一看,是李芳红。李芳红看出是我,问我:"你怎么不去排节目?"我没好气地说:"我不干了。"李芳红走近我,关切地问:"咋的了?"我悲观失望地说:"干也白干,得不着好。"李芳红悄声问:"到底出了什么事?"我忍不住说:"看人家郑海峰、齐志才,不干倒对了。"李芳红舒一口气,安慰我说:"这不怪你,你也不想想人家是什么人家。"

我一想,也对,郑海峰的父亲是前任大队书记,因作风问题被撤了职,可在村子里仍旧是有地位的人,于小个子都惧他三分。齐志才父亲是小队长,和郑海峰父亲关系好,两家如果联手整于小个子,他招架得了?

李芳红说:"你不要太伤心,大队对你也许另有安排。"

第二天,大队召集我们几个回乡知识青年开会。我们在大队办公室的椅子上、凳子上坐下。坐在炕上端着烟袋抽烟的于小个子对王顺说:"开始吧。"王顺就说:"今天召集你们开会是宣布两个任命,再进行一项选举。先请于书记宣布任命。"

于小个子从嘴边挪开烟袋,声音洪亮地宣布,郑海峰任大队民兵连长,齐志才任大队会计,两个人脱产。我听了脑袋"嗡嗡"地响,心狂跳。于小个子又说,大队开办个代销点,在七个高中毕业生中选一个代销员,除了郑海峰和齐志才,五个人选谁都可以。

我心里紧张起来，我还有希望，我认为这回该轮到我了。于小个话音刚落，郑海峰抢着说：“我选文心。”齐志才跟上说：“同意！”

看样子，郑海峰和文心早商量好了，也可能是于小个子的旨意，做到选上他需要的人，又不从他嘴里说出来，精明。其他三个同学看样子也想干，但说不出口。于小个子见我们几个不作声，微笑着问：“你们四个的意见呢？”我见他的微笑里有得意和嘲讽我们的意思。别人都说同意，尽管声音里透着不情愿。我也酸楚地跟着说同意。这件事就这么定了。我的心一凉到底，我想，完了，彻底完了。

五

午后和社员们来到一片洼地劳作，我很少跟人说话，闷闷不乐地干活儿。看着周围的田野和庄稼地，这里的环境太熟悉了，这是我儿时记忆最深刻的地方。小时候捋拉拉蔓儿、套鸟的情景尤在眼前。

念小学时，放学后我和换饱、来喜挎着筐，说笑着朝山坡下的洼地走。换饱说他们班的狗剩最笨，把字母“L”说成白露，他说得兴起，嘴都起了沫子。来喜听得咧着嘴笑个不停。放了暑假的我们心情真是好啊。山坡很缓，天气温和，上空的百灵鸟振着翅膀欢快地叫着，阳光明媚，远处的大兴安岭起伏着向远处伸去，山顶上有水样的东西在流动，村庄已经被山隔开了，山坡下有拉拉蔓儿（一种猪菜）的那片荒地越来越近了。妈妈说，猪净吃粮食不行，也得和人一样改善生活儿，打发我们上山捋拉拉蔓儿给猪吃。

突然，脚下的蒿丛中窜出一个东西箭一般向前射去。换饱叫道：“哎呀妈呀，吓我一跳！”傻瓜似的看着跑远的那东西。来喜吓得跳起来，看着跑去的东西心慌地赞叹道：“看那家伙，跑得真快！”我的心也在狂跳，看清是一只兔子，像子弹一样射向左面的山坡，转眼之间就消失在灌木丛中了。

我们惊魂未定，走到了坡下，洼地就在前面了。脚下猛地窜出一只鸟，在地上打旋儿，是一只百灵鸟，好像一只翅膀伤了，它扑拉着，拖拖拉拉地朝左边打转转儿,是左边的翅膀伤着了,是什么咬伤的还是摔伤的呢? 我们来不及多想,本能地猫腰去抓。它向前窜一下,我们追一下,它一下一下往前窜,我们争先恐后地向前追。它扑拉着伤了的翅膀向前窜,总是离我们几步远,我们要抓住它时,它就向前窜一下。它扑拉着窜,我们叫吵着追,越跑越远,那鸟窜得速度越来越快,我们知道再抓不到它,它一会儿翅膀好了就飞走了,我们越发拼命地朝前追。追出很远了,那百灵鸟突然一振翅膀飞了起来,欢快地叫着,好像在嘲笑我们。

我们傻子似的站着,换饱看着天上那只百灵鸟,受了耍弄地说:"靠,它逗咱们呢!"来喜说:"它是伤着了。咱们不快点儿抓住它。它扑拉好了还不飞啊。"

我忽然想,它刚才在那儿窜出来是咋回事? 我说:"走,到刚才它飞出来那地方看看。"

我们回到了那只百灵鸟飞出来的地方。这是一片茂密的蒿子,厚厚得看不见地面,有蝴蝶在野花上起落,每踏一脚都有无数蚂蚱跳出。我们用脚趟着蒿子细细地寻找,忽然,我看见在一丛密密的蒿丛下有一个茶碗型的鸟窝,我惊喜万分,大喝一声,换饱和来喜慌慌张张奔过来,放下筐,围在一堆看。鸟窝里有四颗蛋,蛋像手指肚那么大,浅灰色,有黑色的花纹,圆圆的很精致。我们拿起来摸着玩儿,光滑得像玻璃球。换饱说:"别摸了,听老人说,鸟蛋人用手摸了鸟就不要了。"我们赶忙把蛋放进窝里。

头上有鸟叫,我们抬起头,看见那只百灵鸟在我们上空扇动着翅膀焦急地看着我们,看它起起落落的样子是在驱赶我们,我说:"它要回窝,我们走吧! "

我们离开了鸟窝,那只百灵鸟落在了远处的一片草地里。我们朝那片有拉拉蔓儿的洼地走去。我嘀咕:"那只鸟是受伤了还是怎么的了? "

换饱说:"是抱恋窝了,不愿意离开窝,以为我们看见它了,就往窝外飞,却飞不起来。"

来喜说:"你们不快点儿抓,要是我在前面就抓住它了。"

换饱说:"咱们套住它?"

我也这么想,百灵鸟只是看它飞,从来没有抓住它看看它长什么样,我说:"咱们快点儿捋,捋满筐回家到我们家马圈捡马尾,拈成套下在窝边套它。"

换饱和来喜都说行。这儿的大人在雪天套鸟都是用马尾拈成的套。

我回到家跟爸爸说了在山上看见百灵鸟的事儿,爸爸说:"它是为了保护它的窝,把你们引开。"

我笑了,"它那点儿小心眼还鬼过我们了? 它把我们引开,我们还不知道回去找? "

爸爸不吱声。我没有跟他说要套那只百灵鸟的事儿。他不会让我们那么干的。换饱和来喜找我来了,我们到我家马圈捡马尾。圈里的马粪里有马踩下来的马尾,我们很快就捡了十几根。

我们用一个晚上拈了好几个马尾套,第二天挎着筐上山后,老远就往那个鸟窝处看。绿色的山和蓝天是那样安静,各种虫子在草丛里欢快地叫着,蝴蝶在野花上起落,鸟儿这儿起那儿落。我们来到那个鸟窝近处,提防着那鸟再突然窜出来,可是,我们蹑手蹑脚地来到那个鸟窝处,却没看见那只鸟,可能出现了昨天那次危险之后它警觉了,看见我们朝这儿走来,就提前溜了。窝显然被那鸟动过,我们摆弄乱了的蛋被均匀地摆放整齐了。我们三个蹲在窝旁边开始下套。他们俩把马尾套拴在蒿子的根部,把套放在窝上,鸟往窝里一趴,它的腿就被套上了,不管它怎样挣扎,即使挣断绳套,也拽不断蒿子。我把套一端拴在蒿子根上,把套立着放在鸟走的道上,鸟进窝时专走蒿子中的一条缝隙,细看那条缝隙像人在山上走出的一条小道。头两年哥哥念书时,放暑假捋拉拉蔓儿、套鸟,有一次,我发现鸟被套住脖子,很奇怪。鸟往窝里趴,套该在它肚子底下,怎么就偏套住了脖子呢? 我蹲在窝旁研究,套住鸟那套儿是放在窝边立着的,鸟要进窝就得钻过这个套,结果套上了脖子。有了这个发现,这次我就这样下了套。那时候哥哥套住鸟后,远远地瞅见鸟在草上扑棱,我们叫嚷着冲上去,和打了胜仗的士兵一样欣喜若狂。哥哥把套住的鸟摆弄够了就把鸟放了。我不明白哥哥为什么要把鸟放了。

我们下好了套,走到远处看见那只鸟出现在上空,就坐得远远地看着,鸟落在了附近的草地里,在草丛中左弯右绕地朝窝处走。我们不走它是不会进窝的,我们就去洼地将拉拉蔓儿。边将边注意这边的蒿子丛,要是鸟被套住,它就会在蒿子丛中扑棱。我们就得快点儿跑过去解套,去晚了,鸟拼命挣扎,越挣套越紧,鸟会被撸死的。

我们将满了筐,也没看见那片蒿子丛里有鸟扑棱,难道那鸟没进窝,或者是进窝了没套住? 太阳升高了,天气热了。我们挎着满筐的拉拉蔓儿,头上身上淌着汗。我们该回家了,回家前得到那个鸟窝看看。我们来到鸟窝旁,蹲下看,从迹象看,鸟进过窝了,看见我们来了,悄悄地走了。下在窝上的套被压进了窝底,我下在鸟道上的套没动,鸟进窝时没钻我的套,而是在另一处踩出了一条道。

换饱和来喜把他们下在窝里的套重新提到窝上。我从兜里掏出一个套,下在了鸟新踩出的道上,别处蒿子那么密,鸟再没处进窝。这回给它布下了天罗地网,看它再进窝时怎么办,非被套住不可。

我们顺着山坡朝村子走,头上的太阳高悬,远处起伏的大山隐约可见,东南的枣山在烈日下依然如故地深思着。我们约定,吃完饭就来山上,看这鸟怎样被套住。

我们一身汗水地回到家,妈妈已经做好了饭。我狼吞虎咽地吃完,对妈妈说山上的拉拉蔓儿真厚,我们说好了不睡午觉了,上山去将。妈妈用赞扬的眼光看着我,她是在心里夸奖我呢!

我们在村头碰了面,急急地拎着筐朝山上走。中午大人们都歇晌了,田野里没人,蝈蝈和百灵鸟放肆地叫着,脚踏在地上,就像踏在热灰上一样。换饱怕热,高挽着裤腿,黄胶鞋前面露了脚趾头。来喜一把又一把地抹脸上的汗,脸被抹得好几道黑印子。我们猜测那只百灵鸟被套住了,都很兴奋,走得很快。

我们来到了那片蒿子地近处,不再说话,盯住鸟窝所在的那片蒿子,怕惊动了那只百灵鸟,悄悄地朝那鸟窝走,时刻准备看见鸟在蒿子上扑棱就冲上去。蚂蚱在脚下乱蹦,各种鸟儿在远近起落、鸣叫,洼地有一只狐狸在走走停停地看着我们。我们走到了鸟窝的近处,那只百灵鸟从窝的附近冲上天空,扇动着翅膀很生气地叫,好像在埋怨我们中午也不让它休息。

那只百灵鸟飞走了,我们松一口气,别再蹑手蹑脚了。换饱泄气地说:"又没套住!"

来喜说:"这只鸟太奸了!"

我们走到窝旁蹲下看。他们俩下在窝里边的套被鸟压在了蛋底下,被当作絮窝的衰草用了,我下在窝旁边的套都被挪到了一边,一个套还被挂在了蒿子杈上。我惊异地说:"这鸟比人都奸!"来喜说:"这鸟是神仙,咋下套也套不住它!"

我们三个蹲在鸟窝旁发愣,不知道还能咋下套才能把这只百灵鸟套住。我说:"把我们带来的套都下上,看看它还咋办。"

两个人都同意。我们把带来的所有马尾套都拴在了鸟窝四周的蒿子上,窝的上下左右都是套了,像蜘蛛网遮盖了整个鸟窝,这下看它还怎么进窝。我们带着恶作剧般的心理,坏笑、冷笑、讥笑、嘲笑地朝那片有拉拉蔓儿的洼地走去。我们边将拉拉蔓儿边看着这边。

太阳朝着西边慢慢地下沉,我们筐里的拉拉蔓儿渐渐满了,可是,我们不断地朝那片蒿子地看,也没看见那只百灵鸟在蒿子上扑棱,难道没有套住它,或者它看见没法儿进窝就不进了?我们有点儿沉不住气,来喜说:"看看去?"

我们迫不及待地来到那片蒿子地。蹲在鸟窝旁我们看清了,鸟进过窝了,所有的套都被挪到了旁边,有的套被套在了蒿子秆上,进窝的道被清理得畅通无阻。这鸟是怎么清理的呢?它怎么就知道这套是套它的呢？我们三个议论了半天也没有结果。我说："是不是原先它被套住过,有了经验？"

换饱看看我说："可能这只鸟被你哥哥套住过,它知道这套是干什么用的。"

我看看广阔的田野,山坡上野地里到处是百灵鸟,没个标记,谁知道这只百灵鸟是不是被哥哥或者别人套住过。怎么弄清这只鸟是怎么把套挪到一边的呢？我看着茂密的蒿子,忽然想出一个办法,我说："我趴在这鸟窝的旁边,你们俩薅些蒿子把我盖上,露出一点缝儿,我看看这鸟是怎么把套挪开的,它要是进窝我就把它抓住。"两个人都说这样好。

我趴在鸟窝旁边,他们俩拔来没膝高的蒿子,把我盖上,我从蒿丛的缝儿看着鸟窝,准备在鸟进窝时抓住它。他们两个把我盖好后,到远处假装将拉拉蔓儿去了,边将边看着这边。

鸟也犯傻,在空中朝下望了一会儿,见来喜和换饱在远处将拉拉蔓儿,就落到远处,站在一个土包上观察了一会儿,然后钻进蒿子丛,我透过蒿子的缝隙看见它左弯右绕朝窝姗姗走来,它走得很慢,步子缓缓的,脑袋一探一探的,走几步朝四外看看,走近了窝,看见了盖着我的这一堆蒿子,站住了,观察这堆蒿子,我透过缝隙看着它,紧张得我有些心跳加速,我不动,尽量屏气凝神。我看清了这只百灵鸟,粗壮的身子,脖颈下是浅白色的,身上有着美丽的花纹,眼睛很警觉地眨着。它观察了一会儿盖着我的蒿子,我想它会飞起来。让我意外的是它慢慢地朝窝走来,它是没发现藏匿在蒿子下的我。它认为这些是我们拔下来的烧柴,无意堆在窝边,在这山上,村里人经常拔蒿子晾在山上。

它径直走到窝旁,站在了我的面前,我看得更清楚了,它身上的花纹清晰,眼睛是温和的。它看看窝旁边的马尾巴套,左右端详。我思量它怎么越过套进窝。它伸出嘴去叼其中的一个套,扯着拉向旁边的蒿子,把套挂在蒿子的叶上,又叼另一个套,拉向另一边⋯⋯我不敢大出气,怕吓跑了它。它耐心地把所有的套叼完,进窝趴下,晃动身子把自己安放舒服,半闭着眼睛不动了。

我看着一只百灵鸟趴在窝里,又是这么近,真是一幅美妙的图画,我真想永远这样待下去。可是,燥热的天气让汗顺着我的脖子往下淌,身子上也不知道爬上了什么虫子,痒痒得我熬不住,再说了,我也不能老是在这儿趴着呀。换饱和来喜也在远处朝这边看。我决定试着抓住这只鸟。我屏息静气,悄悄地伸出手。可是,我离窝远了点儿,我必须向前挪动一下身子才能够到趴在窝里的鸟。就在我努力向前挪动身子时,鸟惊奇地睁大眼睛,朝四处看。当意识到反常的动静来自这堆蒿子时,它看一眼蒿子,一挺身子跳出窝儿,钻进蒿子空儿飞快地跑了,跑出十几米远,一展翅飞上天空,惊乍地鸣叫起来。

我站起来,身上的蒿子纷纷从我身上落下。换饱和来喜朝我跑来,到我跟前问:"鸟套住了吗?""没套住?你也没抓住它?"

我说了鸟进窝的过程。他们很失望,呆呆地看着鸟窝。我没有心思再去重新下套,他们也没管那套。我们无精打采地朝洼地走,我们得将满筐拉拉蔓儿才能回家。

我们每天去捋拉拉蔓儿,都会到那个鸟窝看看,鸟窝的旁边被鸟踏出了三条道,细小的道像山上人走出来的羊肠小道一样,我们下过的套都被挂在了蒿子上,有的被缠在了蒿子秆上,对鸟没有一点儿威胁了。

几天之后,我们到那个鸟窝去看,有了一个惊奇的发现,有两颗蛋壳破了,钻出来两只小鸟。小鸟毛茸茸的,闭着眼睛,看不见东西,以为我们是它的妈妈,小嘴黄黄的,大张着,朝天空吱吱地叫着,是在要东西吃。换饱到草地抓来几只蚂蚱,揪下蚂蚱肚子,扔进小鸟的嘴里,小鸟麻利地吞咽下去。我和来喜见状,也到草地上扑蚂蚱,揪蚂蚱肚子喂小鸟。就在我们忙着喂小鸟时,另两颗蛋也破壳了,又有两只小鸟钻了出来,我们又忙着扑蚂蚱喂另外两只小鸟。这时候,那只大百灵鸟出现在了上空,焦急地叫唤,上下飞翔,好像很着急,我说:"它妈回来了,咱们快走吧！"

我们离开鸟窝朝洼地走，去捋拉拉蔓儿。

炎热的田野，绿色的大山，乱蹦的蚂蚱，舞动的蝴蝶，此起彼落的鸟，都让我们的心无法安稳。换饱光着膀子捋着拉拉蔓儿，说："咱们还是把那鸟套住吧！"

来喜的光头上闪着汗珠，他挑着大棵的拉拉蔓儿捋着说："要不咱们把夹子埋在那鸟窝旁边，拿夹子夹那鸟。"

我说："不套，也不夹了。"他们俩眨着小眼睛瞅着我。我说："我们把大鸟套走了小鸟想妈妈，黑天它们会更想妈妈。"我就是这样呀，天黑的时候，若妈妈下田没有回来，院子里很冷清，家家都关门窗睡觉了，自家屋里黑洞洞的，我就害怕，在院子里蹲着不敢进屋，盼望妈妈早点儿回来。

他们俩看着我，想想，也同意了。

我们不再老是到那鸟窝看了，捋拉拉蔓儿累了，就坐在远处看着大鸟在窝的上空飞，看着它落下进了窝。我们天天到山上捋拉拉蔓儿，隔两天到那个鸟窝看看。在我们暑假要结束时，鸟窝里的小鸟长大了，不过它们长得并不一样，能抢食的长得大一些，羽毛丰满，身体强壮，最小的那个身上的毛还没长齐，翅膀下还露着鲜红的肉。四只小鸟一只比一只小，我们就给它们排了行，称之为老大、老二、老三、老四，我们才知道鸟类也有强者和弱者。我们和它们熟了，我们每次蹲到窝旁，几只小鸟都张着小嘴欢快地跟我们要吃的。我们同情弱者，就在草地上抓蚂蚱给那只最小的吃，小的吃饱了，再给大的吃，不让大的吃饱了，它妈妈打回来的食都让它独吞了，得教训教训它。大百灵鸟见我们蹲在窝旁，在空中振翅鸣叫，渐渐由过去的焦急或者愤怒的抗议，变成了友好的欢迎歌唱，声音特别明亮，在绿色的山野上听着很美妙。

我们放完暑假，要上学了，我们最后一次上山捋拉拉蔓儿时，到那个百灵鸟窝去看，窝已经空了，里面散布着破碎的蛋壳。我们四处寻找,在离窝十几米的地方看见了几只小鸟,它们在那只老大的带领下,正在草地里寻蚂蚱吃。大百灵鸟见了我们飞起来,几只小鸟也四散飞起,它们还没能力飞得很远,老大飞了有五十多米远,老四只飞了二十多米远。

我们望着起伏的山峰和广阔的田野,想着这个野外的家园又新添了一户新家族。

现在我又来到了这片曾经的蒿子地,那片蒿子地已经被开垦成了田地,这片洼地也成了耕地,周围的山上栽上了杏树,杏树林里长着杂草,有蚂蚱在草丛里艰难地跳着,蝴蝶少了,这儿那儿有百灵鸟飞起或者落下,哪只是我见过的百灵鸟呢?那四只小百灵鸟还好吗?

我看着周围起伏的山、稀疏潦草的原野,思绪万千。

六

早晨上工,我朝聚集着社员的十字街走去,齐志才朝我走来。齐志才脱产了,他穿一身干净的衣裳,摆着干部派头,走到我面前,说:"你来!"他领着我离开社员远一些,站下,对我说:"你能写,大队要出黑板报,你写个小评论!"他这话像布置工作。我想不透,这个念书时一向跟我溜须的同学,一夜之间变得像个大干部,而且是三根电线杆子绑到一起——好大的架子。我不舒服,但怕不听他的他到于小个子那里告我的状,我就永远也翻不了身了,舌头再硬也拱不出腮呀,写吧。我问:"写什么呢?"

齐志才低着头不瞅我,看着地皮布置任务似地说:"劳动中有的社员偷奸取巧,评一评。"

我思量着要写的评论,点头说:"好吧!"

齐志才用命令的口气说:"你上午别上工了,中午交给我。"他说完,瞅也不瞅我,转身朝大队走去。他迈着大步,往前一蹿一蹿的。

我走到副队长李发跟前请假,李发用一种恶意的眼光看着我说:"你不上工,工分怎么给你算?"意思是你躲避干活儿,还拿大队的指示来压我。我被李发的眼光盯得很难受,好像我偷了东西又被人当场抓住。我说:"也不是我要写,是齐志才让我写的。"李发还算客气,说:"那你去吧!"

我转身低着头朝家走去,背后好像有好多社员都看着我,我真有一种躲避劳动的羞愧感。到家里,我把饭桌放在炕上,找出白纸,伏在桌子上想了想,写了起来。内容是干活时有的社员抢短垅站,队长派工有的人总是抢轻活干,这是私心杂念在作怪,等等。

中午饭后,我到大队办公室,齐志才正仰在炕上呼噜山响。我扒拉扒拉他的脚,齐志才醒来,坐起,揉揉眼睛,吧嗒吧嗒嘴。我把我写的小评论递过去,他接在手随意看看,说:"放在这儿吧!"

晚上例行的群众批判会之前,于小个子讲了话,他说:"有的青年人干活偷奸取巧,专拣短垅站,队长派工专抢轻活,这样的人还是高中毕业生,思想极其落后,以前没有发现,现在他自己说了出来,我才知道。大家要批判他的这种行为。"

我大吃一惊,于小个子怎么这么说话?齐志才怎么把我写的那篇小评论给于小个子的?又是怎么跟于小个子说的?于小个子这么说,不是往我脑袋上扣屎盆子吗!

接下来是群众发言,大批站短垅、抢轻活干的人。我的脑袋始终在"嗡嗡"作响。批判会一散,我随着社员走出会议室,社员们朝院外走去,我没有走,在人群里寻找齐志才,见齐志才走出会议室,我上前截住他,问:"你把我写的那个小评论念给于书记听了?"

齐志才说:"对。"我说:"站短垅、抢轻活干的不是我呀。"齐志才说:"你都写到纸上了,还不承认。"我争辩说:"我那是说别人。"齐志才瞧不起地说:"你自己还没有改造好呢,还有什么脸去说别人。"我非常气愤,又不敢跟他大吵,怕让大队办公室里边的人听见,我说:"你让我写的呀。"齐志才生硬地说:"我又没让你写这个。"我有点儿忍耐不住,说:"你说的……"齐志才打断我的话说:"不服气咋的?明天还批你!"齐志才看着我说,尽管天黑我看不见他的眼睛,但我凭感觉他的眼睛是红的,而且带着一股杀气。他有于小个子之流做后盾。我震惊,念了那么多年的书他从没有这样过,他是那样老实,怎么到了农村变得这么凶,而且反目成仇了呢?

在家里,一连几天母亲都不让我安静,说郑海峰、齐志才、文心有能耐,是好小子,恨铁不成钢地说我:"看你那个熊样,我都没法出去见人,一样的念书,人家孩子都在大队闹个事由,你啥也不是,我的脸都没处放。"

我没好气地说:"没处放就扔了它!"

母亲一下子就火了,粗脖子红脸地朝我嚷:"啊,你在家倒能耐上了,有能耐出去使呀,在外面又装孙子!"

我被说臊了,什么也不管了,说:"人家有能耐贪着好老子了,我贪着的是心胸狭窄、脾气暴躁的刁娘,只有在家逼她的儿子,出去更熊。"母亲火了,站到我面前涨红着脸说:"你骂我,走,上大队,找干部评理去!"

我一听大队,更加愤怒,难道还要郑海峰、齐志才评说我和母亲谁是谁非?那太可耻了。我说:"你少提大队,我最瞧不起的就是大队。"

母亲跳着脚嚷:"你不敢去大队,你没脸去!"

我心里火虚虚的,但一时哑口,我确实没有脸去大队。

晚饭后,我照例去大队开批判会。我刚进大队的院子,王顺站在大队办公室门口叫我,我走过去。王顺说:"今天晚上你别参加批判会了,去找林有洋,叫他来大队办公室,有事。"

我去大队的东屋会议室找林有洋,边走边想,林有洋我们俩都是宣传队员,林有洋又是队长,叫我们俩一定是光荣的事。我走进会议室,在坐在檩子上的人群中寻找林有洋,但没寻见,问别人,都说没看见他来。他是不是在学校排练节目?我出了大队朝学校走去,在走过刚成立的代销点的大门口时,看见文心住宿的屋子里亮着灯,窗户上有人影晃动,屋子里传出来"吱吱嘎嘎"的二胡声。文心在油腔滑调地唱:

"二爷我住在王家庄上,

“有权有势我独霸一方……”

他老是重复这么两句，可能他不会别的词。这两句是头些年村子里演过的《三世仇》剧里的唱词，文心没事儿时老是唱这两句，我总觉得他是在影射什么，我想到了于小个子，但我不明白，于小个子对他也够意思呀，给他安排在代销点儿，脱产，他还对于小个子有什么意见呢？我不敢多想，继续朝学校走。到了学校，进屋看见有很多人在练节目，林有洋正抓住一个姑娘的手，帮助姑娘摆弄一个动作，那姑娘正骑马蹲裆式做着架势，像是要拉屎。林有洋正跟她解释这是什么“功”。我看着倒有点像屁股功。我走到林有洋面前说：“王书记叫你去大队，有事。”

林有洋停住，习惯地晃晃脑袋，问我：“去干啥？”

我说：“王书记没说。”

林有洋对着全屋的大姑娘小伙子们大声说：“大伙练吧，我去大队开个负责人会议。”

我想对他说不是负责人会议。但还没容我开口，他说：“走吧。”他不等我有反应，先走出了屋门。我跟在他的后面，朝大队走，他走得很快，好像大队真的请他去开什么重要会议，我紧紧地跟在他后面。

进了大队院子，我听见会议室里有人正在念批判稿儿，那声音很有气势。我和林有洋进了大队西屋办公室，只有于小个子坐在炕上抽烟。于小个子瞥了我们两个人一眼，没作声。林有洋小心地问于小个子：“吃了于书记？”

于小个子点点头。林有洋坐在办公桌前的椅子上，我站在门口，我在于小个子面前总是提心吊胆的，怕惹于小个子不高兴。林有洋没话找话地跟于小个子说起了宣传队的事，说这个人好，那个人坏，还说他是怎么怎么抓的工作，像是汇报，又像是闲扯，听口气，对大队能叫他来很高兴。

我站在那里想，不该听队长向书记汇报，就走出屋，看看外面黑着，没有地方去，无所事事地走进了东屋办公室。东屋没有点灯，黑乎乎的，我进了屋适应了后，恍惚看见办公桌两边有两个黑物，我吓得心突突地跳，细细地看，是两个人，相对而坐，如果不是两颗脑袋动了动，我还以为是木头人呢。天呀，不点灯坐在这黑屋子里，太吓人了！我刚想开口问是谁，那边那个人开口了："吕斌吧，咋不去开批判会？"

是朱桂琴，听口气挺和气。我说："王书记叫我来有事。"

桌子这边的人问："王书记在那屋吗？"

是郑海峰，口气也挺和气。我说："不在。"郑海峰问："谁在那屋说话？"我说："于书记和林有洋。"郑海峰问："说什么呢？"我说："林有洋说宣传队的事。"郑海峰好像很生气，说："须子匠！"朱桂琴不满地责怪郑海峰说："说工作，你气个什么劲呀！"郑海峰讥讽地说："咋的，你还惦记着他？"朱桂琴娇嗔地说："滚一边去！"

我听出了他们挑逗的口气，这么站着不自在，就转身出了屋，听见西屋的林有洋还在热烈地说。我朝门外走，思量郑海峰和朱桂琴在说什么，怎么事先一点儿动静都没听见？我走出门口，院子里很安静，嗯，东屋办公室窗前站着一个人，在听屋里的郑海峰两个人说话，细一看，是王顺，好像在望天上的星星。王顺看见我，离开窗户，走到我面前，问："林有洋来了吗？"

我说："来了，在办公室和于书记说话呢！"

王顺说："你叫他出来！"

我走到办公室外屋，扶着西屋门框探进头去，招呼坐在椅子上的林有洋："王书记叫你呢！"林有洋看我一眼，接着对于书记说话。我扶着门框等着。于小个子瞅我一眼，不高兴地说："进来，站在外面听什么声？"

我不好意思，跨进屋，倚着门框站着。于小个子撩我一眼，打断林有洋正说着一个宣传队员的话，说："他还行，他到哪儿都有个话，好说的人心里没啥，不像有的青年人，念两天书就了不起了，到哪儿都不说话，思想有问题！"说完，又瞥我一眼。

我心跳起来，心想，这是于小个子长期对我不满的原因。我在这方面也确是个毛病，念书时埋头学习，不爱说话，回到乡下情绪一直不好，更不愿意说话了。王顺走进来，看看于小个子，问："去吗？"

于小个子点头说："去吧！"

王顺对我和林有洋说："叫你们两个骨干来开个会，这事儿是咱们村的阶级斗争，是对你们的考验。你们俩去把成风财找来。刚才我去会议室，没看见他来开会，一定是躲在了家里。"

王顺说完，林有洋想都没想，很气盛地对我说："走！"站起来朝外走，我没有反应过来，慌忙跟出去。

出了大队门口，静悄悄的街上只有我们两个人的脚步声，我暗自琢磨，又出了什么事？我看看前面走着的林有洋，他不说话，看样子很老练，他比我大六岁，劳动七八年了，当文艺宣传队长也四五年了，连党员也不是。我奇怪，问他："你怎么不入党？"

林有洋大踏步地走着，很痛快地说："难入。"我试探地说："朱桂琴比你晚下乡的都……"林有洋打断我的话说："人家是于小个子圈子里的人。"

我感到很新奇，这是我在学校里没听说过的人际关系，我说："那你还积极个什么劲？"林有洋以攻为守地说："你不也一样吗！"

林有洋说得对，人都想好，本来没有啥希望，不积极不更没有希望吗！林有洋可能感到话说得生硬了，缓和口气说："你比我强。"我随口问："为啥？"心想，你是老资格、老骨干，人际关系熟，我哪能同你比。

林有洋低着头朝前走着，说："你的同学都熬上大队官了，还不拉你一把。"

哦，他是这样看问题，岂不知这恰恰对我不利。我心中愤恨，想说什么，忍住了。让别人蒙在鼓里，也许对自己有点儿好处。

路过代销点大门口时，听见屋子里有大雁叫般的二胡声，文心在唱："二爷我住在王家庄上，有权有势我独霸一方……"

"成疯子"成风财家在前街，我问林有洋："找成风财干啥？"

"他犯事了。"林有洋说。我暗暗吃惊，问："他犯了什么事？"林有洋说："他妈在田里丢了莠子穗,于书记罚了他妈,他妈说莠子穗是郑海峰藏起来的,郑海峰恼了,今天晚上找他来对证。"

我想,叫我来当证人吗?这么说也不是把我当骨干了。我说:"这事过去好长时间了怎么才提? 再说,这和成风财有什么关系? "

林有洋胸有成竹地说:"这事早就有人议论,于书记偏向郑海峰,一直压着。近些日子成风财说于书记有贪污行为,私下串通人要整于书记。"

我心情沉重,麻烦了,我觉得这事多少也让我有些为难,成风财呀,你说话咋不注意点儿,敢在于小个子头上动土,有你的好吗! 我心里起了矛盾,这种事为什么不让郑海峰、齐志才他们出面,让我来? 这不是明摆着把得罪人的事往我身上推吗! 真是吃人不想露牙。我这么想着,犹豫了,脚步慢下来。走在前面的林有洋回过头来,催我说:"快走哇! "

我找由头说:"我撒泡尿。"我走到一个墙根下暗处,解开裤腰带。林有洋站一下,也走到墙根阴影处,响起了从高处向下的流水声。我想,我和成风财从小就不错,应该先给他透个风,可是我该怎么脱身呢? 前面就是成风财的家了,来不及了。我不想去了,我拐弯抹角地推脱说:"这事是他们个人的事,又和咱们无关,咱们去叫啥! "

林有洋理直气壮地说:"这是咱们村的阶级斗争,是考验咱们俩。"

我总觉得这个考验有点儿那个,是不是让人当枪使。我说:"你自己去吧,我不想去了。"

林有洋边在裤腰带上忙乎,边说:"你怕了? "

我不敢说怕,如果林有洋跟于书记汇报我可就完了。我说:"不怕,走吧! "

到了前街,走到成风财家大门口,大门关着,窗子没有灯光,屋子里一点儿动静也没有,周围的住户也是静悄悄的。我和林有洋在大门外站下,我感到了我的心跳,我觉得做这种事很没有意思。我看看林有洋,黑暗中看不见他的表情,我说:"屋子里没有人吧? "其实我是委婉地劝他走。

林有洋不为我的启发所动，很干脆地说："有人。"看样子他非要整整成风财，他不知道这么跟于书记一伙溜须不好吗？林有洋弯下腰摘开木棍大门挂钩，推开大门，往大门里推着我说："你去叫！"

我知道他是什么用意，他是想把得罪人的事情推给我，我和成风财无冤无仇，干吗让成风财误会我呢。我不想叫，但一想，反正不是我整他，不做贼就不心虚。我就理直气壮地走到窗下，叫："成风财，成风财！"

"谁呀？"屋子里一个女人问，接着响起了孩子的哭闹声。我问："成风财在家吗？"

屋子里的女人问："你是谁？"我说："我是吕斌。"女人说："哦，是吕斌呀，快进屋！"窗户亮起了灯光。我说："我不进屋了，我找成风财有点儿事。"

女人好像停止了动作，屋子里静下来，女人问："啥事？"我刚想说话，林有洋在我身后猛然大喊一声："叫他到大队开会！"我吓了一跳，他是什么时候进院来的？

屋子里的女人忽然变了口气，问："这是谁在说话？林有洋吧？你滚，吕斌你咋和这个坏种在一起？"

林有洋大声吼叫道："别管坏种好种，叫他老老实实出来！"

我慌了，林有洋怎么一眨眼变得这么凶？

女人嚷："他不在家，你滚！"

林有洋气势汹汹地吼道："不出来，砸门！"林有洋站在了门前，我担心他真的砸门。

"你敢！"屋子里响起了女人"通"地跳地声，又响起孩子的哭声，门"嘭"地被撞开，跳出一个穿着内衣的蓬头垢面的女人，她持一把菜刀，摆着一级战备的架势。

我想，成风财是不在家，在还不出来吗！我也对林有洋这么凶不理解，就扯林有洋，说："他不在家，咱们走吧！"林有洋跟着我走，边走边侧转过去身子对女人急赤白脸地威胁说："好你个老娘们儿，等着，抓住他再说。"

女人骂道："等着你咋的了。"愤愤地进屋，用力关上了门。

我跟着林有洋朝院子外走，心里对林有洋大为不满，本来任务是叫人，火什么呀，显什么混？弄得人家恼我们。林有洋还蛮有理，往大队走的路上愤愤不平，好像他和成风财有多大的仇恨，真是的！

回到大队的院子，我看见王顺站在大队的办公室门口，王顺问我们："把成风财整来了吗？"林有洋摇了摇脑袋，说："没有。"很不服气的样子。我补充一句："成风财不在家。"我想这样搪塞过去算了。

王顺问："你们进屋了吗？"

我们走到了王顺面前，站下，我说："没有。"

王顺好像有些不满，用肯定的口气说："他在屋，听到风声了，你们再去进屋搜。"

这可糟了，这真是个让人烦的事。我不愿意去，我说："我不去了，去了也找不来。"

林有洋虚张声势地说："他老娘们儿太厉害，掐着菜刀守在门口，得多去几个人！"

王顺回身朝屋子里喊："郑连长！"屋子里没人应，王顺走进屋。我趁机去了会议室，林有洋叫了我一声，我装作没听见，进了会议室。屋子里坐满了人，我顺着人空走到后面，坐在一根檩子上。前面的讲台上朱桂琴坐在桌子后面念报纸，全屋的人都低着头坐着，没有声响，好像都困了。

我也低着头想心事，过不多久，院子里传来了吵嚷声，有成风财的吼声，夹杂着郑海峰的"你老实点儿"和王顺的"抓住他手"的嘈杂声。安静的会议室一阵骚动，都伸着脖子朝外望，外面黑乎乎的，什么也看不见。

忽然，林有洋气冲冲地走进会议室，满屋子张望，并问了前面的人什么，然后迈着檩子朝后面走来，走到我面前，对我说："你咋躲到这儿来了,走,去陪审!"

我见他这么冲,怕不跟他去,他到大队干部那里奏我本,我在村子里就不好待了。我不情愿地站起来跟着林有洋走出会议室,朝大队办公室走。院子里很黑,村子也是黑乎乎的一片,没有一点儿动静,大队办公室的窗子灯光很亮,屋子里传出来嘈杂声。到办公室门口,林有洋进了屋,我刚想跟着进屋,看见西屋窗子前站着一个人,正往屋子里窥视。我细细辨认,是文心,文心发现我正在看他,就朝我招招手,说:"来,看!"

我好奇地走到西屋窗子前,往屋子里看,见王顺和齐志才一人抓住成风财的一只胳膊。成风财一脸怒气,和他面前的郑海峰对嚷,郑海峰指着成风财骂着什么。于小个子一改往日稳坐热炕头的老成劲,站在地当央,卡着腰,把后边的衣裳支的像个老鹰的翅膀,很多大官遇到大事时都是这个姿势。于小个子盯着成风财,一脸杀气。我看着有点儿恐怖。

林有洋进了屋,指着成风财的鼻子说:"你这个不识好歹的狗东西,反对于书记,就是反对共产党。"

成风财满脸涨红,愤怒地嚷道:"他于小个子就是有贪污。"

于小个子往旁边扒拉一下林有洋,朝前迈动一步短腿,说:"别跟他磨牙,让他说,一伙的都有谁?"

成风财毫无惧色,对于小个子说:"多啦,一个你也别想知道。"

郑海峰问:"都有谁?"

成风财瞪着眼睛瞅着郑海峰,说:"你甭帮狗吃食,有朝一日……"

于小个子突然大吼一声:"打!"

郑海峰好像早有准备,抡起巴掌,左右开弓打了成风财几个嘴巴子,成风财奋力挣脱开王顺和齐志才抓住的胳膊,想还手。林有洋冷不防搐在成风财脸上一拳,成风财尖叫一声,往后趔趄一步,双手捂面,血从指缝间流出来。郑海峰抢前一步踹了成风财肚子一脚,成风财又惨叫一声,蜷着身子,似乎要跪下去,猛地又一挺,转身,扑趴在炕上,手扚捂着脸。

"太狠了！"站在我旁边的文心小声嘀咕。我目不忍睹，朝会议室走，心里很是难受。

会议室里，朱桂琴仍在不紧不慢地念报纸，社员们都困了，木然地坐着，我顺着人空走到后面的檩子上坐下，抱着双膝埋头想刚才看见的情景，心里发冷。

早晨上工，队长通知社员们都到成风财家门前集合。我随着社员们朝成风财家门口走。成风财家门口前围了一群小孩子。成风财家的院子很肃静，门窗紧闭，死气沉沉的。一会儿，于小个子、郑海峰、王顺、齐志才陪着一个公社干部走来。那个公社干部三十多岁，戴一副眼镜，脸盘方方正正，有些英俊相，穿戴干净，走路两条腿外八字，向两边一甩一甩的，步子大而有力，文雅中透着杀气。我认识他，他原先在公社中学当老师，后来调到公社群众专政指挥部，姓林，群众背后都叫他"大眼镜"。群众见这群干部气势汹汹地走来，主动让开一条路，肃静下来。干部们径直进了成风财家的院子，郑海峰推门，屋门"吱嘎"一声开了，干部们鱼贯而入。眨眼工夫，干部们簇拥着成风财走出屋子。成风财满脸是血，还愤愤地说着什么。跟在成风财身后的干部们都是一副愤怒的神态，郑海峰还推搡着成风财。我问了身边和社员才知道，干部们抓成风财是去让他到公社劳动改造教育班改造，说他反对共产党，那个班的社员们都叫"劳教班"。

干部们的身后追出一个老太太、一个妇女和一个七八岁的孩子，都哭叫着。这场面和抓人去蹲大狱差不多。

成风财回头想跟老太太说什么，老太太忽然跑回屋，转眼工夫端着一碗酒趔趔趄趄地走出来，挤过干部们，站到成风财面前，递给成风财，说："这碗酒你喝下去！"

可能干部们看过《红灯记》的缘故，没有阻止老太太，人家样板戏里敌人都没阻止李奶奶给李玉和酒嘛，咱们还不如个敌人嘛！

成风财见老太太如此，脑海里或许是出现了《红灯记》里的情景吧,配合演出似的,像《红灯记》里的李玉和那样举起碗,说:"有妈这碗酒垫底,什么样的酒我都能对付!"一仰脖子"咕噜噜"把一碗酒喝了下去,然后一只手用力一拍胸脯,唱:

"临行喝妈一碗酒,

"浑身是胆雄赳赳……"

围观的人们见此情景,哄堂大笑。有个年龄大的男子嘲笑般地说:"我操,这一家人演起《红灯记》来了,不怪人们都叫他成疯子,他真疯了!"

人群中有了喧哗声。我望着两个哭着的女人和一个孩子,还有一本正经唱着的成凤财,笑不起来。

小女孩儿大约也受了样板戏的启发,竟长声喊着"爹——"扑向成凤财,一头扎在成凤财怀里,痛哭不止。成凤财摸着女孩子的头,继续唱:

"小铁梅出门卖货看气候,

"来往账目要记熟,

"困倦时,

"留神门户防野狗,

"烦闷时,

"等候喜鹊唱枝头……"

成凤财边唱边做着动作,那动作是他从样板戏上学的,但做得很拙劣,引得人们笑个不止。有人喊着:"小子,真有尿!"

成凤财唱完,把双手往身后一背,像样板戏里的李玉和一样,高抬腿,挺着胸,学着李玉和赴刑场的样子,一步一步朝大门口走去。

人们起哄般地嚷叫和大笑。随着成凤财朝大门口走。我望着满脸泪痕又庄严的成凤财,想,他发得是真情实感,他一定盼望人们也庄严起来,同情他及他这个穷家。

成凤财走出大门口,朝村口走。干部们在身后跟着,街两边是看热闹的人。成凤财面部紫红,晃晃悠悠,他醉了。

七

转眼割地了。这一阵子我已经不再是骨干,大队很少找我。我跟着社员割地。割地是三个人一组,一组割七根垄,开趟子的人割两根垄,后面捆的人割两根垄,中间那个人割三根垄。朱桂琴已经脱产了,但她天天跟着社员下田,帮助队长指挥。她在田头宣布:"谁跟谁一组,自找对象!"

人们吆喝着,扒拉着。有尿的挑有尿的,都怕割起来落后,就都铁面无私地挑。有尿的被挑完了,熊的闪了蛋,尴尬地站在旁边干瞪眼。等到最后也没人叫我的名字,我很不自在。我想,我也是堂堂正正的小伙子,膀阔腰圆,就被人瞧不起了?又一想,这是我第一次割地,社员们不知道我的老底,我也心里没底,所以都不敢要我。李芳红本来被两个姑娘拉过去了,她和我的眼光一对,又把眼光移开,对那两个姑娘说:"我这两天涨把,你们再找个别人吧!"

"涨把"是每个割地的人头两天都会出现的毛病,症状是手发胀,手不听使唤,抓不住庄稼杆儿,过两天自然就好了。两个姑娘拉住李芳红,说:"不碍事,我们接着你点儿。"

李芳红执意不肯,说:"可不行,拉你们后腿,过两天手好了咱们再一组。"

李芳红站到没人要的人堆里,两个姑娘又挑了一个姑娘,被挑上的姑娘乐颠颠地走过去。

挑完了,朱桂琴看看剩下的人,说:"你们也自己结个伙吧!"

剩下的人面面相觑。瞅哪个都挺熊,谁也觉得没资格挑三拣四,都等着别人挑。朱桂琴瞅着我说:"吕斌,你挺能干的,你带两个人吧!"

我心中大喜,朱桂琴真是抬举我了,我不但成了这群"矮子"里的大个儿,居然还能带两个,成了大拿。我在人群里撒么,都是十六七岁的半路退学的丫头小子,个个都面黄肌瘦的,都是来混工分的。我不知道要哪个。一个叫张志学、外号称"张老汉"的十六七岁的半大小子晃着膀子走到我面前,说:"吕斌,你不知道咱们有亲戚吧?我管你妈叫姥姥。"

分好组中的一个社员说:"看他多不知道可耻,吕斌别要他,他跟谁,谁打狼。"

又一个社员说:"不好好干活儿,现用人现溜须。"

我知道这个张老汉,人小,常年干活儿拖得疲了,走路都没有精神,像个七老八十的老头儿。我想,这堆熊的都和他差不多,就要他吧。我说:"好,咱们一个组,愣点儿割,别让人家瞧不起。"

张老汉乐了,对着那帮分好组的社员举起镰刀,说:"咋样,我估摸吕斌他得要咱们哥们儿。这回非和你们整整,让你们知道我张老汉长几只眼。"

一个社员说:"看,就这个鬼色,刚才还下贱地在孙子辈上求人下跪呢,转眼成了哥们儿了。"

我笑笑,我已经习惯社员们这种玩笑了。我问张老汉:"你开趟子中吧?"

张老汉又近似溜须地对我说:"我不会打勒子。"

我问:"你会捆吧?"

朱桂琴在旁边说:"别让他捆,他捆不紧。"

我也不会打勒子,而每一组必须有一个人开趟子,开趟子的人必须会打勒子。我倒是看过社员打勒子,拔几棵谷子,抓住谷穗的脖子一拧,把一束谷桔分成两股,一根勒子就成了。我却不知道怎么拧。怎么办呢?我扫视别人,忽然和李芳红眼光对上,她正期待地看着我。我想要她,又怕张老汉他们两人都熊,连累了她,便把眼光移开。李芳红忽然说:"我给你们俩开趟子,中吧?"

我一时犹豫,看李芳红一眼,她脸有点儿红。张老汉撞一下,说:"行,吕斌!"他在向我暗示什么,他愿意,显然知道李芳红的根底。

我看着李芳红说:"中!"

其他人也结好了伴儿,割地开始了。开趟子的社员一马当先,先闯进庄稼地，每个开趟子的社员就像一艘快艇，在谷海上划出一道痕迹，割谷子声"哗哗"响成一片。我们这一组李芳红打头，张老汉跟上，我在后面除了割两根垅，还要负责捆谷个子。

朱桂琴在后面检查，她每次从我身后走过时都停一会儿，专注地看着我割，然后不声不响地走过去。一开始我还跟上了，凭借年轻力壮，和那些"有尿"的社员拼个不分上下，可过一会儿就顶不住了，腰疼得受不了，手开始"涨把"了，汗也流个没完，渐渐地被前边的社员拉远了，最后竟打起了狼。

朱桂琴走了过来，对我说："你割，我帮助你捆。"

我只管割，朱桂琴帮助我捆，我费了九牛二虎之力才追上拼小命的张老汉。我腰疼得受不了，想直一直。腰像焊死了，直不开，我下了狠心，咬牙切齿、死去活来地挣了半天，才慢慢地直起腰，顷刻头晕眼花。等我看见周围的一切，见谷子地里的男男女女猫着腰，像老母猪拱黑豆似的在谷子地里向前冲。朱桂琴说我："别着急，我刚下地时也追不上，过两天就好了。"

我一想也是，不过开头这两天可老太太不吃肥的——够受(瘦)。

张老汉真有点儿尿，他甩着肥大的裤子，脚蹬手忙，竟能盯住李芳红屁股，紧紧跟着。小玩意儿不大，干巴劲不小，倒是捧打出来了。他还边割边跟社员们叫号："整啊，造造！"

另一组的一个男社员拎着镰刀讥笑地看着张老汉说："别扎刺，一天下来累掉你大胯，晚上睡觉让你屁股没地方放。"

张老汉抬头看那个社员一眼，一抹脏乱的五花脸，不服气地说："就你……呸！"弯下腰，接着割。

李芳红一路领先，她出镰和收镰飞快利落，步子稳健有力。她割上后就没有直过腰，她那打着补丁的屁股微微左右摆动，迅速地向前移动。我怀疑她是不是真的"涨把"了。

郑海峰也拎着镰刀来到田里，他看看割地的社员，笑着走到朱桂琴身边，两个人热烈地说起了什么。

我渐渐地被落远了,李芳红回头看了两回,我发现我的垅隔几步就让人割了一段,是谁在前面帮助我割?李芳红渐渐失去了领先的地位,速度慢了,但仍和那些开趟子的社员并驾齐驱。打头的社员割到了地头,都直着腰看我们这些后面的人割,有的坐在了地上歇气。李芳红割到了地头,返回身接我。我们接上头后,李芳红直起腰,看着我苦笑,同情地问我:"累吧?"

　　我没有说累,而是感叹地说:"你真行!"

　　李芳红深情地望着我,意味深长地说:"就这么大能耐,以后得用你接我了。"我没有听出她的意思,朝田头走。割到地头的社员们都跌坐在了地头,张老汉把腰担在坝埂上仰躺下"直罗锅"。一个社员站在他身边问:"咋样,张老汉?"

　　张老汉捶着背,自我解嘲地说:"这腰疼的,长不成好老头了!"

　　几个割到地头的妇女敞着怀,露着两堆奶子,扯着衣襟儿煽凉,说着叫苦连天的话。

　　李芳红叫我,说:"把你的镰刀拿来,我给你磨磨。"我把镰刀扔过去,累得不行,我躺在地上,望着蓝天,蓝天上飘浮着几朵白云。我听着李芳红"咻咻"磨镰刀声,渐渐有些迷糊了。

　　李芳红刚磨完镰刀,朱桂琴就招呼大家起来干活儿。我坐起来,看见李芳红疲倦地两手撑地,身子向后仰,叹一口气,乞求似的看着我,好像再也拼不起了。我终究在农村长大,歇这会儿已经赶走了疲劳,觉得应该挑起大梁,就对李芳红说:"我开趟子,你在后边替我打鞡子边捆,我把你那两根垅割了,咱们俩换工。"

　　李芳红看着我眼睛亮了,又有几分担心,因为这样我的劳动量比她大,她问我:"行吗?"

　　我心中升起一种责任感,坚定地说:"行!"

　　李芳红说:"其实鞡子挺好打的,来,我教你打!"

　　我想,她什么都会,什么样的累活计都挺得下来,晚上她还要排节目,饭又是玉米面粥,她的耐力简直无法估量,真是钢打铁铸的庄稼人。我说："这就割了，不赶趟了。"李芳红说："马上你就能学会。"李芳红拔一把谷子，抓住谷穗脖子一拧，谷桔子分成两股，一根勒子就形成了，然后她做出往谷子捆下穿的姿势，说："就这样。"我试一遍，李芳红看一遍，高兴地说："你真聪明，对了。"

这样，我学会了下庄稼地的第一件手艺活，是跟一个姑娘学的。

割完谷子割黄豆。黄豆秧矮，割的时候九十度大弯腰，就像四类分子挨斗那样，每个人的脑袋一点一点的，像鸡啄米。割到地头，人们纷纷"哎哟哎哟"地往地下躺。跟在社员后面监督的郑海峰一声吼，说："干屁点儿活就歇气，再干一趟再歇气，起来，起来！"社员们不情愿地爬起来，抢占坨撅着屁股往回割。张老汉的肥大裤子套在身上，就像套了一条麻袋，前襟儿在胸前荡来荡去，脖子抻长了几寸，脑袋向前探，气也喘不匀，几个岁数大的妇女罗弓着腿，微微打着战，坚持着。一个妇女骂道："操他妈的，挣这点儿工分真不容易！"

秋风在豆子地上一拨一拨地冲锋，人们侧着身子，扛着秋风。鸟儿在空中无忧无虑地吵叫着，一会儿扎下地面，一会儿又射向空中。社员们撅着屁股干个来回趟，真够受的。割到地头，李芳红直起腰按住腰部，难受地看着我。我有几分心疼她，怕她坚持不住。张老汉也像李芳红那样按着腰部，龇牙咧嘴地说着："我操……操……操他老娘大腿哟！"艰难地直起了弯着的腰。

人们坐下或躺下歇气。我也躺在地头上，望着这片黄豆地。这片地叫狼甸子，据说这儿在几十年前是齐腰深的芦苇，无边无际，野狼成群，狼甸子由此得名。逃荒的人来到这里，耕地种田，做起了当地主的梦，实现希望的成了地主富农，挨了三十年的整。我念小学时，郑海峰的父亲给我们做过忆苦思甜，说他当年给地主扛活耪青时，地主坐在炕上吃饺子，让他在地下吃小米饭，他说："看着饺子，小米饭我也咽不下去呀！"我和同学们听着馋得不行，心里想，小米饭还不愿意吃，真狂，那不比现在的玉米面好吃多了。

几十年来，庄稼人在这块土地上劳作，无数希望就寄托在这大甸子上，一年又一年地盼，何时有个好日子？我想，我的前途就在这狼甸子上吗？我的心空空荡荡的，莫名其妙地忧愁。我多么希望这片狼甸子上能升起美好的曙光呀！这希望是乡亲们共同盼望的，美好的希望是什么样子，谁也说不清。

黄豆地临近割完时，我疲惫不堪，刀也钝了，拽镰刀时，一不小心，刀顺着豆秆往上一滑，左手中指被割了个口子。我按住口子，血仍往外流，我抓把土按在口子上，旁边的社员告诉我用旱烟末抹到口子上，有个社员捏到我口子上点儿烟末，呀，真疼，我按着刀口咝哈着。

割完黄豆割高粱。高粱秆高，我学着社员们的样子，抱着高粱割，踢着高粱根部往前割着走，刀口一碰就疼，不得劲，我割得慢，追不上别人。张老汉也落到了别人的后面，他个子小，高粱东倒西歪的，他抱不住，就像跟高粱摔跤，跟头把式的，一会儿忙得满头大汗，他那点点干巴劲儿根本不是高粱的对手。朱桂琴忽然在后面喊："这高粱秆上怎么有血？"

我忙得要命，没工夫搭理朱桂琴。朱桂琴从后面走上来，到我身边问我："这是你的垄吗？你身上哪儿出血了？"

我的左手很疼，甩甩左手，看朱桂琴一眼。郑海峰站在朱桂琴身后，冷眼看着我，那眼神满是敌意和警惕。我看了看左手的口子，口子被高粱秆刮开了，口子的肉咧歪着。朱桂琴看见了，说："你手割了，咋不吱声？队里有规定，割地割手了，可以不再割地，去看护庄稼地，照记工分。你别割了，去看护庄稼地。"

我从朱桂琴的口气和眼神里看出她这是照顾我，我心里很温暖。郑海峰忽然有着一肚子气似的说："割地把手割了，就去看庄稼地，那不都故意割了手，都去看庄稼地了！"

我看了郑海峰一眼，心里充满了恨，一个鸡肠狗肚的小人！我不理郑海峰，继续割地。朱桂琴走上前来，拦住我。她可能听出了郑海峰的用意，也看出了我是在赌气，就说："得了，我替你割没割完的这半截，你去医疗所包一下。"

因为高粱秆上有露水,沾到了手上,被割的口子疼得厉害,我真恨割了手,这是割地最掉架的事,让人瞧不起,也让郑海峰瞧不起,而且他还看热闹。我犟脾气上来了,打算拼到收工,我抡起镰刀埋头又割起来,口子疼我就咬紧牙关挺着。此时,残阳如血。

八

打场了,场院正忙。

正打着玉米的机器声残喘几声,无力地停住了,喧闹的打谷场猛然沉寂下来,正忙着的社员们你瞅瞅我,我瞅瞅你,个个一脸尘垢。

从忙乱中静下来,人们明白了,停电了。打玉米的机器必须有电才能转动,没有办法,只好等着来电。社员们在就近的谷秸上、玉米堆上、光地上或躺或倚或坐。我和张老汉把用来端玉米穗的抬筐扣在地上,坐在上面,张老汉掏出烟包和纸卷烟,问我:"抽吗?"

我摇摇头,说:"不抽。"

张老汉摇头晃脑地说:"不会抽烟不算男子汉。"

我对这个小男子汉不以为然,不过,我知道这儿有的姑娘不愿意找不会抽烟的男人,说不会抽烟的男人没有派头,出外不好办事。李芳红也劝过我抽烟,可是,我试了几次都不行,太辣!我想,每个男人都有这个经历,也必须闯过这关。我从张老汉手里接过来纸,接过烟包,卷着,尽管很辣,我还是一本正经地抽着。

成风财走过来。他从劳教班出来七八天了,共劳教了三个月,唯一的收获就是白白扔掉了三个月的工分。成风财说着:"我操,这个累,裤子掉了都懒的提了!"边走到我面前,蹲下,边向张老汉伸出手,说:"抽一根!"张老汉给他纸和烟,成风财边卷着烟边微笑地看着我,讥讽地问我:"你在大队也没弄个一官半职的?"

我知道成风财还记恨抓他那件事,那是我在不知情的情况下做的一件愧疚事,我又不想解释。成风财不依不饶,撩拨着我说:"你们同学都在大队闹了营生,你也得努力呀!"

我的心里苦苦的，说不出话来。

成凤财以为我理亏，追着问："咋样，大队给你安排个啥官职？"

我想，不管他咋看我，我和他没有仇，去抓他是我在不知情的情况下的不得已，最后弄清事情真相后，我没有再去抓他，他也照样进了劳教班，说明他倒霉不倒霉和我并没有多大关系。我说："大队啥也没有安排我。"

成凤财继续讽刺我说："你须还没溜到火候，你紧着点儿给于小个子擦腚端尿盆子呀！"

一直闷着头抽烟的张老汉猛地把成凤财叼在嘴上的烟拔出来，瞪着眼睛看着成凤财说："你说什么风凉话，也不怕闪了舌头！"

成凤财看看张老汉，眨眨眼睛，说："碍你屁事？多管闲事。"

张老汉把那半截烟摔在地上，踩上一脚，说："你不敢去找于小个子，找别人出气，叫尿吗？"

成凤财在这个小男子汉面前竟然理屈词穷，站起来边走边回过头来说："小崽子甭逞能，等着，看我咋收拾你！"

张老汉不被成凤财的威胁吓住，嚷道："等着你咋的？敢把老子鸡巴咬得惨叫一声？"

成凤财气冲冲地朝前走去。张老汉回过头来对我说："操，你真熊，放上我，上去就是两嘴巴子，嘴给他打歪歪了！"

我懒懒地说："何必呢，都是受累的，又没有过不去的地方。"

张老汉仍然愤愤不平，说："疯了吧叽的，软的欺负硬的怕，见到大个的就趴下。再碰上他你愣着点！"

我一反省，觉得自己是熊，特别是在这庄稼人中间，自己不再是学习尖子，连这个张老汉都不如。远处走过来一个人，是齐志才的爸爸齐玉青，大裤裆一甩一甩的。他是小队长，见社员都闲坐着，责问道："怎么都不干了？"

有人说："没有电了。"

齐玉青看看机器，问："一点儿电都没有了？"

人们一怔，反应过来。张老汉笑着说："有点儿，带不动机器！"人们都笑了。

齐玉青也发觉自己问得荒唐，他走到机器旁转悠一圈，又看看不远处那群聚谷场的花花绿绿，说："快，趁这工夫回家拿家什，来分玉米秕子，别乱嚷吵。"

社员们扔下手中的用具，喜滋滋地往场院外跑，场院里的空气紧张起来。秕子是严禁分的，大队干部们为了向上级报功，把秕子当成成粮数字往上报，以示打粮多。这可苦了社员们，年年口粮不够吃，今年社员们强烈要求分秕子，可能齐玉青出于拉拢社员们的心，才这么偷着干。

我家在西街，我从场院西墙跳出去，路过代销点时，我有些渴，我想，社员们一涌进场院，一时半会儿也分不上秕子，找点儿水喝不迟。我进了供销点，院子里很静，文心住的那屋没有动静，门关着。我推开门，走进里屋，怔住了，朱桂琴和文心隔桌而坐，桌子上放着一堆糖果儿，两个人神色慌乱，脸一红一赤的。我说："我来喝点儿水。"我抓起门口旁水缸盖上的水舀子舀水。

两个人都看着我，朱桂琴问我："干活没？"

我喝一口水，喘一口气，说："干呢，歇着了。"

朱桂琴又问："场院分什么没有？"

我说："没分什么。"我知道，分秕子的事是不能跟她说的。

朱桂琴和文心对望一眼，朱桂琴眼光脉脉，我看出了什么，感觉自己现在是个多余的人，我放下水舀子往外走。文心突然跳过来抓住我的胳膊，边把我往桌子前扯边说："来来来，吃块糖。"

我往后用着劲推脱说："我忙着干活呢。"

文心笑哈哈地说："赶趟，吃块糖。"他把我扯到桌子前，给我扒糖。

朱桂琴脸色阴沉地站起来说："我去大队看看。"朱桂琴走了出去。

我望着朱桂琴的背景消失在门口，转过头来问文心："这糖是咋回事？"

文心看着我神秘地笑着，像个富佬似的说："这不是书记来了吗，招待她的。"

我不想吃了，这是社员的血汗。文心凑近我说："告诉你个秘密，郑海峰订婚了！"

我吃了一惊，心吊起来，我首先想到朱桂琴，他们到了还是成了，这下子郑海峰更神气了。文心笑眯眯的，好像很高兴的样子。我迷惑了，文心也跟朱桂琴好呀，他听说郑海峰跟朱桂琴订婚，他就不失望吗？我明知道女方是谁，还是问一句："女方是谁？"

文心得意地看着我说："你猜。"

我以知根知底的口气脱口而出："朱桂琴。"

文心摇头，这让我很意外，不是朱桂琴还能是谁？我不相信地追问一句："不是朱桂琴？"

文心扒一块糖扔进嘴里，表情平静地说："和她差不远。"

看来真的不是朱桂琴，那又是谁呢？除了朱桂琴又有哪个姑娘让郑海峰动心呢？我把村子里的姑娘想了一遍，说："是李芳红？"

文心脸色更不高兴了，低着头嚼糖，摇头，但他摇的不坚决，我猜不出是谁了，我说："不是这个村的吧？"

文心看着桌子面儿说："是这个村的。"我不敢再猜下去，我说："想不出来是谁。"

文心抬头看着我，笑眯眯的，说："我估计你想不到，事先我也没有想到。"

难道真是李芳红，我担起心来，我想，不会的，如果是李芳红，她怎么也得和我打个招呼。再说李芳红也不会同意的。我忍耐不住了，问文心："到底是谁？"郑海峰的婚姻和我的前程有关，我真希望他找个熊姑娘。

文心嚼着糖看着桌子面儿，平静地说："朱桂琴的姐。"

我大吃一惊，这是怎么也不会想到的。我问："哪一个姐？"我明知道是朱桂琴的哪一个姐，却有点儿不相信。

文心轻松地说:"朱桂花!"

朱桂琴有这么一个姐,小个儿,大嘴,二十五岁,算来比郑海峰大四岁,这个村找不着对象了,跑到黑龙江齐齐哈尔亲戚家住过一年,在那儿也没有找到对象,回村才半个月。我只在田里见过她几次,朱海峰怎么和她挂上钩了?我问文心:"他们怎么勾搭上的?"

文心坐下对我说:"她姐去黑龙江找对象没找着,回来后听说朱桂琴和郑海峰正谈着,她姐动了心,狗急跳墙,那老大岁数找不着对象能不着急吗,一天晚上睡觉,姐俩并排躺着,姐姐就跟朱桂琴商量,能不能把郑海峰让给她,她年龄大了得先找,朱桂琴同意了。她姐姐就托成三疯子妈去郑海峰家说亲。朱桂花在家时和成风财的妈最好,这亲一说就成了。成风财从公社的劳教班放出来据说和这件事有关。"

我弄清确实不是朱桂琴,松了一口气,很痛快。我又奇怪自己的这种情绪,自己这是为哪样?我还有一个问题不明白,问文心:"郑海峰为啥不跟朱桂琴搞?"

文心摇头晃脑地说:"郑海峰是那么想,可朱桂琴不干。"

我问:"为啥?"

文心笑望着我:"你呀,这么简单的事还看不出来?朱桂琴为啥老往我这代销点里跑?"

我的心又提起来,感到不妙,难道朱桂琴看上文心了?

文心得意而又神秘地对我说:"她是看上咱哥们儿了。"

我的脑袋"轰轰"地响彻云霄,心也猛烈地撞击嗓子眼儿,我这才明白,听说朱桂琴没跟郑海峰订婚我为什么愉快,原来我也……李芳红知道我有这种情绪,一定会大动肝火。

文心站起来,走到炕前,拿起二胡,坐在炕沿上边拉边唱:

"二爷我住在王家庄上,

有权有势我独霸一方。"

我麻木地离开了代销点,脑子里还在转动,郑海峰为啥同意了朱桂花?难道真是朱桂琴看上了文心?

我心事重重地从家里拿了麻袋,到了场院。秕玉米堆旁站了一群男男女女,一群孩子在旁边追着玩耍,队长齐玉青端着账本,唱歌似的念着谁家分多少。我感到意外的是,郑海峰也站在齐玉青的身边,帮助齐玉青看账,他怎么这么积极?也许因为私分秕子,社员们感激队干部,他是分享被感激的一份,他要往上升呢!

分秕子是按照每户的工分多少来定,工分多的人家分的就多。分的时候两个社员用大抬筐往地秤上抬,一户一户约。齐玉青看着账本念一户,抬秤的社员约一户。抬筐约玉米的是成凤财和林有洋,两个人脸上淌着汗。

齐玉青念道:"下一个,张志学。"

张志学就是张老汉,张老汉撑着口袋,站到了秤旁边。成凤财对林有洋说:"这边来,别老在一个地方装。"

两个人到另一边往筐里装,那儿的玉米棒儿小,玉米叶子多,张老汉一看慌了,说:"不行,都在这儿装,轮到我为啥上那儿不好的地方装去,这不是有偏有向吗?"

成凤财只管埋头笑嘻嘻地往筐里装,还不时地抓到筐里几把玉米叶子。

张老汉窜上去挡住筐,急赤白脸地对成凤财说:"熊人呀?"

成凤财直起身子对大伙说:"看看吧,他不让分了。"

郑海峰走上前来,横行霸道地一把推开张老汉,转身对成凤财两个人说:"装!"

张老汉被推了个四仰八叉,爬起来,脸涨红了,愤怒地对装筐的两个人说:"这筐我不要。"

郑海峰瞧不起地说:"不要这筐就不分给你。"

我看不下去。张老汉家里本来就不够吃,分点儿秕子是为了添补口粮,这么整他不就更一年不够头了。我走上前,对装筐的两个人说:"这筐给我,下一筐再给张老汉。"我说着,扯下搭在胳膊上的麻袋,撑开麻袋口,等着两个人往麻袋里装玉米秕子。

我把一麻袋玉米秕子背回家,母亲解开麻袋口儿,眨着昏花的老眼扒拉着棒秕子看,叨唠着,欢喜得没治,好像发了大财。母亲问:"这是三百斤吗?"

"嗯……嗯?"我怔住了,按工分计算,我家应该分三百斤,刚才给张老汉的二百斤我约来了。我心跳了,说:"少约了一百斤!"

母亲僵住了,瞪着眼睛看着我,像遭了雷击。我说:"我去找!"我进了西屋,拿了一条打补丁的麻袋,急急地走出家。

我走出村口,越过场院的墙看见场院里人头攒动,我从场院的西边跳进场院,走到郑海峰身边,说:"刚才我少约了一百斤。"

正等着约玉米的人都吃了一惊,怀疑地看着我。郑海峰瞪了我一眼,对众人说:"瞅什么,谁的啦?约!"

我对郑海峰说:"我确实少约了一百斤。"

郑海峰黑丧着脸看着我,蛮不讲理地说:"你说少约了一百斤,谁看见了?"

我坚定地说:"在这儿的人都看见了。"

郑海峰忽然抬头大声问社员们:"谁看见他少约一百斤秕棒子了?"

人们像是没听见,都看成风财和林有洋装秕棒子,没人作声。

我固执地说:"别人看没看见我不管,你掌握着分的,你清楚。"

我故意将"你掌握着分的"说得很重,提醒郑海峰注意,别只顾买人缘,忘了别的。

从脸色上看,郑海峰有些怕了,但他嘴上仍是不服气,挖苦我说:"少约你当场咋不说?挺大个人干啥的,废物?"

我没想到这小子软硬不吃,看样子他不会给补了,就说:"你不给我补,我自己装。"我拿着麻袋走上秕子堆。

"我看你敢装,装就把你口袋撕了!"郑海峰威胁我说。

我没有在大庭广众之下和人吵架的习惯,嘴唇气得直哆嗦。

我们正僵持着,齐志才从场院的西墙跳进来,匆匆地走到郑海峰面前,凑近郑海峰的耳朵嘀咕了几句什么。郑海峰点点头,对社员们说:"先不分了,没分上的什么时候分再告诉大家。"

齐玉青边喊在场院干活的社员快干活,边带头忙起来。社员们不明白发生了什么事,但猜到了几分,哪年偷分秕子都是分分停停。

我随着人们干活儿。收工,一进家门,母亲正急得在院子里打转转儿,见我拎着个空口袋回来,一皱眉头,跺跺脚,火气冲冲地说:"你个败家子,没找回来? 王八羔操的,这么点儿事也办不了。你咋说? 干部咋说的? "

我不说话,把口袋扔在屋子地上,走进西屋,倒在炕上,浑身一点儿力气都没有,心灰意冷的。母亲跟进来,骂道:"装死,这家就不够你败的了。起来,跟我去,我就不信,他凭啥少给一百斤? 谁给约的,说呀! "

我懒懒地说:"郑海峰。"

母亲说:"走。"先出了屋,我跟着,到了场院,场院里只有少数几个社员在干活儿,没见到郑海峰,到了小队院,有人说郑海峰刚走,母亲领着我到大街上、郑家,都寻找不见郑海峰。母亲边领着我走,边一路不停地骂、嚷,带着我朝大队走。走进大队的院子,院子里放了几辆自行车。我和母亲走到大队窗子前,母亲伏在窗户上往里看,我也透过窗户往屋子里看。于小个子盘着腿坐在炕上叼着烟袋抽烟,地下椅子上坐着几个公社干部,个个都显得很疲惫,好像走了老远的路。郑海峰抱着膀,和朱桂琴并肩倚着炕沿站着。母亲转过头来对我说:"去,进屋叫郑海峰出来。"

我皱着眉头进了屋,走到里屋门口,屋子里的人都专注地看着我,我扶着门框对坐在椅子上的郑海峰说:"我叫你有事。"

郑海峰看我一眼,我见别的人都看着我,不好多站,就退到了院子里。在院里等了一会儿,郑海峰没出来。母亲骂我一句:"熊玩意儿! "捣着小脚走进屋,一会儿出来了,后面跟着郑海峰。母亲和郑海峰面对面站着,母亲怒容全失,仰着头看着郑海峰,嘴唇动着,眼泪刷刷地滚落下来,真正的一副"熊样儿"。

我感到受到了莫大的耻辱,母亲怎么能在这种人面前哭泣呢,这和下跪乞求有什么两样?我气得咬牙切齿,要不是母亲,我会上前给她两拳。母亲用可怜的口气哀求郑海峰说:"他哥,那一百斤给我们吧,要不挨饿……"母亲哽咽着说不下去了,用衣裳袖子抹眼泪。

我忍无可忍,捡起地上的一块石头,无目的地狠狠扔出去,发泄我心中的压抑,石头击在了房子西边的电话线杆子上,电线杆子"嗡"的一声吼叫。母亲和郑海峰吓了一跳,郑海峰看见是我甩的石头,装作没看见,朝房子西奔去,边怒发冲冠地显示威风似的厉声问:"谁?"

我在他身后很冲地说:"我!"

母亲又变了脸,怒气冲冲地骂我:"你个不是人的玩意儿,郑海峰你哥和你一样念书,看人家,看你!你也学学你哥!"

哥?呸,他算个什么鸟呀。我心里愤愤地想。

郑海峰回过头来对母亲说:"没约错,我正赶到那儿,不是我约的,我碰巧看见的。"郑海峰说完,猫着腰钻进了屋。

我再也忍不住了。我现在已经不想要那一百斤秕玉米了。郑海峰,你在场院向社员们卖完好,想逃,我叫你偷鸡不成反蚀一把米。我大踏步地闯进屋,在众目睽睽之下,站在屋子里,和郑海峰那敌意的眼光对视着,毫不退让,我问:"这事到底咋办?"

郑海峰眼光有些乱,装不懂地问:"什么事,我不知道。"

"别装!"我盯着他说。

坐在炕上的于小个子说:"出去出去,正开会呢!"

我不动,我已下定决心,不给补这一百斤秕子,我就整到底。

几个公社干部眨着眼睛看着我,其中一个问:"什么事?"

郑海峰抢着说:"他约口粮,说给他约错了。"又对我说:"是你记错了,你回去想想。"

我气冲冲地说:"不是口粮,是分的秕子。"

公社干部都瞪起了眼睛,看看我,又看看郑海峰和于小个子,一齐惊叫:"秕子?"屋子里的空气立刻紧张起来。

朱桂琴无所谓地说:"他们两家的事,和队里没有关系。"她朝郑海峰使眼色,说:"你们出去说,别影响开会。"

郑海峰站起来,跟着我走出屋,站在院子里的母亲迎着郑海峰走上来,仰着脸看着郑海峰,脸上挂着泪水,委屈地乞求说:"他哥……"泪水就又如雨下了。

我心里恨恨道:"真熊!"

郑海峰不耐烦地说:"行了行了,多给你们一百斤吧。"郑海峰从上衣服兜里掏出纸和笔,写了一行字,塞给母亲,说:"找队长约去!"

郑海峰转身进屋时,狠狠地瞪了我一眼,眼光倾注的全是仇恨。

第三章 备战

一

公社来的干部并非是检查粮食的,是来整顿民兵的,说是苏联又在中国边界增兵了。他们布置完工作就走了,第二天公社武装部长亲自来帮助整顿。晚上收工前郑海峰到场院通知,晚上批判会和文艺排练都停止,青壮年到大队集合。人们虽然不知道发生了什么事,但天天开会人们已经习惯了。

晚饭后,我讨厌母亲无穷无尽的唠叨,老早就朝大队走去。到了大队门口,看见大队会议室锁着,西屋办公室亮着灯,没人,东屋坐着几个大队干部,好像在开会。没来人,又没有地方待,我想了一下,出了大队院子,想去代销点坐一会儿。走到代销点大门口,见文心在院子里闲站着,我奇怪他在院子里干什么,思量着朝屋子里走。文心拦住我,说:"别进去,于书记和李芳红谈话呢!"

我望望窗子,文心住的屋子窗子亮着灯光,挂着窗户帘,看不见屋子里的人。我问文心:"在谈什么?"

文心凑近我说:"秘密,谈好几晚上了。"

我心中狐疑,什么重要的事谈这么多次?我想文心是在为他们站岗。我在这里不方便,就又返回大队,进了没人的西屋,一直等到来人。

民兵整顿是先分出基干民兵和普通民兵,然后任命班排长。郑海峰在大队院子里把民兵集合后,说明整顿内容,喊了一声"立正"。大声宣布:"请公社武装部长讲话!"

武装部长始终站在排头方向,我看不见他。他走到前面,我一看,这不是高中念书时的班主任陈洪泉吗!陈老师还是那样沉稳,不慌不忙。他讲了民兵整顿的意义和要求,说要遵照党中央的备战备荒为人民的指示,抓革命促战备。他的口气亲切、和气。陈部长讲完,郑海峰宣读基干民兵名单,被念了名字的人另站一排,一个一个姑娘小伙子站过去了,最后我也没听到我的名字,剩下的是普通民兵,都是三十五岁以上或十八岁以下的老弱病残。我怀疑是把我漏了。

郑海峰叠上纸,说:"基干民兵就这些……"

"等一下!"陈部长在旁边说:"把名单拿来我看看。"陈部长要过去名单,看了看,问:"吕斌怎么不选入基干民兵里?"

郑海峰看着名单解释说:"准备让他在普通民兵里边负点儿责。"

陈部长抬头看着郑海峰,问:"负什么责?"

郑海峰不大自在地说:"任副班长。"

陈部长干脆地说:"各方面都具备基干民兵的条件,让他到基干民兵里负责也可以嘛。"

郑海峰无奈,从左胸兜里掏出钢笔,在纸上写了几个字,嚷一声:"吕斌!"

晒了半天才来这么一声,我不知道到基干民兵队列里好,还是不去好,待着。忽而又想,这不是臊人吗!郑海峰瞅着我说:"听见了吗?站过去!"

我心里难受,泪水也撞击着眼眶。我抱着美好的希望来到这狼甸子,本想有似锦的前程,就因为不是于小个子圈子里的人,就一步一步被往下坡推吗?这一次,我看透了这个养育了一代又一代人的狼甸子,我不再抱任何幻想,彻底绝望了,心灰意冷地说:"我还是当普通民兵吧!"

郑海峰看着我不说话,他知道我是什么意思,眼光里充满了仇恨。陈部长忽然喊一声:"吕斌,方向,基干民兵队列,齐步走!"

我热血涌遍全身,这眼光和口气使我想起一件往事。念高中时,因家里困难,母亲让我退学,我找到班主任陈老师,陈老师听完我的退学要求,严厉地盯着我说:"我不允许你退学,念书早晚会有用场。我命令你,方向,教室,齐步走!"

我迈着坚定的步伐,走进了基干民兵队列,虽然是最后一个,但终究是基干民兵了。

郑海峰宣布基干民兵排班长名单,排长是齐志才,副排长是文心,我所在的一班长是林有洋,副班长是于小个子的儿子于占学。然后训练,先队列训练,接着是射击瞄准,瞄准用的是陈部长带来的枪,一共是五支,民兵们在大队院子里趴一排,轮流趴在枪后面瞄准,对面墙上画着白点。天气冷,我们个个冻得缩着脑袋,咝哈着。

训练结束已经是小半夜了,民兵们都往家走。我独自走在后面。村子很静,繁星满天。我对未来的生活失去了信心,不知道以后该怎么办。前面有两个人影,谁呢?近些日子我听说齐志才和杨小琴要搞对象,杨小琴安排在大队当了图书管理员,可能和齐志才有关,这是不是他们俩?

"是吕斌吗?"李芳红在前面问。

前面的两个人都站下了。我走上前去,看清是李芳红和林有洋。林有洋看着我说:"我原想班长是你,没想到……"

我心情不好,没有说话,继续朝前走,他们两个人见我脸色不好,没有再说什么。我们三个人闷闷地走路,不再说话。走到十字路口,林有洋拐向另一条街,我和李芳红朝前走。在静静的夜色里,我听出林有洋的脚步声停在了十字街口,他是想听听我和李芳红说啥。我厌恶地想,一个小人!

李芳红突然说:"于书记找我谈话了。"

我态度冷漠,不想知道于小个子找她谈了什么,与我无关的事我知道那些干什么。李芳红说:"于小个子问我想不想搞对象。"

我心动了一下,接着就不由自主地心跳加速。我尽量平和地问:"你怎么说?"

李芳红干脆地说:"不想。"

我舒了一口气,又有些奇怪,问:"他问你这个干什么?"

李芳红没有马上回答,低着头走几步,犹豫着说:"他问我于占学怎么样。"

我又紧张起来,心跳得有点儿不能自主,问:"你怎么说?"

李芳红叹一口气,说:"想说不同意,又不敢。"李芳红仰头看看天上的星星,说:"他让我再好好想一想。"

我知道她很为难,我不好安慰她,也不好干涉她的事情。我觉得有好多话要说,又一句也说不出来,一直走到我们该分手了,我们两个人也没再说一句话。只是分手时我们两个人停了那么一下,就各自朝各自的家走去。

第二天晚上民兵训练前,集中到会议室开个会,于小个子宣布了两项任命,一项是朱桂琴已经被上级任命为公社党委副书记,另一项是李芳红被大队任命为大队妇联主任,原先妇联主任朱桂琴兼着。我这才明白,于小个子十天前就接到了朱桂琴上调的通知,那么郑海峰也应该早知道了,料定和朱桂琴搞对象已经不可能,这时候朱桂花补位,郑海峰就是不同意,也得动动脑子,和朱桂琴没搞成,闪了蛋脸皮没处放,朱桂琴对他以后升迁又有用,他就顺水推舟,逮个朱家的姑娘顶个坑,也就不能嫌朱桂花年龄大、个矮、嘴大了。

会议散了接着训练,文心很懊丧,他一改好说好笑的嘴脸,沉着脸。他可能悟出了朱桂琴没跟郑海峰搞对象的真正原因了。

训练结束,陈部长要我留下。民兵们走了之后,陈部长走到我身边,说:"我们出去走走!"陈部长说完,先朝大门口走去。我跟着陈部长顺着街朝村外走。我不知道陈部长要说什么,在学校我虽然当过班干部,但从没和陈部长单独谈过话。

"你怎么搞的?"到了村口,陈部长开口问,"听大队干部介绍,你回来后就情绪低落。"

"陈老师,你知道我……"我很委屈,一开口泪水就往外涌。

"我知道你秉性不爱说话,毕业时我不是嘱咐你要和大队干部多联系吗!"陈部长背着手,侧过脸来说。

我说:"村里的人事关系不像学校那样清白,我……"

陈部长背着手,低着头向前走,半天不说话,忽然叹口气,抬起头,望着田野上的夜色，说："你说的也对，我也不愿意离开学校，这基层工作好困难。"原来他也是被逼而来。

陈部长问我："你毕业时决心很大，有一副在这狼甸子干一番事业的雄心，我也有这个期望，可你怎么弄成了这样？"

我想，那雄心真是天真、幼稚！陈部长问："你以后打算怎么办？"

"我什么打算也没有了，只有混日子！"我灰心地说。

"这可不行，你才十八岁，又是你们这批学生都看着的人，路还长着呢！"陈部长说。

"你能告诉我怎么做吗？"我问。

陈部长走几步，说："没法子，你是个赶不上架的鸭子，那次让你写典型发言稿我就看出来了。"

我想起了学生生活，全校半学期举行一次学习交流会，谁写的发言稿生动，就选谁上全校师生大会上念，班里写得好的都是些学习差的学生，他们敢编、敢抄，我一次也没被选上。最后一学期，陈老师指定让我写，理由是我在全年级学习"数一数二"。我憋了一天，交给陈老师一页三十二开纸，陈老师看了大为失望，一页纸抄了一大半毛主席语录，怎么上台上念。陈老师说："你就一点儿学习经验都没有？"

我想，我有经验，但不好王婆卖瓜自卖自夸，别人说好才是好。我就是这样一个人。

"你要振作起精神！"陈部长停在村前地边，眼前是空旷的狼甸子，夜色里，甸子里似乎隐藏着迷蒙的希望。

"我帮不上你什么，只要求你训练结束后，实弹打靶出色一点儿，别忘记你是神射手，在农村，不要放过每一个表现自己的机会！"

在学校军训时，我实弹射击，三发打中二十九环，当时陈老师大为赞赏。我记住了陈老师的话，决心在打靶时露一手。

训练没结束，陈部长回公社开会去了。

实弹打靶占用白天时间，靶场在村南山坡下，队伍站在山坡下。我暗暗攒足了劲，我有十足的把握。郑海峰宣布说："打靶是检验军训成绩,成绩会上报武装部,所以要选优秀民兵下靶场。下靶场的民兵要努力打好每一枪!"郑海峰宣布了下靶场的名单,没有我。

我问郑海峰:"为什么没有我?"郑海峰说:"我已经说过,选优秀民兵,你能保证打三十环吗?"

我说:"选上的都能保证打三十环吗?"

"这是领导决定的。"郑海峰说。

我想到了陈部长的期望,他看到成绩单上没有我的名字,该多失望。我再也不能忍了,说:"我是基干民兵,我有资格打。"

郑海峰说:"谁也没说你没资格打,子弹有数,总有人打不上,选谁不选谁都谦让点儿!"

这理由不能说不堂而皇之,可这对于我来说打击太大了。郑海峰知道我的射击功夫,他是故意剥夺我的这点儿可怜的显示才能的机会,这简直有点儿不人道了。

射击开始了,枪声阵阵,低环、脱靶,郑海峰认真往本子上记,谁知道记的是多少环。打到一半,在大队食堂做饭的朱桂花来了,她咧着大嘴嬉笑着挤到前面,趁林有洋打完刚放下枪,趴在枪后,说:"我也来三枪!"

郑海峰说:"去去去,没参加训练不行打。"

朱桂花说:"我有子弹,借枪使使也不行呀!"

"拿出子弹我看看!"郑海峰说。

朱桂花从兜里掏出三颗子弹,郑海峰拿过去看看,说:"自己有子弹可以打!"

我知道这出戏的内幕是什么,那子弹一定是郑海峰事先给朱桂花的,我气愤。

在郑海峰手把手教朱桂花压子弹时,有人在背后捅我,我回过头去,是张老汉。他悄声对我说:"给!"塞给我一颗子弹。张老汉不是基干民兵,是来看热闹的,我不知道他是怎么在郑海峰兜里偷出这颗子弹的。我犹豫,张老汉推我一下说:"上!"

朱桂花打完了三发子弹,我跨步上前,说:"下一个我打。"

"不行!"郑海峰斩钉截铁地说。我说:"我有子弹。"我举起子弹,动作像是在炫耀,身后的人笑。郑海峰脸色有些不大自然,他没想到我会弄到子弹,他问:"哪儿来的?"

我理直气壮地说:"朱桂花的子弹是哪儿来的我这就是哪儿来的。"

郑海峰听出了我的话外音,只好说:"打吧,不记环。"

我卧倒在地,握着枪瞄好靶。郑海峰突然说:"等一下!"

我停住,转过脸去看他。他猫下腰来又给了我两颗子弹,说:"你打三枪,正式记环数。"

我瞄好准,心想,陈部长,你看见我的成绩会满意了吧。为了这好不容易争来的三枪,我有些激动,泪水在眼眶里打转儿,我用力握握枪,想,打个三十环!

我抹抹眼睛,手发抖,泪水也撞击眼眶,打个靶为啥这样难?为什么?打三十环吗?让郑海峰向上级报功吗?给他的训练成绩添一份彩吗?见鬼去吧!

我眼睛不热了,手也不抖了,只有愤怒,我把枪抬高了一点儿,坚定地对着山头扣动扳机,连发三枪,让陈部长看到零吧,我不要这个不值分文的三十环。

清脆的枪声响过,远处的山坡腾起三朵细小的尘烟。我放下枪,看也不看报靶员,挤出人群,大踏步朝村子走去。踩着脚下软绵绵的土地,我的泪水终于奔流如注,我抹一把甩在肥沃的土地上。

二

过了几天,晚上刚吃完饭,齐志才到我家来,伏在窗户上,叫我到大队去一趟。我跟着他朝大队走,猜测着是什么事,看他的神态,不像是不好的事,他好像对我很客气,可是又不那么太客气。到了大队,走进屋,坐在炕上的于小个子瞄我一眼,不冷不热地对齐志才说,把通知给他看看。上边来的通知都在靠窗户墙上的铁钉挂着的夹子上，齐志才到墙上铁钉挂着的夹子上摘下一页纸，递给我。我认真地看，是公社来的一个打印通知，大意说防止苏修侵略我国，响应毛主席的"备战备荒为人民"的号召，公社成立了一个值班连，专门训练基本骨干民兵，三个月一期，每个村去一个基干民兵，十二里段村让去的两个人中有我。公社民兵训练班设在石人沟村，和我一起去的还有一个村里的女青年尚桂花。尚桂花是我们七个高中毕业生中唯一的女生，据私下人们说她正和齐志才搞对象，但我没看到过他们在一起。通知我们第二天就出发，我猜测是陈部长安排让我去的。

　　第二天大队派了来喜套了一辆毛驴车，拉着我和那个女青年去公社西部的石人沟村值班连。我们顺着山坡和田间小路走，过沟爬梁，走了半个上午到了值班连。

　　值班连所在的石人沟村在一个群山环抱的洼地里，周围的山高且险，颇有军事要塞的味道，我二嫂子的娘家就是这个村的，在村子南边的一个大院子里。值班连的主要负责人是公社的一个武装部副部长，值班连的连长是某个大队的民兵连长，因为三个月一期，各个大队的民兵轮训，一期一个大队的民兵连长来当这个值班连连长，排长、班长都是上期表现好的民兵留下来的。我们受训的民兵分成男女两个大屋子居住。两个大屋子都是对面炕，睡觉时站在屋门口朝屋子里看过去，两边的炕上是对称的两排脑袋。伙食只有一样，顿顿是玉米面干粮。训练的内容很简单，队列、单兵搏斗、射击、冲锋、防守等，文化知识是学习苏联军队使用的各种武器的性能、优缺点。

　　白天我们除了训练，就是排着队唱着雄壮的"我们时刻准备好，杀敌本领天天练"的战歌，到村子西南的大山下挖国防工程。所谓国防工程，就是那里有一条洪水冲刷成的几里地长大沟，我们天天在沟的帮子上挖地洞。挖地洞是从电影《地道战》里学来的。我思量，如果战争一起，我们钻进这个洞子里，别处连个出口都没有，还不得让敌人用毒瓦斯毒死。我们挖的过程和电影上一样，有人在里面刨土，有人用抬筐往洞外抬土,土往洞口一倒,就顺着沟的坡流到沟的底下去了,沟里就自然形成了一道大土坝,把大沟拦腰截断,到了夏天来了,洪水就会形成一个水库。我想,洪水憋那么多,要是把这坝冲开,洪水顺沟而下,下游的石人沟村还不得让洪水灌了。

因为战争的气氛很浓,人的神经过敏。值班连驻扎的破院子东边是打谷场,院子和打谷场隔着一条土路。到值班连不久,听晚上站岗的人说东边的场院有鬼活动。说那鬼一人多高,身穿白纱,走路摇摇晃晃的。说得有鼻子有眼的,闹得人心惶惶。

我不信迷信,对鬼的议论也不以为意。轮到我站岗的那天晚上,正好是月亮地。秋季的山村在夜色中朦朦胧胧的,我和另一个站岗的民兵挎着枪在院子里来回走动,小半夜时,猛然,那个民兵碰碰我,惊慌地说:"快看!"

我顺着那个民兵的手指望去,在东边的场院里,两垛谷子中间的空地上站着一高一矮两个怪物,披着白纱,高的一房多高,矮的一人多高,合抱粗,大盆似的脑袋,身子慢慢地扭动,像款款走路的女子。

"是鬼!"那个民兵惊恐地说,我的脑海里也闪过这个念头,心跳起来,那个民兵紧紧地抓住我的胳膊,我感到他在颤抖。

月光下的场院迷蒙一片,那两个怪物嘲笑我们似的扭动着,越扭越欢。我摘下肩上的枪,举起来,才想起我没子弹。我对那个民兵说:"你去报告连长,我在这儿监视着那两个东西。"

一会儿,连长系着衣扣儿走来了,身后跟着那个民兵。连长看了一会儿那两个扭动着身子的东西,嘀咕道:"真狂,跳上舞了。"连长拿过我手中的枪,从兜里掏出子弹,推上膛,伏在墙上,端着枪朝鬼瞄准。连长当过兵,枪打得很准。

夜色很静,山村在沉睡,院子里一派安宁。"砰"的一声清脆的枪响,震得周围群山一片呐喊,只听那鬼惊叫一声,并没有倒下,依然扭着身子。连长又发两枪,那鬼不再惨叫,照样那样扭着身子。

民兵们听到枪声,误以为紧急集合,纷纷涌到院子里排队。连长不信邪,命令我和那个站岗的民兵过去看看,要是鬼扑上来,就用刺刀捅。连长又命令民兵们以班为单位包围场院,别叫两个鬼逃走了。

我和那个民兵端着上好刺刀的冲锋枪,跳过院墙,穿过土路,跳进场院,战战兢兢地朝鬼逼去。我们终于走近了那个鬼。

让我们失望的是,这哪是鬼呀,是看场人燃起的两堆火,火没有燃着,冒着白烟,烟柱子升腾着,远看像一个巨大的人在扭着。那声惊叫是看场人发出的,他坐在火堆旁取暖,枪一响,吓得他惊叫一声,一头扎进了庄稼垛里。

值班连最有军事味道的是夜间紧急集合,午夜睡得正香的时候,院子里突然响起震撼人心的三声枪响,然后听见连长在院子里大吼:"集合!集合!敌人打过来了!"我们惊慌失措、迷迷糊糊地爬起来穿衣服。有的排长、班长事先私下说过,有时候夜间要紧急集合,我们有思想准备。明知道没有敌人进攻,但枪响的声音超出我们的想象,又考虑到这是检查每个人的军事素质,所以个个都神经错乱,有的穿好裤子却迈不开步,才知道裤子前后穿反了,只好脱下重新穿;有的出了屋身后拖着一条内裤,是内裤没有穿进下身。我也出过一次错,每天晚上睡觉前我都做好夜间紧急集合的准备,比如衣裤怎么摆放,鞋子并排放在枕头旁,听见枪响,凭着记忆摸索着穿好。有一次夜间站岗的人和我开玩笑,在我睡了以后,他进屋查看情况,顺手把我的鞋和另一个人的鞋放的位置换了。枪响之后,我摸索着穿衣服和鞋,穿上鞋后觉得有一只鞋很紧,走道也别扭,天黑看不清,也来不及多想就跑出去站队。连长拿着手电筒检查每个人的服装时,我站在第二排,连长没发现。而穿了我的鞋的那个人觉得鞋松,知道鞋穿错了,连长用手电筒照他的鞋时,他装作脚痒痒,用另一只脚蹭穿错了鞋的那只脚,连长只用手电筒晃了一下就过去了,没看清,他也隐瞒了过去。

为了实战的需要,值班连还请了旗武装部的作战参谋给我们讲课,还把我们拉到阿旗北部的老头山一带进行实战指导。作战参谋是个四十多岁的男人,他参加过解放战争。他说:"如果战事一起,你们每个人最次也是排长，要学会一些指挥知识。"他讲解怎样在战前指定代理人，怎么样布兵防守，怎么样带兵进攻，怎么样和炮兵协同。他说的东西有一点我有些疑惑，他指着十公里外的一座山头说："如果你指挥一个连队或者一个排坚守那个山头，遭遇到敌军的进攻，可以呼叫炮兵火力支援。"我望着那座山头，怀疑炮火是否能越过近处的山头打到敌人那边，那也太远了。那时候我有一种盼望战争的心理，只有炮火连天才能证明我的英勇啊！我想到一句话：军人希望战争，平民希望和平。

三个月的军训时间到了，公社对下一期的民兵训练计划下来了，我被任命为下一期的值班连一排长。这时候村子里那辆送我们来的毛驴车又来到了值班连，赶车的是林有洋。他说大队要我回去参加业余文艺宣传队的排练，为贫下中农进行文艺演出。我怀疑他知道我要当民兵排长，嫉妒我才来接我回去的，我只好离开值班连。

我坐着毛驴车离开值班连，驴车离开村子，走在山路上，我回头望着渐渐远去的村庄和周围的群山，对值班连有一种留恋之情。

三

打完场，喇叭广播了当年的征兵令，我觉得是个机会，等待大队宣布征兵通知。新中国成立以来，全村只有前年应征走一个人，就是现在还在部队的刘占福。他去年回来过一次，口音变了，全村人羡慕得不得了，好几家送媳妇给他，刘家愣是不干，有人说刘家得娶国防部长的女儿，真假谁也说不清。据说当上兵得有硬门子。

过了两天，村子里还没有动静，我耐不住，怕被落下，跑到大队跟郑海峰说："我报名去检查兵！"

郑海峰站在屋里愣住了，问："你听谁说征兵？"我说："听喇叭。"郑海峰不情愿地说："先记上你的名儿，检查前还得征求你家长的意见。"

晚上，我在西屋刚躺下，听见一个人进了东屋，跟母亲说话。我断断续续地听到母亲说："没听他回来说。""家里没人挣工分……"嘀嘀咕咕一小会儿，那个人走了。

早晨我去上工，张老汉问我："你怎么没去公社检查兵？"

我心跳了一下，有些慌，问："今天检查吗？"

张老汉说："郑海峰刚带着于占学他们几个人走了。"

我大惊，这郑海峰也太可恶了，他带着人去检查兵怎么不告诉我一声？我撒开腿跑出村子，顺着大路朝公社方向追。追到公社村子前，看见郑海峰和几个村子里的青年正走得急。我老远就听到文心说："当兵主要看长相，俊的要，丑的不要。"

我想，文心长得是挺俊！于占学说："这次是沈阳要炮兵，专挑小个儿的，小个儿的扛炮弹能干！"我想，于占学个儿确实小。

郑海峰可能听到了后面我的脚步声，回头看见了我，有些惊奇，问："你怎么来了？"

其他人停止了争论，回过头来。我说："我报过了名，也去检查。"郑海峰脸色阴沉下来，说："你母亲说你们家没有人挣工分，不同意你去当兵。"

这是实情，我走了家里确实更困难了，但不去当兵在这狼甸子上有什么出路呢？母亲也明白这点，她虽然那么说，其实她也盼望我能当上兵，就像供我念书时一样，有个指望。我说："我母亲同意了，是她叫我来的！"我第一次撒谎，脸有些热，不这么做就会后悔一辈子。

郑海峰不情愿地说："那你先跟着吧，到公社再说。"

公社院子里站满了污垢满面的青年人，他们都指望走上这条路奔向美好的前程。这条路对这些青年人来说是多么狭窄呀！陈部长正站在办公室门前和几个村干部说话。郑海峰带着我们几个人走到陈部长面前，报了到。郑海峰还特意把我后追上来的情况跟陈部长说了。陈部长看了我一眼，看得很认真，他说："先让吕斌体检，家长的事过后再说。"

体检开始后，郑海峰老是跟着我，我测试视力时，郑海峰站在我身边，医生指着挂在墙上的视力符号，我看得很清楚，刚想开口，郑海峰抢着说:"口朝右!"我说:"口朝右!"

穿着白大褂的医生放下指挥杆,对郑海峰说:"旁边的人不许说话。"

我心中着恼,本来用不着他说,我看得非常清楚。

医生又指下一个符号,郑海峰又抢着说:"口朝下!"

我为难了,明明瞅清楚了口朝下,可郑海峰先说了,我再重复,医生会疑心我是听了别人的提示才看清的。医生停下来,不高兴地对我说:"你出去吧!"

我感觉事情不好,医生可能是生气了,我说:"还没检查完呢!"

医生冷冷地说:"完了,你眼睛不合格!"我慌了,问:"怎么不合格?"

医生整理着桌子上的名单,冷淡地说:"你为什么找个人帮助你认,你一定是眼睛近视。"

我急了,说:"我没让他帮助我认,是你们允许他站在这儿的。"

医生抬起头来,对郑海峰说:"你出去,没你的事。"

郑海峰边往外走边侧过身子来对我说:"别慌,按事先背好的念!"郑海峰钻出了屋。

我很生气,鬼才知道我什么时候背过这些符号,凭我这双明亮的眼睛,用得着背吗!

我接着测视力,顺利地过了关。全部检查完后,我站在门口等另外几个人。郑海峰忽然从屋子里走出来,朝我大声说:"你视力不合格。"

我感到很意外,问:"谁说的?"

郑海峰走到我面前,说:"我看着医生填的表格了。"

我想,我眼睛根本就没有毛病,医生凭什么乱填。我气冲冲地朝测视室走去,到屋门口,陈部长从屋子里走出来。他看见我愣了一下,说:"我正找你,来,重测一遍视力!"

陈部长带着我走进测视室,在三个医生的监督下,我重新测了一遍视力,三个医生相互点点头。陈部长拍拍我的肩,说:"你长着一双侦察兵的眼睛。”

回到村子里，我依然跟着社员们干活。这天上午，正跟着社员们平地，老远看见齐志才踩着满是坷垃的土地朝我们走来。他猫着腰，迈着大步，显得裤裆很大。他不在大队屋子里待着，跑到地里来干什么？他走到干活的人群中，不理别人，走到我面前，对我说：“来了两个当兵的，在大队等你，你回去一趟。”

社员们都停止了干活，看着我。我心慌乱起来，预感到了什么，我在社员们羡慕的眼光中跟着齐志才朝村子里走去，我们走得深一脚浅一脚，走在前面的齐志才低着头看着脚下的地坷垃，挑着地方走，说：“通知来了，咱们大队你和于占学合格了，明天去旗医院体检。”

他的脸色很不好看，他是嫉妒我在公社检查合格了吧？我知道还有旗里那一关，那一关才更难，所以现在还不是高兴的时候。我很纳闷，于占学怎么也合格了？那么点儿小个儿，难道于小个子做了手脚？

齐志才回过头来笑着说：“你行了，三块红一戴，威风，别忘了咱们哥们儿！”

我忍耐着心中的喜悦，谦虚地说：“当上当不上还不知道呢。”心里话，念书时你也和我这么近乎，回村升了官，处处挤对我，现在看着我要红起来了，又近乎上了，两面三刀的家伙！齐志才好像认定我肯定当上了，很高兴地回过头来，脸色红润地说：“嘿，带兵的来看你，还不是看中你了。”

我想，这也有可能，听说带兵的看中谁，他一句话就可以带走，我怎么也想不出自己哪方面让他看中了。

我跟着齐志才走进大队办公室，于小个子坐在炕上，叼着烟袋吸烟。办公桌旁坐着一个三十多岁的军人，面孔很和善，是个军官。炕上头朝里躺着一个二十多岁的军人，睡得正香。齐志才指指我对军官说：“这就是吕斌！”

军官站起来，瞅着我笑了，介绍了他叫啥。我心跳得慌，没听清他的名字。军官伸出手来，我机械地和军官握了手。军官说：“小伙子挺壮实！”

齐志才在旁边溜须地说：“我们村的头等劳动力。”

军官高兴地说：“我们就要这样的。”问我：“愿意当兵吗？”

我拘束地抓着衣裳揉搓，说：“当然愿意！”

军官笑容可掬地看着我说：“当兵苦哇。”

我说：“我不怕吃苦。”这是我的心里话，我想，再苦也就农村这样
呗。

军官笑了，好像很满意我的回答，说：“这次征的是炮兵，一颗炮弹
上百斤，你扛得动吗？”我说：“没问题，我能扛得动三百斤的麻袋呢。”

坐在炕上的于小个子笑眯眯地说：“人家跟你谈话呢，别瞎说。”

我说：“没瞎说，不信可以试试。”我心想，我在场院入库时常常一
个肩膀扛一个麻袋，你整天坐在办公室里，根本没有看见过。

军官说：“我信，不过，炮弹要一连扛几百次呀。”

我毫不畏惧地说：“多少次我都能坚持。”我已经准备好了吃一切
苦，再苦也比在农村有前途。军官转过身去对于小个子说：“还行。”又
转过身来对我说：“我们到你家看看，听说你母亲不同意你去当兵。”

这准是郑海峰说的，这类人，总是怕别人比他强。我想着，说：“我
母亲同意我去当兵。”这是真话，我从公社回来，把参加体检的事跟母
亲说了，母亲发了一通脾气，流了眼泪，后来母亲跟父亲说：“他要去就
让他去吧，在村子里也出息不了。”

军官对于小个子说：“我们这就去吧！”

于小个子盯着炕席点点头。军官走到炕前拍拍睡觉的士兵，说：
“哎，起来，走了。这小家伙，太累了。”睡觉的士兵爬起来，揉着惺忪的
眼睛。

我跟着两个当兵的和于小个子朝我家走，街上有人看着我们，都
是羡慕的眼光。进了我家院子，母亲正站在院子里拎着猪食瓢喂猪，看
见大队书记陪着两个军人走进来，这个祖辈没有过的荣耀，慌得母亲
手脚没处放，嘴唇干哆嗦说不出话来。我随着来的人进了屋，母亲屋子

里屋子外转,半天才想起该给军人端旱烟盒、找火柴,吩咐我去外屋点火烧水。

我到园子里抱柴火进屋,边刷锅,边听屋子里的说话声。军官说:"你要舍不得,我们就不带他走。"

母亲说:"同意同意,在村子里没人瞧得起他,书也白念了,当兵大小也能熬个职位。"

军官说:"部队没有那么多职位,吃完苦还得回来当社员。"

母亲近似央求地说:"你培养培养他,当个班长也行啊,他的同学在村子里都有当连长的了。"我越听越来气,就装作进屋找火柴,给母亲使眼色。母亲只管说,不瞅我。我忍不住,说:"妈,火柴呢?"

军官看看我,说:"你要烧水呀?别烧,我们不喝水。"

于小个子说:"你要烧水?别烧了,我们走了。"转脸对军官说:"走吧!"

"走!"军官欠起屁股下地。我着急了,他们只待这么一小会儿,准是看不起我家,我劝军官再坐一会儿。于小个子说:"首长有事,忙着呢。"

于小个子说着带头出了屋。母亲追在他们的屁股后头说:"吕斌就交给你们了,带好他呀!"

我想母亲也太心急了,当上当不上还是一回事呢,瞎说个啥呀,我朝母亲嚷一句:"妈,别说了。"母亲住了嘴,见我一脸不高兴,边往屋子里返边嘀咕:"小王八犊子,我是为你好,不知道好歹!"

军官和士兵走出我家,我跟着他们到了大队办公室。军官对于小个子说要直接去旗里,于小个子百般挽留,两个军人还是走了。我目送着他们的背影消失在大门口,于小个子站在大门口朝两个军人走的方向望了半天,才朝大队屋走来,进屋盘着腿坐在炕上。我要去田里干活儿,刚想离开办公室,郑海峰从外面走进来,对我说:"去县里检查兵按规定一个人一天大队给八元伙食补助费,你那份钱于占学一齐支走了。"

坐在炕上的于小个子说："两个人怎么也得检查上一个！"

我心一动，看于小个子得意扬扬的神态，其中有含义，难道他做了手脚，我已经被淘汰了？不会吧！

晚饭后，我们全家沉浸在喜悦中。在县中学念书的妹妹也回来看我。全家人议论着沈阳有多大，楼房有多高，去了之后多长时间让探家一次。李芳红也来了，母亲对她很冷淡，没跟她说话。我不高兴，你儿子还没当上兵呢，就摆上臭架子了。

李芳红倚着炕沿站着，问我："你啥时候走？"

我倚着靠北墙的柜子站着，瞅着地皮不好意思地说："还没定呢。"

李芳红看着我奇怪地说："别人说你检查上了。"

我依旧看着地皮说："在公社检查合格了，还得到县里检查。"

李芳红舒一口气，脸上有喜悦掺杂着失望的神态，说："是这么回事呀，我还准备给你送行呢！"

我诚心诚意地说："我真希望你给我送行，怕是我没有让你送行的福分。"

李芳红说："一步登天可别忘了吃玉米面的！"

她这句玩笑话让我心情愉快起来，我保证说："忘不了，我是吃玉米面长大的。"

坐在炕稍的妹妹说："我哥哥可不是那种人。"然后跟李芳红亲亲热热地说起话来。

我看着她们，心想，她们要是成为姑嫂，倒挺合适的。

母亲下地喂鸡，在外屋嚷："梅花，来，看着猪别吃鸡食。"妹妹出去了。李芳红可能看出母亲脸色不对，情绪不高地说回家喂鸡，也走了。

四

各公社参加旗里体检的青年住在旗招待所里。我和于占学分在一个屋，体检是在第二天。我早晨到招待所就没看见于占学，到了天黑仍然没有看见于占学。我饿得不行，钱又是于占学拿着，我攥着妈妈给的两元钱,舍不得花。招待所的电灯亮了的时候,我实在忍不住饿,就到街上夜卖店买了一斤点心,回到招待所里狼吞虎咽地吃了下去。很晚了,我困了,铺被子准备睡觉。这时候,于占学推门进来了。他满面红光,好像刚吃过饭。我问他:"去哪儿了?"

于占学带搭不理地说:"洗了个澡,又在馆子里吃了点儿饭。"他埋头整理被子,不敢看我的样子。

我这才想到我身子很脏,检查时要脱衣裳,医生还不笑话我!我不高兴了,心想,你小子抓着钱,洗澡吃饭也不叫我一声,独用独吞,和你爹一个脾气。我说:"我也洗个澡去。"

于占学说:"去吧,给你三毛钱!"于占学从兜里掏出三毛给我,我接了三毛钱,匆匆地去街上的澡池子,澡池子门早已经关了,我返回招待所。于占学已经睡了,我把三毛钱放到他枕头边,轻手轻脚地上炕睡了。

早晨,我被"哗啦、哗啦"的水声惊醒。我睁开眼睛一看,于占学在洗脸。我忙起来洗脸,于占学擦完脸要走,我怕他吃饭扔下我,对他说:"等一会儿,咱们俩一块儿吃饭去!"

于占学说:"早晨别吃饭了!"

我说:"我挺饿的。"

于占学说:"吃饱了心慌,医生会说你有心脏病。"

我没有体检经验,于占学这么一说,我想,也可能吧,那就别吃了。

我洗完脸,到招待所服务室看看墙上的挂钟,离体检还差十分钟。我憋了泡尿,忙往厕所跑,进了厕所,边解裤腰带边往里边走,看见一个人蹲在第三个便洞上,边拉屎边捧着一包大馃子大口大口地吃。我大吃一惊,是于占学。我火气立刻涌上来,原来这小子上厕所偷吃东西,让我饿着,真够坏的。我说:"你偷吃大馃子,让我饿着,你不拉人屎!"

于占学脸红了,惊慌地说:"我……我饿了!"我还想损他几句,尿憋着发急,我边站在便洞上撒尿,边气得心跳。

招待所的院子里响起了集合的哨子声,我边系裤腰带边气得不知道说什么好。于占学看着我的脸色很难看,害怕了,把剩下的几块大馃子递给我,说:"剩下这些你吃吧!"

我看一眼大馃子,咽一口唾沫,想吃,可时间来不及了,我往外急急地走,于占学讨好地对我说:"你不吃,往哪放?"见我不理他,他在厕所里边撒么一遍,把大馃扔进了便洞。

我们在去过我家的那个军官的吆喝下,排好队,朝医院走去。清早有点儿冷,小镇的街上行人稀少。我肚子空空的,脑袋有些迷糊,晃晃悠悠地跟着队伍来到了医院。第一科检查是内科,我们站在走廊里,屋子里的医生叫一个人进去一个。叫到我的名字,我进了屋,是个男医生。他用听诊器在我胸前听时,我感到心跳得特别厉害。医生瞅着我,不高兴地说:"你慌什么?心跳超过一百二十下了。"

我乞求地说:"我控制不住。"医生警告我说:"越害怕越检查不上。"

我努力放松,可是,"心不由己"。

医生很不高兴地给我检查完了,我本想看看医生在我的体检表上写了什么,我边系衣扣边磨蹭着不走。医生并不往表上写,边看着我系衣扣,边催促我说:"快点,系完衣扣出去。"

我只好系好衣扣走出屋子,我想,他准往我的体检表上写不好的东西,要不他非等我出了屋再写干什么!我走出门口,看见陈部长从走廊那边走过来,他身边跟着那个去过我家的军官。他们两个看着我微笑着,陈部长问我:"怎么样?"

我担心地说:"我心跳得厉害。"

陈部长皱起了眉头,军官关心地问我:"你平时心跳得厉害吗?"

我说:"平时不,今天身体发虚。"

陈部长看着我安慰说:"别紧张,你没事,能检查上。"

我想还是告诉他们吧,我说:"我早晨没吃饭。"

他们两个愣了愣,陈部长问:"你为什么早晨不吃饭?"

我不想说于占学的坏话,那样容易引起误会,以为我在扒端竞争对手,可我又说不出别的。陈部长说:"快,去馆子吃点儿饭再来检查!"

下一科的医生站在门口叫喊:"吕斌!"我看看陈部长,只好朝那个科的门口走去。

于占学始终在我的后边体检,我不明白他的体检表怎么就凑巧放在了我的后面。我从每一个科出来,等在外边的于占学就凑上来和我套近乎,问我体检过程。我想,他是在招待所偷吃东西惹我不高兴,故意来和我套近乎,我也就不冷不热地告诉他体检过程,心想,就凭你这个小矮子,再诡计多端也混不进部队。

到了外科检查,我和于占学一起被叫了进去,脱了衣裳后,于占学量了身高,医生就叫他穿衣裳出去了,对我的检查却挺仔细。我检查完,走出屋子,于占学走到我身边,问我:"你咋这么长时间?我咋进去就出来了?"

我带搭不理地说:"不知道!"心里说,你那个头就不招人喜欢,医生哪还有兴趣摸你那新洗过的身子。

最后一科是政审,陈部长说,进过那屋的,基本就定了,没被叫进去的,也就是说不行了,肯定是前边哪一科检查不合格。

一个又一个人被叫进政审室,我和二十几个人坐在走廊上的椅子上等着。等着的人都明白,被叫进去的可能性不大了,因为后检查的人都被叫进去了。前边检查的人没被叫进去说明前边检查时身体的哪个部位有毛病。

快要检查完时,于占学被叫了进去,这使我很吃惊,他也行了?我的心狂跳起来。

就在我心慌意乱的时候,于占学出来了,他是一脸的得意,瞅也不瞅我,边系衣扣边坐到一边的椅子上,脸上洋溢着七个不服八个不忿儿。我心里也是七个不服八个不忿儿。

检查完了,陈部在走廊上宣布:"经过政审的人留下,没参加政审的人可以回去了!"

落选的人垂头丧气地顺着走廊朝门口走,我随着人流有气无力地走。精神不紧张了,心也不跳了,我这不是个孬货吗!我从陈部长面前走过时,陈部长小声对我说:"吕斌,你去馆子吃点儿饭,快点儿回来!"

我愣了愣,立刻明白了陈部长的用意,我飞快地朝街上的馆子跑去,冲进一家饭馆,把一元多钱都花掉,买了三碗半面条吞下去,兴冲冲地返回医院。

陈部长和那个军官在医院门口等着我,陈部长拿着一张体检表扬着对我说:"跟我来!"

走廊上只有零星的几个人,体检的青年们一个也看不见了。陈部长和军官带着我走进内科室,屋子里只有一个女医生,她正在脱白大褂,可能是准备下班。屋子里已经暗了,电灯亮了。陈部长对那个女医生说:"我们这个小伙子哪样都好,你们检查他心动脉有二级杂音,平时他没有这个病,麻烦你再给他检查一下!"

女医生不情愿地接过去表格看看,说:"这是马大夫诊断的,你们得找他去!"

陈部长说:"是你诊断的,你给复查一下吧!"

女医生说:"不是我,这上面有签字,你看。"女医生让陈部长看表格。陈部长看了表格说不出什么。女医生问我:"你记得是谁给你检查的吧?"

我如实地说:"是个男医生,四十多岁,我不认识他。"

女医生刚想跟陈部长说什么,陈部长说:"马医生回家了,你给复查一下吧!"把表格递给女医生。女医生犹豫着说:"按规定马大夫检查的我不能改……我给你们复查一下吧,如果确实没有这个病,我写个意见,你们找马大夫改。"

陈部长高兴地连连说:"行行行!"

女医生转脸对我说:"你坐到床上!"

我坐到床上,解开衣扣儿。女医生用听诊器听听,说:"有点儿。"

军官说:"有点儿没关系,你给改了吧!"

女医生边从脖子上摘听诊器，边说："我说过，你们得找马大夫改。"

军官说："那你写个意见吧，我们去找马大夫。"

女医生摘下听诊器，开始脱白大褂，说："他有这个病，我不能写什么意见。"

陈部长和军官都呆呆地看着女医生。我的心也凉了。女医生脱了白大褂，拉灭了灯，说她下班该走了。我们只好朝外走，陈部长叹着气对军官说："本来没病，一复查他们就起疑心……可惜了一个好苗子，就是送不出去！"

军官笑着拍拍我的肩，安慰地说："小伙子，别泄气，明年我来接你。"

我望着军官，失望的同时，也满怀着期待。

欢送于占学走的那天，我正赶着牛车往狼甸子送粪。远远地看见村头聚集着一群人。全公社入伍的青年都坐在一辆马车上，陈部长坐在车的前面。于占学胸前戴着一朵大红花，向村里人招手后，爬上马车，马车顺着大路朝县城驶去。我一直望着马车消失在大路尽头，听着村头的鼓声还在不厌其烦地响，我跟着牛车朝地里走，泪水在眼眶里打转儿。那一切都和我无关了，我的前途注定在这狼甸子上。

第四章　女人们的生活

一

三哥不上学后，在村子里就成了劳动力中的骨干，村子里进了一台拖拉机，青年人都想开，二哥学过拖拉机，本来应该让他开，可他和支书于小个子整崩了，于小个子为了报复他，就让三哥和另两个青年当了拖拉机驾驶员。在村子里，当上驾驶员，那是相当了不起的。

老赵婆儿没有把老朱头的丫头给我三哥介绍成，觉得很对不起我们家，时常到我家炕上坐着，跟母亲说话。我有几次赶到家里，听她说正在给三哥介绍对象，是北村的。老赵婆儿老是和我家溜须，可能和三哥的地位在村子里见长有关。过了些日子，家里来了一伙子人，是来定亲的，母亲说定亲和结婚不一样，用不着我，我依旧上工。到了冬天，母亲就张罗三哥结婚的事儿了。

结婚的头一天，母亲告诉我第二天不要上工，三哥结婚有许多活儿需要我帮助忙。

我们的乡俗，新嫂子过门儿都是小叔子去接。三嫂子过门，妈妈就打发我去接。这种事讲究很多，我又没在婚姻大事上出过头、露过面，心里没底。一大早，院里来了好多乡亲，房檐下、窗户前、园子里都蹲着、站着人，说话声"嗡嗡"的响成一片。老头儿叼着烟袋，锅儿慢悠悠升绕着青烟，小孩子在人空里钻来钻去，屋门口不断有人出进。家里办大事，我总怕出什么差错，心情很紧张，妈妈又把接新娘的重任分给我，我更慌乱，平日我使惯了驴车、搂柴火、捡粪、赶集，套驴熟手熟脚。今个儿套起车来，我却手哆哆嗦嗦的，把驴吆喝进车辕子，不知道该先给驴扣夹板还是先系肚带。来贺喜的大娘、大婶们喊着天不早了，快快动身，见我忙忙乱乱，闹腾了好一会儿也没套好车，就围上来，七手八脚地帮我忙，往车上铺毡子，往驴背上放鞍子，给驴扣夹板，系上驴肚带,还在驴脑门儿的笼头上系条红布,把驴缰绳递给我,七嘴八舌地告诉我:"进院不用说干啥的,看见驴头上的红布,她们就知道了。"

"叫你上屋你别上屋。"

"你嫂子一上车,赶着驴快走。"

我们这儿有喜事,人人都当自家事办,忙乱又热闹。

我赶着驴车出了村。日头蹲在东山头上,乌蒙蒙的脸,远处的大山一座牵着一座,座座都像胖大的汉子,盘腿大坐,闭目养神。大地像一铺大炕,盖满了白花花的庄稼茬子,就像白发老头儿剃过了脑袋,头发刚刚长起来。我们这地方属于内蒙古与辽宁交界地带,位于大兴安岭东南边缘,四周都是山,大的小的,高的矮的,圆的尖的,圈住的村庄,像被装到了井里。我常望着天上的星星和月亮想入非非,我没去过山外,不明白毛主席为啥天天站在天安门上,他不吃不喝不睡觉吗? 真是神仙;也弄不清那么长一列火车,共有几个轱辘,田里活计多,我常年忙着挣工分,尽管家里没太富过,倒也过得下去,我很知足。

三嫂子家在我们村北,叫赵家湾,几十户人家坐落在山坡下。出了我们村,顺着石子儿路朝北走,上了长脖子梁,就看见三嫂子村了,到那儿还有四里路,路面又宽又平,这段路上初中我走过两年,后来也常走,不觉得远,也就不显得寂寞。我用木棍敲打着驴屁股。大地深远,有一两个人背着粪筐在野地转悠着捡粪,远远一群社员在平地,眼下各处都搞革命,只有这些庄稼人没革命。驴颠着碎步,没有风,周围一派安宁,山雀在草地上空振着翅膀吵叫。

早晨天气很冷,我没有手套,抄起手,没有帽子,冻得耳朵尖疼。

望着村西的乱头山,那是我小时候常去捡粪的地方。在那里和三哥捡粪的往事出现在我脑海里。念小学的时候,寒假母亲不让我们待着,考虑下一年的烧柴,就撵我们上山捡粪。我们这儿不出产煤,长年靠牛马粪烧饭、点炉子,一到冬季,家家都到野外捡粪。

母亲天天站在院子里看天,选择一个没有风、不下雪的天气,给我们贴一锅玉米面干粮,干粮里放几粒糖精,让我们带上,到野外捡粪时饿了吃。还给我们准备下穿的东西,都是破烂,干这种累活什么好东西都得穿得不成样子,棉袄打着补丁,袜子是用白布连缀的,手套只有一副爸爸用过的棉闷子,露着指头。三哥没有手套,只好光着手,他的手粗糙,有一道道的血口子,一冬天都像小孩嘴似的咧着。这时候,三哥都是拴好背筐,给驴添草喂饱了,再饮足水,妈妈喊叫我们走,我们便套上驴车出发了。

在我们这个山区,冬天很容易起风,出了家门还感到天和日暖,走出村口上了山道,看见周围连绵的群山了,便觉得有小风了。我坐在车上的柳条编的粪圈子里,靠着前面,蜷着身子,狗皮帽子耳朵往下巴颏儿一系,帽子耳朵贴在脸上,有一丝暖意,两只手夹在裤裆里。三哥赶着驴车,大踏步地走,两只旧狗皮帽子耳朵来回煽动,脸冻红了。他背对着风,侧着身子走,把一只帽子耳朵用脸压在肩膀上,用来捂热脸。

田野上有捡粪的驴车,捡粪的人背着背筐,抻着脖子前倾着身子往前一步一步地挣,那探着的脑袋像在寻问什么。三哥赶着驴车不停地走。我把脑袋探出粪圈子,问三哥:"上哪儿去捡?"

三哥转过身来,用木棍儿敲打着驴屁股,喊一声:"驾!"不加思索地说:"上小孩子梁。"

我心一颤,心怦怦地跳。小孩梁在烂头山中,那遥远的蓝蒙蒙的起伏山头我从来没有去过,那里有很多吓人的传说,说那里有狼,有许多说不清的吃人的东西——母亲说那年冬天一个妇女带着一个小孩儿捡粪,车翻到了沟里,妇女往沟上面弄车,到了也没弄上来,妇女和孩子都饿了,累了,就蹲在沟里面歇气,结果被活活冻死了。人们发现妇女和孩子时,她们面前堆着一堆石头,母亲说,死人把石头当火。

我不懂为什么,我曾经在野外天冷的时候捡一堆石头放在面前试过,好像那石头真会发出热来,烤得前胸暖洋洋的,谁知道是精神作用还是什么。

我恳求三哥:"咱们别到那么远捡去了。"

三哥转过身来,又是用木棍子敲了驴屁股一下,接着是一声:

"驾!"他为难地看我一眼,从眼神里我看出他知道我惧怕什么,也似乎觉得很对不住我。他一句话不说,转过身去,低着头,默默地陪着驴走,一会儿便满腹心事地踢踏着路上的石子儿。

从小在一个被窝睡觉,围着一张饭桌吃饭,相依为命,我能不知道三哥想啥吗,近处一天捡不了一车,一年烧柴需要七八驴车,没有烧柴,妈妈难受,日子也就无法支撑。

我重新蜷缩在车里面,任凭车在土路上颠簸。

来到乱头山中,才感到乱头山的可怕,一个又一个山头绵延几十里,平日在村子望着鸡蛋大的山头,在眼前巍峨耸立,直插云霄,一个山坡有十几里、几十里地长,杂草丛生,灌木无边,不时有一两只兔子从脚下逃走,或是有野鸡飞起,茫茫的野地不见一个人影儿,这儿只有好天气才有少量的牛马群走过。梁南坡风小一些,不怎么冷,粪都让人捡光了,三哥也没指望在南坡捡到粪,赶着驴车一直往小孩儿梁上边走。越走风越大,风越过山梁,直扑南边的大地,山南面的远处狂风大作,一个旋风接着一个旋风,拧着劲、嘶叫着向南卷去。白草弯腰抖动,尘土在半空中飘飞,天昏地暗。越往坡上走风越大,三哥和驴都像羊顶架,弓着腰前行。我浑身颤抖,上下牙直磕。三哥再次回身敲打驴屁股时,发现了我在抖,他伏在粪圈子沿儿上关切地问我:"冷吗?"

我说:"不⋯⋯不冷。"嘴却已经不听使唤了。

三哥往上望望,离坡顶不远了,他赶上几步,"吁"地喝住驴,望望遥远的南坡,到车旁说我:"下来活动活动。"

我在三哥的搀扶下跳下车,脚一沾地,像万根钢针在扎,麻得我扶着车半天不敢动弹。三哥说:"车卸到这儿,把驴拴到车轱辘上,你在这边捡,看着驴和车,饿了车上有干粮,我到坡那边捡。"

我担心地说:"那边太冷了。"

三哥说:"不怕的,那边粪厚,快捡满车快回家。"

三哥背着背筐往坡上走,我望着他那瘦弱的身子,倒觉得他并不弱,而是个强壮的男子汉。

我围着车附近捡，坡这边牛马粪不大厚，有被捡过的痕迹。我捡了半背筐，仍不见三哥回来，放心不下，背着半背筐粪往梁上走，走上梁顶，只觉得大风铺天盖地般地冲来，推了我个趔趄，脸像被万把尖刀刮，衣服薄得成了一张纸，眼泪"刷刷刷"地涌出来，我被风吹得背对着风，擦擦眼泪，转过身眯起眼睛往北坡望，北面是望不到边的田野，灌木杂草伸向远方，狂风无遮无拦，像脱缰的野马撒野狂奔，站在这梁上，只觉得站到了九天之上，广阔的田野在幽深的脚下，好似往梁北坡跨上一步，就会掉进万丈深渊。我头晕目眩。

三哥朝梁上走来了，他的背筐里装满了冻牛马粪。他弓着腰，脸几乎贴在了梁脊上，脸被冻得通红，两只手一会儿捂耳朵，一会抄在袖筒里，嘴里咝哈着。除了劳累，他还在与寒冷抗争。

我们回到车旁，三哥一屁股坐在车前耳朵上，车被压得"吱吱嘎嘎"响。三哥如释重负，长出一口气，两手捂一会儿耳朵，站起身，把筐里的粪倒进车里，吧嗒几下干咧的嘴唇，到车上拿干粮袋子，却没有。驴站在车后面"嘎嘣嘎嘣"嚼着什么。三哥走过去一看，驴不知道是什么时候把干粮袋子叼下车的，正在吃里面的干粮。三哥忙捡起袋子，里面只剩下一把干粮渣儿。三哥瞅瞅袋子里面，看看地下，弯下腰，用红萝卜似的手指捏起驴掉到地上的干粮渣儿，小心地放进袋子里，递给我，说："吃了它咱们再捡。"

我心酸，我们一天的干粮让该死的驴偷着吃了，待会儿我们饿了，怎么走回去？这儿离家五十多里地呢。我接过袋子，这是三哥使的花布书包，底下打了补丁，我摸着只有一把的干粮渣儿，怎么舍得吃，就推给三哥，说："你吃吧！"

三哥说："我一点儿不饿，你吃。"他说着，背起了背筐。

我把干粮渣放在车前面，心想，三哥一个人得啥时候捡满车。我也背起背筐，说："我也去北坡。"

三哥瞅瞅我，说："你在这边捡吧，看着点儿车。"

我噘起嘴，生气地在前面走了。

一走上梁顶，就觉得北边的大地像有千百万只魔鬼在呐喊跳跃、张牙舞爪地向我示威，那冷森森的牙齿咬透了我的衣裳，我不得不背对着风，让背筐当盾牌。我见三哥猫着腰背着背筐，像老牛拽犁一样走下梁去，也跟了下去。

梁下冷得要命，粪倒是挺厚，几步一堆，冻成一团，用粪叉子扔到背筐里，像扔进去一块石头蛋子，砸得筐底"吭"一声。不时有一只兔子从草丛中蹿出，朝远处逃去，吓得我浑身一抖，心也跟着哆嗦，随后身子颤抖起来，再也止不住。露在外面的手指，红得像胡萝卜，已经失去了知觉，捏一捏，像一根木棒，很硬。风顺着脖领、袖筒、裤管儿往身上钻，脚脖子痒得钻心，不行，顶不住了，到南梁暖和一下再来捡。我背着背筐逃过了梁。

驴没草吃，半闭着眼睛站在车旁。我坐在车上暖和一会儿，觉得饿了，拿起干粮袋子，刚想吃，想到三哥累得多，一定更饿，就咽了一口吐沫，把干粮袋子放回车上。我躺在车上，再也懒得动了。从小长大，我第一次在这么冷的天气里干这么重的力气活儿。

我想等三哥回来我们一起再过梁，可迷迷糊糊地过了好长时间也不见三哥回来。三哥比我捡得快，这工夫也该捡满筐了，怎么回事呢？我的心吊起来。

我背着背筐来到梁北，茫茫的北坡不见三哥的影子。我迎着风仔细寻找，仍不见三哥。我害怕了，扯开喉咙喊起来："三哥——"

声音一出口，就被风带走了，留在我耳边的只是一丝微弱的余音，我不管声音大小，只顾着急，边往梁下走边喊，脑海里出现了狼、鬼等不吉利的形象。我想到了人们对于这个梁的传说，更加恐慌了。我拼尽全身力气喊："三哥——"

狂风嘶吼，白草瑟瑟，三哥哪里去了？

我低着头顶着风朝前走，猛然，地上出现了一道车辙印，从梁的下边上来，在草地上转了个弯，又朝梁下去了。看车辙印清晰度，好像是早晨来过的车，对，早晨没有风，有人来捡过粪，风大了，捡粪的人返回去了。我顺着车辙印往前走，忽然，前面出现了一条雨水冲刷成的沟，沟里露出一撮黑头发，随风舞动。我脑袋嗡嗡地响起来，浑身灼热，奔过去。

三哥背着背筐蹲在沟里，不停地抖动，嘴唇青紫，脸像紫茄子色，耳朵厚得像木板，眼睛无神地望着沟沿的杂草。我跳下沟去扶他，他趁势把我搂在怀里。他的身子冰冷，抖成一团。我忽然看见三哥的面前放着一堆石头，但不知道什么时候又是什么人捡到一起的，经过风吹雨淋，石头缝中长出了杂草。三哥在把这堆石头当火烤吗？

我有意地想体会石头发出的热量，但没有一丝暖意，仍然冷得要命。

三哥忽然从红肿的、裂着口子的手上摘下一只羊皮手套，手套很旧，手指间有的地方已经开线，露出了羊毛。三哥把手套推到我怀里，指着沟上的车印抖动着牙齿说："我……捡的。"

"那你戴着吧。"我忙把手套戴在他手上。

他挪动着青紫的嘴唇，艰难地说："一会儿丢手套的人来找，你……挂到树枝上。"

三哥往身后示意，我回头一看，沟上面有一棵山榆树，在这附近，它是最高的一棵树，沟边上有三哥往上爬的痕迹。我见三哥冻成这个样子，正需要一只手套，就说："三哥你戴着吧！"

三哥说："这么冷的天，那人需要手套……说不定……这个人是个女的……"

他想到了传说中冻死的女人和孩子？

我的心在颤抖，不仅仅是因为冷。

三哥见我不听话，卸下背上的背筐，用已经冻得不好使的手扒着沟沿爬上去，把手套挂在树枝上，迎着风朝坡下望一眼，又爬下来，背起背筐，哆嗦着说："我们……回吧。"

回到车旁，放下背筐，三哥跺着脚，两只手一会儿捂耳朵，一会儿抄进袖筒里，一会儿捧着脸，鼻涕顺着鼻孔往下淌。我虽然冷，但更感觉饿,从早晨到现在,水食未沾。三哥一定更饿,我把干粮袋子递给他,他打开干粮袋子,闻闻,用舌头舔了一点儿干粮渣儿,咂着嘴,说:"挺香,给你。"他把干粮袋子递给我。

我说:"你吃吧。"

三哥说:"你吃,吃完咱们……"三哥弯下腰整理背筐绳。

我捧着干粮袋子,瑟着身子乞求地说:"咱们别捡了,回家吧。"我早就盼望回家了,但一直没敢说,不捡满车妈妈会打我们的,村里的大人都这样对待孩子。

三哥不理我,整理好背筐绳子,背起背筐又朝梁北坡走去。他是怕妈妈打还是怕捡不满车家里没柴烧?或是他习惯了这么冷的天气,干惯了这么累的活计?

我只好背起背筐跟着三哥朝梁北走去。风在刮,周围连绵起伏的大山在风中抖动。这山是我小学课本上学过的大兴安岭吗?书上描写得那么美好,怎么现实这样恶劣呢?

日头压山时,我们终于捡满了车。我累得散了架,站立不稳地看三哥套车。三哥的手哆嗦着扣驴夹板,系驴肚带,然后赶起车,蔫儿蔫儿地跟着驴朝梁下走去。风小了,田野更加广阔、无垠。

在山间的土路上,三哥伴着驴默默地走,我瑟缩着身子跟在车的后面,肚子空空,腿发软,眼见着车越走越远,我没有一点儿力气跟上去。

伴着驴走的三哥回头看见了我,喝住了驴,等我走上来,他说:"你坐在车上吧!"

一车粪很沉,捡粪的人是从来不坐车的,我怕驴拉不动,不肯上车。我见三哥脸色青黄,没有一点儿精神,知道他已经累到一定程度了,我不想上车,我累驴也累呀。三哥不容我推托,周着我的屁股把我推上车。我已经没了力气,四仰八叉地躺在粪上,感觉舒服极了,只觉得飘着白云的蓝天在晃动。

二

　　远处有两个骑自行车的女人朝我驶来,路过我身边时,跟我打招呼。她们是朱桂琴和公社的妇联主任,妇联主任是北边于家段村突击提拔起来的,也是个二十岁左右的姑娘。朱桂琴问我干什么去,我说是接新亲。她放慢速度,惊讶地问:"你结婚了?"我说是我三哥结婚,她才放心地骑着自行车朝公社方向走了。她当上公社副书记,我就很少看见她了,只是在家里墙上的喇叭里时常听到她在全公社开的批判会上发言,声音洪亮,口气横眉立眼的,用的词也又硬又冲。村里人都夸赞这丫头好嘴茬子。

　　驴车又走了一小会儿,望见三嫂子村的房屋了,上空是缥缈的炊烟,隐约传来鸡鸣狗叫声。我心跳加速,怕到三嫂家出什么差错,这可不是我心小,这种事上闹起意见或退了婚的多了。二哥结婚时,二嫂子的弟弟就嫌我家在结婚那天吃喝不好,半道赶着牛车要走,母亲和来贺喜的乡亲说了不少好话才把他们留住,要不那天就结不成婚了。唉,妈妈总是忙,咋就不抽空儿嘱咐我到那儿该怎么做呢!

　　两袋烟的工夫,我进了三嫂子她们村。

　　三嫂子家在村子东头,我从西头进村,正好穿过一条街,远远望见一眼辘轳井,井旁就是三嫂家,三嫂子和三哥订婚后,我曾经来过。她家大门用向日葵杆绑成,向两边趔歪着,显然有人刚进出过,大门恰好能进去驴车。院中站着几个男人商量什么,他们手夹纸烟,抱着膀,神情紧张,像是事情不小。屋门敞着,往外涌着腾腾热气。从窗户望进去,炕上坐着人吃饭,能听见各种嗓门的说话声,还有酒杯碰撞声。

　　有个女人出门来往院里泼洗碗水,看见我赶着驴车进院,慌忙返身进屋,嚷着:"来了,来了,快收拾淑英的东西。"

　　"淑英"就是我三嫂子。三嫂子家姓崔。

　　屋里乱起来,吃饭的人纷纷离桌,"通通"跳下地。院里那几个男人听到那女人叫嚷,看看我,扔了烟头儿,又商定了什么。我常看见谁家有什么大事,总有几个男人站在院里或没人处,板着严肃的面孔商量什么,我又从没凑近听过,或许每家有个红白喜事都应该有几个男人这么摆摆样子,以示事情办得庄重。几个男人钻进屋里,屋里涌出一群男男女女, 个个笑容满面, 有的跑上来接过去驴缰绳,有的打招呼:"哟,真早,婆婆盼儿媳妇都红眼了。"

"这是淑英的小叔子,在家净干小子活儿。"

"长的怪俊的!"

我脸热了,面对这些火辣辣的目光,我手足无措。订婚后,我们两家。常来往,她们家一些人认识我,而女人评说起人来,舌头特别长,又从不顾及什么,我又不能不让她们评说。

这时,屋子里又钻出一个女人,四十多岁,脸上皱纹很细,好像她生活没发过什么愁,也没操过大的心。一身干净的青布衣裳,罩衣下围露出了里面脏棉袄的边边。她脸上挂着笑,眼里含着泪,两手在扎在腰间的围裙上擦着水。这是三嫂子的妈,她到我家去过,我该叫她大婶。大婶跑过来拉着我的手说:"看看,这小子冻得脸都红了,快进屋暖和暖和!"

我有些冷,不过,我记着来的时候大婶、大娘们的话,不肯进屋。

一个女人挤进人群,扯扯大婶的衣襟儿,悄声说:"嫂子,快去看看淑英!"

大婶随着那女人慌忙进屋,几个妇女也跟进屋。屋里传出来三嫂子的哭声。

三嫂子哭,可能是出于习惯,我的两个姐姐出嫁那天都哭过,我们村的姑娘出嫁时也哭过。可她们为什么哭呢?我问过母亲,母亲叹一口气,说:"你长大了就知道了。"母亲总是一副愁容,愁什么呢?现在我长大了,为什么还不知道她们为啥哭呢?

有人嚷吵:"婆婆家等着急了,屋都不肯进,快上车吧!"

人们都忙起来。

有人往车上放包袱,有的推着让着去送亲。

屋里有两个人哭，我听出来是三嫂子和她妈。透过窗户，我看见娘俩站在柜前打点杂物。听见她妈说："这个线穗和针揣在兜里，到婆家做第一件针线活用这个。"

姐姐出嫁时，妈妈也给姐姐准备了一个线穗，也是这么嘱咐姐姐。这到底有什么讲究，我至今也弄不明白，听老人们说，是把娘家的活计延续到婆家，或是在娘家养下的过日子的心计带到婆家去。

三嫂子旁边站了一些人，有几个姑娘也在抹眼泪。男人们则在三嫂子身旁转来转去，很着急，粗喉咙大嗓子地催："别磨蹭了，快上车！"

男人心最硬，我想。我们村一有婚丧嫁娶，不管女人怎么哭泣、怎么闹，男人就是这么嚷叫，好像天下的道理他们都懂，牛得很！有时候我还真佩服这样的男人，有气度。

一切物品都装上了车，三嫂子家自己套了一辆驴车，拉送亲的人。我赶来的一辆驴车拉不了所有要去的人。三嫂子终于走出门来，她高挑个儿，脚踏一双亮闪闪的打油皮鞋，笔挺的蓝罗马尼龙筒裤，着一件浅灰色毛料上衣，襟下围露出一圈红棉袄。这是她做新娘子的标志，闺女出嫁都兴穿红棉袄。听大嫂子说，姑娘结婚那天的秘密都在贴身穿戴上。她隆起的胸部和鼓起的臀部格外分明，左胳膊挎一个小包裹，里面装着她从记事起积攒下来的物件吧？我小时候玩儿的口袋儿、玻璃球、胶皮筋之类的玩意儿就保存着，虽然不玩儿了，但看着亲切，离家时能扔得下吗！三嫂子低着头，左一把右一把地抹着眼泪，好看的瓜子脸和亮闪闪的大眼睛相配，分外秀气。她不肯上车，别人推一下，她往车前挪一步。

我想，这里的山，她看惯了，这里的土地，她日日在上面劳作，家里的院墙，她不知道进去出来跳过多少次；大街上见到每一个人，都熟眉熟眼的，更何况，这土屋里印下了她的记忆，留下了她的秘密。她睡惯的土炕，转惯的锅台，用过的锄头、镰刀以及一家人围住饭桌吃饭的气氛，都使她留恋，就是她对将来生活的幻想，也是从这土屋门口飞出来的。

她可以在这土屋里跟父母耍脾气,可以站在大街上和姑娘们嬉笑打闹,因为她是孩子,可到了婆婆家,她就是个大人了。

这熟悉的一切,都要告别了,她能不心酸?

一股热潮在我胸膛涌动,眼窝阵阵发热。我抑制住眼泪,背过脸去,望着远处的群山、广袤的田野,蓝蓝的天空中盘旋着一只鹰。我又想到了我小时捡粪、搂柴火的那些事,想到了村子里的那些人。

三嫂子坐上了车,脸朝后,埋着头抽泣。几个闺女也上了车,围坐在她身边。剩下的送亲人坐上了另一辆驴车。我牵着驴朝院外走,站在院中的女人都眼含泪水。三嫂的妈抹着眼泪进了屋。她不忍看着女儿离开家门,女儿出嫁又不允许母亲送,我替大婶难过。

驴蹄"嘚嘚嘚"敲击着坚实的路面,车轮飞快地转着,带起风声。红艳艳的日头升了半杆子高,笑盈盈地望着大地。三嫂子已经不哭了,望着田野、远山、大地,还有升绕着炊烟的村庄,眼睛泪汪汪的。

远处的枣山像个巨人,横卧在地平线上,路旁杂草茫茫,驴车不时惊起一只山雀,箭一样射向天空,振着翅膀,"喳喳"吵叫,又一头扎向远远的草地。不远处有一群羊,后面跟着一个穿白茬皮袄的羊倌儿。这么安静的大地,总让人心里空荡荡的。几个姑娘为了使三嫂子从离别的痛苦中走出来,故意轻松地跟三嫂子扯闲话:"北大湾子今年准备种黑豆,那块地壮,一亩地准能打六百斤。"

"前年淑英姐就主张种大豆,昆子说啥也不干。瞧那高粱长的,杆儿像香儿,还队长呢,嘛也不是。"

"淑英姐,你说巧不,汪三娘们儿养的那头老母猪,前天下了十六个崽儿,昨个儿她还跟我说,要不是你叫她留老母猪,她早劁了。她想请你吃顿饭,没想到你……"

一个姑娘用胳膊肘撞她一下,这个姑娘不好意思地伸伸舌头。

三嫂子对姑娘的话并没在意。路旁窜出一只野兔,落荒而逃,三嫂子目送那只野兔逃没影儿,从田野收回目光,说:"小玲入团的事我同意了,你们再商量商量。我已经跟公社团委说了,我的团支部书职务由芳儿接替。"

叫芳儿的姑娘庄重地朝三嫂子点点头。

三嫂子说："这几年我老想法子把青年们团结在一块儿，又老没办法，男的不听话，女的面矮，家里外头牵扯多。芳儿，你们几个想想法子，你们别再像我似的，怕这怕那的，连搞对象也听任父母托媒。"

不知道姑娘们是害羞还是沉思，都低着头。

三嫂子叹一口气，眼圈又红了。

我装作没听她们说话，思绪却随着她们的话起伏。我们村的姑娘也经常聚在一起，做针线活儿、拉家常，品衣评辫儿，谈谁家媳妇过日子，哪个小伙子长得俊，你捅我一下，我捣你一拳，笑闹个不休。她们年龄一大各奔东西，能不牵动心肠？

进村了，远远看见我家大门口站着一大群人朝这边张望，三嫂子抹抹脸上的泪痕，装作很安然。几个姑娘相互拉起了手。芳儿告诉三嫂子："车停稳了再下车。"

另一个姑娘说："淑英姐，你别下车，婆婆给了压腰钱再下车。"

我担起心来，三嫂子真不下车，我家又得泡费几元钱。

三嫂子一笑，见人群里走出了三哥。他穿一身新的蓝衣裳，红红的脸上挂着笑容。按规矩，他该接我的驴缰绳。三嫂子对着三哥笑，嘴上对姑娘们说："我才不信老一套呢！"趁姑娘们没注意，"腾"地跳下了车。姑娘们一怔，个个傻了眼，车上没了新媳妇，看热闹的孩子弄不清哪一个是新媳妇，高喊道："快看呀，新媳妇赖在车上要压腰钱呢！"

姑娘们红了脸，纷纷跳下车。

我长舒一口气，完成了任务。

三

平日里，我在家就是半拉主人，上山捡牛马粪，进田捋拉蔓儿，或者到场院分粮食，都是我套着驴车往回拉。家里有喜事更能把人忙翻。母亲吩咐我守住院子里的铁炉子，负责供上人们喝水，我忙着添水、端牛粪,把炉火生得呼呼响,火烤得我脸疼,眼睛也时不时睁不开,炉子里不时窜出一股烟,呛得我左躲右闪。院子里挤满了人,又吵又叫,抱柴火的,到各家借碗筷的,烫酒的,一人一把手,活儿还不够分。我们这儿一家结婚,全村人到场,就是平常跟母亲骂过祖宗的妇女,也揣着一元、两元的票子走进院来,满面笑容地叫一声"大姐"或"老嫂子",把那张票子塞在母亲的手里。不知道她们是来混这顿好吃好喝,还是掩饰过去跟我家的矛盾,或者是人情往来吧,家家如此。

母亲最忙,她要迎接来贺喜的乡亲,还要照顾锅台上的大师傅炒什么菜、做什么饭,还得向新亲敬酒、陪着说话。其实,我们家是母亲扛大梁,她泼辣、敢说、敢闯,又特别好发脾气,父亲在她面前只有蔫蔫的份儿。三个嫂子能娶进门儿,全靠她张罗。

去年有那么一回事,母亲想买个猪崽儿,没有钱,听说烈军属救济款要下来,爸爸当过兵,我家是军属,妈妈就盼上边下来救济款。我们家从没得过救济款,哪次都是干部们"研究决定",分给他们的亲属。社员有意见,或上边来查也无可奈何,集体决定,又不是私分,何况家家困难,救济谁都合理。救济款下了,还是没分给我家,母亲找到于小个子大闹了一场,于小个子把干部们叫到一起,重新研究,救济了我家五元钱,母亲气病了,花了七元钱才治好。母亲出了一口恶气,也把于小个子、王顺那些人得罪了。家里就得有这么个厉害角色,要不外人欺,家又穷,还不塌了屋梁脊。

我边烧水,边注意院里的每个人,怕谁趁乱拿了我们家的东西。前院张四大儿子结婚,就让人把立在门口的一根扁担拿走了,还用扫帚扫碎了窗户纸,最后,新媳妇不得不用两盒烟换回了那根扁担,那窗户纸就白搭了。今儿个谁要动啥东西我就不让他。

几个孩子在院里,见我紧盯着他们,什么也没敢拿。

上岁数的新亲坐在东屋,三嫂子和几个姑娘按规矩坐在西屋。东屋窗前一个人也没有,西屋窗前挤了一大堆人,大多是半大小伙子,探头探脑地往屋里看,有的还说着不要脸的话。我想把他们赶走,又觉得不对头,母亲事先嘱咐过,有了喜事人家才来,不要和人吵嘴,赶他们,乡亲们会说闲话:娶媳妇不知道姓啥了,小脾气发起来像个叫驴蛋子!看就看吧,过了这天,他们再说可耻的话,我就损他们。

二嫂子的孩子石头来了,浑身是土,穿了一双露了棉花的棉鞋,别看他才八岁,上树爬墙的可淘了。他装作很胆怯——肯定是装的,平时他贼着呢。事先我就告诉他:"今儿个有事,你在街上玩儿,别进院呀!"实际上,我是怕他死皮赖脸地吃我家东西。他常到我家混吃的,这能怪我看不上他吗?

石头见我瞪着眼睛瞅他,就向我走来,假装着问:"老叔,我妈在屋吗?"

他明明知道他妈在屋,还不是找理由,想要好吃的东西。我攥他:"找你妈干啥,出去!"

他不肯动,哼唧着说:"我饿了,找我妈开开屋门,拿干粮吃。"

听听,来了不是。

我刚想朝他发脾气,二嫂子眼睛尖,她本来是在外屋的热气里钻来钻去,往屋里端水送菜的,却瞄见了石头,扒着门框探出头来,说:"哟,我老小子来啦,饿了吧,妈给你找点儿好吃的。"

二嫂子回身进屋,眨眼工夫抓了一把馃子出来,往石头怀里一塞,说:"街上玩儿去,妈还忙活计呢。"石头捧着馃子走了,嘟着嘴,很委屈的样子。我望着他脊背,肚皮差点儿气破。

二嫂子最不值钱,把个孩子惯的啥也不是,到哪家串门,把石头往炕上一放,石头就喊饿,她不快抱着走,却打石头屁股,石头一哭,哪家不快点儿找干粮?我看她是故意的。人家大嫂子也跟母亲干过仗,可人家管教着孩子,银叶、金叶从不过来讨人嫌。

母亲来倒水,我愤愤地把刚才看到的说了,母亲却责怪我:"可别,今个儿是咱们家大喜的日子,谁拿咱们啥也别吱声。你不懂的,给新亲摆的馃碟子,剩下的馃子谁都可以抢着吃,这是规矩。"

我想一想,气消了,倒不是听信了母亲,而是从母亲的脸色看出,母亲也不满,只要母亲不满,还怕跟她二婆算不着账?

四

孩子馋,还不是跟大人学的,二嫂子就是个馋嘴老婆,我们家是个正经过日子的人家,闹了不少矛盾,全是因为娶了个又馋又懒的二嫂子。

二嫂子订婚那年我十岁——不,十一岁。那天是星期日,我正在屋子里写作业,妈妈屋里屋外的忙,好像我家要发生什么事。妈妈叫我扫院子。扫就扫呗,嚷嚷啥呀。妈妈在屋子里给二哥穿新褂子,蓝色的,太大,穿在二哥身上像条麻袋装着二哥。

村子的西山坡下来几个女的,一个老头儿,我挂着扫帚看见了,跟妈妈说了,妈妈慌忙往大门口推着二哥说:"快去,招呼人家屋里坐,笑着说!"

二哥抻着褂子,光着头,红着脸朝大门口走去。大门外出现了几个女人脑袋。二哥忽然躲到大门后,听到有人推大门的声响,二哥居然翻身跳进了猪圈,真是莫名其妙。

我的记忆里,二哥给我的第一个印象是美好的,那是前年冬天,大队的民兵正在搞训练,我站在大队门口看热闹。村里有男女青年站成两排,背着背包,唱着歌在大队院里走步,走在队列前面的就是二哥,他腰板笔直,目视前方,喊着口令,一副斗志昂扬的样子。他是那么朝气蓬勃,他身后的两排男女青年跟着他,在他的口令下齐刷刷地走着。二哥太威风了!听围观的人说,二哥是民兵排长。你想,村里那么多的男女青年,没有两下子能当上排长吗? 我当时站在看热闹的人群里很是得意,觉得我有个很了不起的二哥。

那时候二哥在队里干完一天的活,进家风风火火吃完饭,就急急忙忙朝外走,说还要夜战。妈妈不解地看着他,问他夜战是队长还是书记让干的。他说是他们一伙子人要干的,说是河东的地浇不上水,要在东山坡上打一眼井。妈妈问:"给你们多少工分?"二哥就生气地说妈妈:"你怎么老是分分的,队里有事不就是自己的事吗!"妈妈叹一口气,不说什么,转身到外面干活儿。等二哥走出去,妈妈就皱着眉嘀咕一句:"这孩子,从小就这么二户。"

我放学捋拉拉蔓儿,顺便去二哥挖井的地方看过二哥他们干活儿,村子东边一里地的地方有一条河,河水不大,踩着石头就能过去,过了河就是枣山,山的这边山坡子地是我们村的,二哥他们打井的地方就是在山坡子上,目的是用井水浇这片山坡子地。他们打井就是在山坡子上挖大坑,一直挖到见了水为止。他们一伙男子汉,都脱了衣裳,只穿一条裤衩,挖土往坑上扔,个个像老母猪拱黑豆,吭哧吭哧的。二哥干得最欢,他又开腿,哈着腰,每挖一锹土都是恶狠狠地把土扔上来,抡铁锹的幅度很大,胳膊张开,扬出的土画一道弧线飞上坑边。他简直不是在干活儿,而是在玩杂耍儿。二哥在这伙青年里是头儿。他们当年打的那眼井,如今村里人还在用着,但没人再提起它是怎么打出来的了。

今天二哥怎么这么腼腆呢?

这伙人进院东看西瞅,那个老头儿扒在猪圈墙上往里瞅瞅,发现二哥正往圈外挖猪圈粪呢。老头赞赏地点头。那伙大闺女推推搡搡地往屋子里走,嘻嘻哈哈地笑着。其中一个眯细小眼睛的闺女被推到前面,她又害羞地躲到人们身后,摆弄别人的辫子。

后来我才知道,他们是来相门户的。我们这儿男女搞对象,如果有意了,先看看男方家里什么样,这叫相门户。不知道老头看上了二哥能干,还是闺女相中了这个家,反正婚事是订下来了。按照我们的乡俗,嫂子照例来婆家住。那天我放学进院,嫂子笑眯眯地站在屋子门口,问我:"放学啦,石头?"石头是我的小名,我尽管上小学了,家里人还是叫我小名。

我不好意思。妈妈告诉过我,来了生人要说话,所以我找话打招呼:"来啦,嫂子!"然后低着头进了屋。

我觉得嫂子很招人亲近。

到了里屋,母亲悄悄地告诉我:"管她叫姐,结了婚才叫嫂子呢!"

吃饭的时候,我挨着姐姐坐,偷偷地把饭里挑出来的沙子扔进姐姐的碗里,姐姐便和我闹起来。

姐姐娘家是石人沟的,离我们家十二里地,在山洼里,全是山坡子地,不打粮食,村子很穷,她家也穷。村里人都说,不到那地方娶媳妇,那边的闺女穷惯了,不会过日子。妈妈说:"娶得是媳妇,过得是日子,闺女还不是移树一样,走哪家随哪家。"

大人的事我不管,放了学,挎上筐搭上伴儿上山给猪挗拉拉蔓儿。

河水开化了,小草冒芽了,大山变绿了,嫂子结婚了。结婚时间不长,妈妈和嫂子就吵了一架。本来,我们家没有富余钱,妈妈很少搽雪花膏,要说时常用点儿,倒也不是买不起,主要是风里来土里去的,脸上老是挂土,不如不擦。嫂子擦不擦我不知道,她天天下田干活儿,脸又红又暴皮。新嫂子妈妈总得看重一点儿,给她五毛钱让她买雪花膏。那天中午饭前,妈妈去西屋叫她吃饭,嫂子正偷着吃山楂。妈妈立时火了:"不要脸的玩意儿,给你钱让你买当用的,你打发那张嘴了,那缸里不是有酸菜吗,菜帮子厚不好吃你吃菜心儿……"

妈妈骂了许多挖苦话,二嫂子在西屋抽泣起来。

我也真不明白,那酸玩意儿有啥好吃的呢? 就算人各有好,那酸菜不也一样酸吗! 不是我不懂人情,我们家每一分钱都靠在队里拼着挣,一个工才值两毛钱,不容易呀!

我们这地方分家成风,再好的婆婆、再好的媳妇也拢不到一块儿,为啥? 我也弄不明白,我想是想,但到今儿个没想透。那年村里来了个瞎子算卦,说这儿风水管,那也备不住。你看远处的大山,那么高,又那么一副凶相。你再看看村南那条沟,从西山流出来,又曲曲弯弯地流到东山里,它从哪儿来,流到哪儿去呢? 挡不住就是一条不吉利的沟呢。这村子在这山高皇帝远的山洼里,还能有好风水?

我们和嫂子分了,嫂子仍住在西屋。

起初妈妈坚持让嫂子搬出去,可往哪儿搬呢,也没有个房子,我跟妈妈好说歹说，妈妈同意嫂子住在我们家西屋。为这儿，嫂子偷偷给了我两颗玻璃球。

后来，我才知道妈妈并不是小心眼，只是怕对面屋住着，闹矛盾什么的。后来，果然就闹了。那天我放学，妈妈正在外屋嚷，嫂子在锅台上忙，沉着脸，噘着嘴。我听了半天才听明白，原来那缸咸葱叶子没分开，吃不了，不争不抢的东西不用分。妈妈愿意吃腌白菜心儿，时常往缸里切点儿，嫂子夹了一些吃，妈妈便骂她奸，只吃不往里放，也不怕肿嘴巴子。

其实，嫂子刚分家，没白菜。

嫂子刚过门儿，还不大会过日子，新安家又没啥玩意，沾点儿就沾点儿吧。妈妈对我吃里爬外动了真气，不听我说，还骂我，我顶她。

儿子跟妈妈不隔肚皮，生过气拉倒。嫂子就不行啦，她只好搬出去过。

头一年，二嫂子跟周老宽家住对面屋，她盖上房子后就单住了。大哥家和二哥家是邻居，二嫂子家在我们家后院，我们家又开后门，出来进去都能看到她家，有时候我也到她家转转。事倒没什么事，在家闷的慌，又没处去，去那儿散散心。我们村儿特别忌讳小伙子串门子，不是怕和闺女眉来眼去，都说这样的小伙子不过日子，媳妇不好娶。

我们村盖房子家家如此，借粮食、拉饥荒，边过边还。受累嘛，那就不用提了，庄稼人就是受累的命，图清闲，他就不是个正经庄稼人。嫂子家当然也压了一头的债，起初她和二哥到生产队里抢活儿干，活少时队长不给女人派活儿，她还和队长吵过一架。有了孩子后，她往前院送。母亲不给她看，母亲活计一大堆，哪有那个工夫。她就懒了，整日坐在大门口闲待，任孩子随便在土里玩。妈妈替她着急，庄稼人怎么能这么混呢。妈妈对我说："我那时生你们，往炕上一拴，照样下地干活儿。孩子呗碍不了手脚。"一次我听见嫂子和周老宽老婆闲唠说："去她妈的大腿的吧，白受累，怎么干也过不好！"

这倒是实话，拼上一天，挣两毛钱，累的肚子空空，吃上二斤粮，挣的还不如吃的多，庄稼人总得有点儿指望吧，全村人不都抱着过好日子的指望活着吗！你没看过我们社员在田里干活儿吧？唉，那是啥干法儿呀，像放羊，熬日头，耗时间，那滋味，别说了。

后来我对嫂子也有了意见，证实她娘家村的人都不过日子。她在门口坐够了，傍晌午孩子喊饿，她也跟着饿，回屋做饭吃。我们村古来都吃两顿饭，就她不知道节省，吃三顿饭，放上谁也看不惯。她闹肚皮难忍，二哥在田里干活儿，累得肚皮难忍就好受吗！我时常碰上她吃三顿饭，回家跟母亲说，母亲生气，又不好过去管，分家另过，管得着吗！

嫂子心眼子也挺多呢，孩子玩儿饿了，她就领着到前院我家来闲遛，孩子要干粮，嫂子照孩子屁股拍两掌，孩子哭了，妈妈就给他拿干粮。一回两回行，常了谁也搭不起，饭后我就把干粮藏起来。有时候孩子单个儿过来，我知道是嫂子撺过来的，就往外轰他："出去玩儿，饿？朝你妈要！"

夏天队里瓜园下来瓜了，人们都馋，谁也不念叨吃瓜。穿衣吃饭都紧巴，哪有闲钱买瓜吃，有的人家给孩子买一两个，也是了不起的人家了。我馋得没治，星期日跟妈妈说买点儿，妈妈在坛子里摸索半天，掏出两颗鸡蛋给我，嘱咐说："就这一回呀！"

就算妈不说我还敢提第二回吗！嘴馋是招人笑话的。

我想好了，不论是去还是回来，都不能让嫂子看见，就是看见了，也不能让她看出来我买瓜。我挎了筐，鸡蛋装在兜里，出了大门。嫂子果然带着孩子在街上玩儿。石头会说话了，嘴还很甜，见面总跟我打招呼。他问我："老叔你干啥去？"

"捋拉拉蔓儿。"我说。

我到生产队里的瓜园买了四个香瓜，回来的路上，我又进田里捋了一些拉拉蔓儿放进筐里。进街，嫂子和石头瞪着眼睛瞅我的筐，石头跑上来，要抢我筐，问："老叔，摘洋妈妈了吗？"

洋妈妈就是长在荒草地，结在秧上，手指肚儿那么大，咬破皮冒白汤，甜的，也叫老瓢儿。

"没有,去吧!"我怕石头抓着筐,躲着,故意给他脸子看。

石头见我生气了,跑着玩儿去了。我瞟一眼嫂子,她正直勾勾地看着我的筐。

我进了屋,母亲很高兴,问我:"买了多少?"就去扒筐里的拉拉蔓儿。我扯下搭杆上的毛巾擦脸,准备好好吃吃。院子里有脚步声,妈妈吃惊,抬头问我:"石头看见了?"

"没有哇。"我听听,确实是石头的脚步声。妈妈刚想把拿出来的瓜塞进筐里,石头推门进来了,一眼盯上了瓜,说:"奶奶,我吃瓜!"

我知道,母亲不愿意给他,可是,妈妈还是乐哈哈地说:"你老叔这不刚给你买回来吗,过来,看好哇,四个,给你爷爷留一个,我一个,你老叔一个,这个大的给你,来,奶奶给你擦擦!"

我气得不行,还不是嫂子叫他过来的,这个贼娘们儿,她怎么就看出来了呢!亲孙子就给他呀,亲孙子也是另一家人吧,好吃她不会自个儿买去,我们也计算着才买这一回,他少吃一个,我们就多吃一个。

我们正吃瓜呢,嫂子来了。她笑眯着眼睛,说不好听点儿,就是嬉皮笑脸,这样的人最没有深浅。她盯着筐里给爸留的那个瓜,问我:"这瓜多少钱一斤?""这是买了多少钱的?""甜吗?"

我不瞅她,也不作声,瓜哪有不甜的,明知故问。她是馋瓜,想吃,美的她吧,馋掉下巴去吧。一个媳妇,又是个大人,妈妈固然不会像对待孩子那样对待她,掰了一块给她。她可能见我们冷淡她,扯着孩子胳膊往外走,嘴里拒绝着妈妈递过去的瓜:"不要不要。"

嫂子很臊,我也不大自在,瓜太少,真不愿意给她,我送她们出门。嫂子正跟孩子说:"石头,给妈妈尝尝!"嫂子咬一口石头手里的瓜,咂着嘴说:"哈,真甜!"

瞧瞧,多馋!

那天下午,出了一件怪事,嫂子不在门口坐着了,挎上筐领着石头,说是上山捋拉拉蔓儿。这个馋人咋就变勤快了呢?我总觉得她不是去捋拉拉蔓儿,一定是去干别的事了。

傍落日头,我去后街井挑水,嫂子领着石头回来了。嫂子挎着尖尖的一筐拉拉蔓儿,看嫂子那趔趔趄趄的身子,筐底下一定装的沉东西,莫不是瓜?

我把水倒进缸里,在院子里放了水桶,走出后门,装作闲站,见嫂子院里没有人,门关着,没跑儿,她一定买回瓜来了,躲在屋子里吃呢。我朝她家院子走去。不是我想吃瓜,是好奇,想看看她是不是在屋子里吃瓜。走到屋子门口,听见嫂子在外屋说:"哎呀,脏,来,妈给你洗洗再吃。"

看看,是吧。这个娘们儿,我猜的不错。我回身便走,不想踢在了倒在门前的铁锹上,嫂子在屋说:"猪来了,石头去打跑它!"

石头开开门,探出头来:"老叔。"回过去头说:"妈,我老叔来了。"

我只好进屋。

拉拉蔓儿放在地上,筐里半下西瓜皮,嫂子正在洗脸盆里洗西瓜皮,看看我很不好意思,站起来用毛巾擦着手说:"给猪捡点儿西瓜皮,这孩子太馋,非要吃。"

我说:"借你们小筛使使!"

回家我跟母亲说了,母亲皱起眉头,叹着气说:"这媳妇太馋了,说媳妇真得好好打听打听,你哥呀,巴结命!"母亲在地上打转转,她替嫂子的日子着急。

忙肚子憨,闲肚子馋,村里人都这么讲。嫂子是这号人,闲着没事,净琢磨怎么吃。我给她送小筛儿,嫂子正在炕上包饺子,高粱面,野菜馅。啥日子呀,还这么吃。我回家跟母亲说了。母亲这下忍不住了,嚷道:"这老娘们儿,太不是人了!"下地穿鞋,气呼呼地朝后院走,我赶紧跟去。

妈妈进了嫂子屋就骂:"好哇,你馋,馋出样来了,看看谁家像你,男人在外面挣,你在家里偷着吃,也不怕丧良心。你妈就教会你这么过日子?给我收起来!"

嫂子低着头,红着脸,把饺子往高粱秆儿钉成的盆盖上摆。

妈妈骂完了，气还不出，阴沉着脸走了。我跟在母亲身后，刚走到外屋，听见嫂子在屋子里愤愤地说："耍什么威风，哼，你更想吃好的，装呗！"

我脸热了，说起来，我也有这个感觉，村子里的人尽管都说愿意吃坏的，其实谁都愿意吃得好点，只是怕说出来别人会笑话。我怀疑嫂子是说我，唉，以后可别管这事了。我走到窗户外，听见石头在屋子里说："妈，我饿！"

"饿，饿，看见爸吃你就馋，少煮两个得啦，你爸干活累，给你爸留着。"

我们乡下人脾气都不太好，张嘴三分气，说话不拐弯，吵嘴干架是家常便饭，倒也不为此扭脸掰鼻子的。嫂子闲着没事，也常来前院坐坐，母亲跟她说在娘家时多么多么穷，困难惯了，摔打出来了。"上顿我吃饺子，下顿我吃糠也咽下去了！"母亲说得理直气壮。

听到这儿，嫂子悻悻地走了。嫂子愿意听父亲说话，父亲总是津津有味地说他年轻时到东山里的事儿，"那叫啥生活呀，晚上吃馃子喝茶水，真足！"

嫂子直着眼睛看着父亲，一口接着一口地咽唾沫。

我就觉得母亲说的不是真心话，母亲时常给父亲做点儿好吃的，母亲抱着饭碗，吃玉米面菜团子，盯着父亲的碗。菜团子在母亲嘴里翻来转去，好久咽不下去，我看着都着急。

冬天是我们庄稼人最舒心的时候，守着火盆闲待着。火盆是用黄土泥做成的盆，里面放半下羊粪或碎柴火什么的，把灶里的剩余火扒到火盆里，把火盆往炕上一放，全家人围着火盆坐着，可暖和了。孩子在火盆里烧玉米花吃是常事。大人不让，我们偷着烧，隔三岔五的就能看到大人拎着笤帚疙瘩把孩子打到大街上，大多是因为孩子偷烧玉米花吃。那天下午，天暖和了，母亲把火盆端到外屋，躺在炕上睡觉了，我忍不住，在外屋蹲在火盆旁悄悄地烧玉米花吃，不巧，一个玉米粒儿"吧"地爆响，妈妈听到了，在屋子里嚷："王八犊子，又祸害粮食！"

我怕妈妈吵起来，让外人听见笑话，就蔫声蔫气地出了屋，不知不觉地来到嫂子家。石头正倚着外屋门吃玉米花，他兜里鼓鼓的，我问他："谁给你的玉米花？"

"妈妈炒的。"

"给我点儿！"我伸出手去。

石头从兜里掏出一小把，刚要递给我，门开了，嫂子探出头来，看着我，生气地说石头："进屋来！"便把他扯进了屋。

臊得我脸滚烫。

五

"你想什么呢？"

一声问话，吓我一跳，我回过神来，见三嫂子站在屋门口，纳闷地盯着我，我忙拨旺了火。三嫂子说："上屋来，我给你点儿东西。"

我这才注意到，日头已经过午，新亲走了，只留下三嫂子一个人。三嫂子成了我们家的人了。来贺喜的乡亲们也都陆续离去，院里只有一些小孩子不肯走，他们等着日落天黑，跟三嫂子要喜糖吃。这个时候，三嫂子给我的是一把包着彩纸的糖。我攥在手里退出屋，扒拉着糖看看，咽口唾沫，没有吃，倒不是我不想吃，我一想到早晨三嫂子哭泣那阵儿，就同情三嫂子。我想等她发完东西，屋里人少了，抓空儿偷偷还给她，晚上小孩儿朝她要糖，她哪会有钱买那么多！

三嫂子发完东西，我轻手轻脚进了屋。三嫂子站在炕前，摆弄炕上的包袱。这些包袱都是她从娘家带来的。几个邻居家的妇女和妈妈坐在炕上或站在地下，跟她说话。

我凑到她身后，捅捅她，把糖往她衣兜里塞。三嫂子回过头来，好奇地看着我，抓起我的手看看是糖，问我："这是干啥？"

我说："我……不吃糖。"

妈妈看见了，说："吃吧，平时捞不着一块儿。"

一个邻居大嫂也说："傻鬼，不吃白不吃，大老远接她来，又给她烧了半天水,给就拿着。"

说话的大嫂正扒掉一块糖纸,把糖扔进嘴里,挤到嫂子身旁,继续看嫂子的包袱。

我把糖"哗"地扬在炕上,头一低,又羞又臊地钻出屋,蹲在院里继续烧水。

过了一小会儿,三嫂子走出来,问我:"吕斌,二嫂子呢?"

我这才发觉二嫂子不见了,发东西之前我还看见她站在锅前洗碗呢。我说:"不知道。"

"可能回家了,你去叫她。"

我不知道去好还是不去好,二嫂子回家,我明白是怎么回事,可是,不能跟这个刚过门的嫂子说,她一过门就知道我家闹矛盾,心里该多不好受。

母亲在屋里说:"算了,你给她留着,她过来时你再给她。吕斌,快烧开那壶水,咱们该吃点儿饭了。"

我埋下头把炉火吹旺。我坐在土坯上,望着房后的榆树。这榆树是妈妈落户盖房时种的,二十多年了。夏天我就到房上捋榆树钱儿吃。二嫂子一结婚那阵儿,总是站在房下,笑眯着眼跟我讨要榆树钱儿吃,那时的二嫂多可爱呀!

二嫂子娘家在石匠沟村,是我们公社的西部村,我们公社有十五个大队,十个大队在两道山脉夹着的狼甸子上,叫大川,据说早些年大川芦苇齐腰深,野狼成群,有了人家,开荒种地,芦苇毁了,狼没法生存,逃向几百里外的罕山森林了,狼甸子这个名字却留下来了。大川上淌着一条河,可以浇地,我们村是十个大队中的一个。另五个大队在西边山里,石匠沟是其中的一个村,二哥和二嫂子订婚后,我去过那个村儿,爬过两个山梁,绕过一条两三房深、四五里地长的洪水沟,就能望见二嫂娘家村了。那里的房屋都坐落在山坡子上。给我印象最深的是井水,我第一次去,牵着驴去井饮,井水有十多丈深,合抱粗的柳条斗子落到井底,只有牛眼珠子般大。我开始摇辘辘,我在家常挑水,这当然不算什么事,摇了一会儿,还不见斗子,在我们村早该上来了。我劲儿小了,后来就凭耐力往上拼,咬牙切齿地把斗子摇到井口,胳膊累得打战,更没空腾出一只手接斗子,只好羊顶架似的和辘辘支撑着,望着悬空的斗子着急。我这么撑着,终究不是长法儿,一会儿没劲了,手一松,非让辘辘打到井里去。我的胳膊和腿都撑得打战了,二嫂子急匆匆赶来,我才得了救。二嫂子家很穷,她第一次来相门户我就看出来了。那天一群人簇拥着一个闺女走进门来,那闺女十七八岁,梳着两条淡黄的细辫子,刀条子脸,眼睛细小,就像小刀在脸上划条缝。她穿一件方格褂子,右肩上打了一块巴掌大的补丁,新蓝布裤子,上粗下细,像柴火车上的绞锥,那就是二嫂子。

听母亲说,二嫂子先订过一次婚,后来退了,还欠了那家不少东西,因为这个,二嫂子刚结婚母亲就跟她吵架,因为二嫂子和人家退婚,要人家的钱财退不起,我家只好替她还。母亲像倒了八辈子霉,一跟二嫂子斗嘴就翻起这件事。我起初不明白二嫂子身上有债,我家为啥还要娶她呢?后来我明白了,庄稼户娶媳妇哪是件容易事,有人嫁就不错了,还敢挑三拣四。二嫂子刚过门时脾气可好了,哪次母亲骂完她,她都不上心,照样和我又说又笑。晚上她在灯下做针线活儿,母亲和父亲睡得早,我就到二嫂子的屋子里写作业。她好跟我说她在家时候的事:"我最愿意晚上开会,常年在田里受累,只有开会才热闹热闹,一大屋子人,有说有笑,真好!最有意思的是演戏,哪年过年我们村都排戏,我净和周云和演两口子。他唱起来好伸拇指和食指,我就好伸食指和中指,有时候指头碰到一块……"

"周云和是谁呢?"我对那边的生活总是很好奇。

"就是我欠下他东西的那个人。其实,我俩就是好,我妈让我跟他好,后来看看没治,提出要东西。要东西也没要散,人家认掏,还不是他央求他妈。我妈看不行,提出退婚。唉,不退不行,那地方太穷,找个大川的婆家还能顾顾娘家。贪个穷家,背老性了!"二嫂子皱起眉头,埋下头"哧哧"地纳鞋底,似乎如果不是家穷,她能和周云和好一辈子。

我不愿意让二嫂子伤心，就又引回原来的话茬："你开完会回家不害怕吗？"我就不敢晚上出去，山野黑沉沉的，街上没有人影，好像到处都藏着怪物，吓得心跳、眼毛、神慌，进了屋也害怕跟进来鬼。

二嫂子说："不怕，周云和都送到我大门口，然后搂着我脖子……"

二嫂子脸红了。我奇怪地问："他搂你脖子干啥？"

二嫂子放下鞋底，扯过身旁的彩色丝线和白布，说："来，我教你绣花。"

二嫂子干家务活儿特别有一套，就说剁饺子馅，母亲非把酸菜放在菜板上才能剁。二嫂子就比母亲强，把酸菜往盆里一放，"嘭嘭嘭"剁得山响。母亲不住地围着她身前身后转，装作干活，不住地瞄那盆。母亲的意思很明白，怕她把盆剁坏了。一会儿，酸菜剁得净碎，倒上两瓢水，把酸菜一个蛋一个蛋攥出来，又快又省事，盆子完好无损。我真服她，也就忍不住夸她。她脸就红了，埋着头说："我在家时没菜板子，家里买不起，什么都将就。"

二嫂子在家是长女，身下有五个兄弟，吃饭穿衣都很狼虎。二嫂子就成了家里扛活的，队里挣分，家里针线，她全包。就是来到我家，她心也在娘家，经常跑回去忙活计，或是用我们家的布料给她娘家兄弟缝衣裳——这就是我对她有意见的原因。

她经常偷着往娘家鼓捣东西。二嫂子还和我们住对面屋时，有一天我正在扫院子，二嫂子往外头送她二兄弟。她二兄弟背着半口袋东西，而且神色慌张，不敢抬头瞅我，我起了疑心，细细地看，口袋外面挂着糠皮，一定是猪食。我来了气，进屋告诉了妈妈。

妈一听，气冲冲地穿鞋下炕，跑出屋门，指着二嫂子嚷："二老婆，你给我把东西拿回来！吃里爬外的玩意儿，啥东西都往外偷。"

二嫂子一家人是怕我们的，人穷就免不了求人，所以，她们家人总是矮我们一头。

妈妈这么一嚷，她二兄弟乖乖把口袋放下了。二嫂子像偷鸡被人当场抓住手腕，满脸涨红，想把口袋背起来，抓住口袋嘴使了两次劲儿也没提起来,说她兄弟:"来,咱们抬屋去!"

二嫂子和她兄弟把口袋抬回了屋。

母亲当然是把她一顿臭骂。

我也很生气,我们家本来就不富裕,一年口粮吃大半年,还得掺榆树叶子,天天晚上喝粥。猪食就更不够了,过年要杀时才喂半个月糠,夏天还得漫山遍野捋拉拉蔓儿。她这么干,简直不是个过日子的人。

"再娶媳妇说啥也得先打听打听,好就说,不过日子的不要,像我们这个,啥日子也给你鼓捣穷了。"母亲跟邻居说。

乡村一些老太太常常臭摆自己的儿媳妇,不过母亲说的倒是真的,二嫂子就是不过日子。一次她回娘家,出门时胳肢窝夹着一双鞋,我回屋找自己穿过的那双破趄子绒鞋,不见了,肯定是她拿给她弟弟穿去了。

母亲生气,我也生气,全家都不高兴。母亲和二嫂子吵架的时候也多。二嫂子收工到家,母亲总是做好了饭,脸子却沉着,问二嫂子:"干什么活来?"

"起圈。"二嫂子答。

母亲立刻就生气了:"咋不薅地去,净拣轻快活儿干!"

因为记工分分不同活计,起圈要比薅地挣分少。是二嫂子故意干轻活还是队长派了她轻活,二嫂子没说过,母亲依旧沉着脸问:"薅地是按垅?"

薅地是按垅记分,薅一根半个工,薅两根一个工。二嫂子只顾吃饭,不回答母亲的问话。母亲火了:"你咋不吱声?你准薅了一根垅,我就知道你找奸!"

二嫂子涨红了脸,忍受不了母亲的威逼了,说:"我愿意薅几根就薅几根,你想让我一五一十地干,甭想!"

母亲更火了,说:"我早就看出你这样了,分出去过,我不养活你!"

"分就分,我不稀罕你养活!"二嫂子说。

我很生妈妈的气,觉得这是妈妈的不是,你也没看见,怎么知道她薅几根垅，妈这是没事寻架吵。我背后说妈妈，妈妈却顶我："你懂啥，闭嘴！"

她们过不到一起，终于分家了。

后来我才明白，妈妈是故意往外撵二嫂子，不翻脸，二嫂子就不出去，只有找茬干架，才能让二嫂子伤心，分出去过。妈为啥逼二嫂子分出去过，一个是二嫂子太顾娘家，另一个原因我是明白一点点的。

分了家，二哥还是会跟二嫂子干仗。有一次，二哥嚷到了大街上，母亲怕乡邻笑话，忙把二哥拽到我们院里来。二哥很是恼火："贪上这么个玩意儿。她说没雪花膏擦，我给她五毛钱，她回娘家买糖了，多馋！"

母亲在这件事上意外地偏向二嫂子，她劝二哥说："你不想想，姐姐回家了，扑上一帮弟弟，什么也没带多不好。她想得对，给咱家添光了。"

二哥走了，母亲却又叹气："唉，摊上了，对付吧！"

……

"炉子都灭了，你咋还坐着发愣？"

听见喊声，我一惊，回过神来，三嫂子正站在旁边瞅着我笑。我慌忙去吹炉子，却吹了一脸灰。

三嫂子笑弯了腰。我抹脸上的灰，这才看清炉子的火早灭了。

六

吃饭了。全家人忙了一天，肚子空了，孩子们更是等不及，一齐拥进屋里。

妈妈像以前一样，照例把客人们吃剩下的好菜锁进碗架子里，留着来人吃或给父亲吃，只端到桌上两三碟剩汤，再就是一大碗咸葱叶子和一大碗咸菜条儿。两个嫂子家的孩子和妹妹馋了一天，纷纷爬上炕，或坐或跪，把饭桌围个严，个个像猫盯着鱼，贼溜溜地扫桌子上的菜，就差伸手抓了。

"脱鞋,脱鞋,把炕席都踩脏了,谁不脱鞋就不让谁吃。"

母亲以一家之主的身份嚷着,她从不允许孩子穿鞋上炕。她又放到桌子上一大碗玉米面干粮。她捣着小脚,一趟又一趟往桌子上端着吃的东西。

孩子们忙扒了鞋,扔到地下,迅速占了原先的位置,推推挤挤,争争吵吵,拿干粮,来咸菜,用筷子头戳菜汤放到嘴里吸吮,个个狼吞虎咽,胃口大开。

嫂子们顾全面子,虽然饿了,但母亲没招呼她们,她们不能上桌,各自寻着活干。三嫂子正从锅里往盆里舀剩小米饭,大嫂子正在院里擦借来的桌子,不住地往桌面上泼水,水流了一院儿。我把借来的碗摆在西屋锅台上,按记号分着放,打算一会儿还回去。

这时,二嫂子来了,进了屋,挽着袖子。显然她估计礼节已过,只有零活需要人手。她看见三嫂子下了锅台,笑眯着眼睛说:"哟,新娘子过门歇三天,你就不怕累趴蛋!"

三嫂子是个文静人,举起勺子刮她嘴。妯娌之间闹着玩,过了门就没什么讲究了。二嫂一仰头,躲过勺子,一扭身,看见了擦桌子的大嫂子,就走过去,说:"嗬,你这是擦桌子还是洗当院呢,尿了这老大一片!"

大嫂子也不示弱,说:"你说,你回家干啥去了,是不是跟石头他爸亲嘴去了,不要脸的玩意儿,一会儿见不着也想得抓屁股。"

大嫂子骂人特别敢张嘴,她常常在人面前自夸为老嫂子,只因为"老",嘴也就没那么多讲究了,村里小伙子怕她才蝎虎哩。

就在几个妯娌嬉笑逗骂的工夫,爸爸挑着水进了院子,三个媳妇闭了口,装作埋头干活。媳妇在公公面前是有规矩的,倘若行为稍有不检点,那将被全村人唾弃。

父亲把水倒进水缸,挑着空水桶走出屋门,朝大门口走去。三嫂子追出屋门口,说:"爸,我去挑吧。"

我、两个嫂子和妈妈都愣住了,按村里的惯例,媳妇是不挑水的,一个是大口井危险,另一个是这种扛大梁的活计应该是男人或婆家其他人干,如果媳妇挑了水,等于说婆家支撑不起门户,是一群完蛋货。三嫂子过门当天就挑水,当然不能允许她。我准备和三嫂子争夺扁担,爸爸犹豫了一下,把水桶放在院墙下,表示不需要再挑了,母亲趁势打招呼:"都放下手里活计,吃饭!"

我跟在大嫂、二嫂身后进屋,一看炕桌不由得皱起眉头。孩子们把仅有的菜汤喝了个精光,满桌子都是汤滴、干粮渣,个个吃得饭顶嗓子眼儿,饱嗝连着饱嗝,还贼溜溜地在每个碗碟里寻好吃的。二嫂子见自己儿子吃了一顿响饱的饭,两眼眯成一条缝,说:"哟,看我小子吃的,肚子像蝈蝈似的。来,妈给你擦擦前襟,坐这儿好好吃。"

大嫂子是个爱面子的,怕母亲生气,装作不满地说她的孩子:"这几个小祖宗,好玩意儿都掏了,也没给你爷爷、奶奶留点儿。往一边靠靠,让你爷爷、奶奶上炕。"

三嫂子在外屋端着盆,盆里约有两小碗饭。她试探着问母亲:"这个给我爸吃吧?"

母亲慷慨地说:"端上去,都吃。"

母亲可能因为新媳妇进门,不能显得太小气,在外屋转了一会儿,思谋一下,破例打开碗架子锁,端出一碟炒白菜,我看见了,兴奋得脸都涨红了,连咽了两口唾沫。

我怕孩子们抢饭,三嫂子把饭盆往炕上一放,我抓起勺子,先给爸爸舀了一碗,四五个小碗伸过来,个个小黑得像从灰堆里抓出来的。我每个小碗添一点儿,饭也就光了。

大嫂子在桌子右面,二嫂子在桌子左面,各挎到炕上半拉屁股,一条腿奔到地下,三嫂子和我站在地下吃。大嫂子叫三嫂子上炕,三嫂子说站惯了。二嫂子又拽三嫂子坐她那地方,三嫂子也不肯。二嫂子说:"你要在这屋吃一辈子饭呢,站得起?"

三嫂子不太好意思,但很快就想出了应付的话:"在家总是忙,站着吃惯了,没养成盘腿坐着吃饭的习惯。"

孩子们吃得咽不下去了，个个神情懒怠。金叶、银叶倚在被服垛上，捂着肚子哼哼，说是难受。石头跪在桌旁，眼睛舍不得离开桌子上的饭菜。特别是妹妹，竟然用筷子翻那盘白菜，想挑肉丝吃。我暗暗捅她屁股一下："翻啥，馋嘴。"

妹妹并不怕我，白我一眼，歪着头，愤愤地叨咕："就你不馋，我看你更馋。"

我想训她几句，母亲把外屋的活干完了。她顿顿饭最后上桌，爬上炕，说："别吵，别吵个人在个人'门口'吃！"

母亲盘着腿坐在桌旁，对这丰盛的饭菜非常满意，家里可很少这么大手大脚地泡费呀！母亲像发了大财，满面红光，用筷子在白菜碟子里划定个人的'门口'，顺便夹到爸爸碗里几根肉丝。我把在自己"门口"发现的肉丝扔到爸爸碗里，这是从小妈妈叫我这样做的，母亲照例夸了我几句。三嫂子笑笑，不知道在笑什么。另两个嫂子掐着玉米面干粮，嘴里不停地嚼，眼睛眨也不眨地看着那碟白菜，却不动一筷子。她们不能像孩子那样抢，更何况她们那份孩子已经吃了，她们还有什么脸面再多吃呢？只好干噎，瞅着好东西吃饭，那滋味当然不好受。干粮在她们嘴里翻过来滚过去，半天也咽不下一口。

饭后，全家都沉浸在喜悦中。爸爸叼着烟袋，勾着头抽，烟儿在屋里弥漫，人人身上热烘烘的，响饱的肚子把每个人撑得心满意足。嫂子和孩子们不肯离去，炕上、地下都挤满了人，又得有一场闲唠。三嫂子给每个人倒了一碗水。妹妹光着脚跳下地，趁着屋里人乱挤到柜前。我知道她要干什么，就挤过去把妹妹刚拿到手的一个小玻璃瓶夺了过来，白她一眼："不要脸。"

她嘟着嘴辩解说："我要拿个空瓶子跟石头玩儿。"

妈妈在炕上说："把糖精瓶子拿来。"

我把那个小瓶子递给了妈妈。这个小瓶子是我家的宝贝，我们吃不起红糖、白糖等贵物，买三毛钱一包的糖精就显得很富，喝水时，只有父母才有资格放一两粒，有时母亲见我们馋，贴干粮时会用糖精水合面,吃一回,妈后悔一回,叨咕个不休:"再不敢放,这样吃得多,费粮食。"

妈妈接过瓶子,拧开瓶盖,很小心地倒在手心两三粒糖精,放进自己碗里。别看只有两三粒,化一碗水真甜,我常服这东西劲头足,不知道是用什么贵重东西制成的。听妈妈说,刘少奇当官时非常腐化,每顿饭都有一碗汤,那碗汤一准放了糖精。

母亲放完糖精,问坐在身旁的父亲:"要吧?"

父亲接过瓶子,瓶嘴对准手心一颠,顺手扔进碗里,那一定是好多粒。父亲向来对吃喝大手大脚,不像母亲那么细。母亲看见了,一拍膝盖,皱起眉头,心疼地说:"哎呀,放那么多,可白瞎不少。"

母亲忙端起爸爸的碗,伸给孩子们,"来,匀给你们点儿。"

孩子们一齐把碗伸过来,碗撞得"叮当"乱响。

得了糖精水的孩子迫不及待地"吸溜、吸溜"喝了起来,热汗顺着头发深处淌出来,脸上爬出几个道子。

母亲说我:"给你三嫂子拿个碗来。"

我到锅台上拿来一个吃饭的碗。

母亲给三嫂子泡了一碗糖精水,双手递给三嫂子,喜上眉梢地说:"给!"

三嫂子先是推却,后是双手恭恭敬敬地接过去,并稍稍地吮了一口。这种气氛,母亲是闲不住的,笑容满面地对大伙说:"三儿子的大事完了,去一块心病,剩下小四儿就好说了。"

按说,这种话该背着三嫂子说,可老人一高兴,也就没那些顾忌了。

大嫂和母亲有积怨,她最看不惯母亲高兴,母亲刚开口,她突然拍了坐在身旁的金叶后脑勺一巴掌,吼道:"看看,水都洒到衣襟上了。"

金叶"哇"的一声哭了。

大嫂子阴沉着脸,粗鲁地擦丽荣前衣襟上的水,说是擦水,莫不如说揍打金叶。屋子里气氛立刻阴沉了下来。母亲不住地搓起脑门子。母亲这些天又累又操心，头疼病犯了。

坐在炕边上的三嫂子问："妈，你咋的啦？"

妈妈搓着，说："老毛病啦。"

三嫂子跪在炕上，扶着妈妈说："躺下歇一会儿吧！"

妈妈说："不碍事，吃两片药就好了。吕斌，给我找药来。"

三嫂子给母亲倒水，侍候母亲吃药。妈妈说："这病不是一天两天得的，我小时候裹脚，哪像你们这么有福，大脚片子随便跑。你姥姥死得早，你姥爷东跑西颠。我是老大，顶门过日子，挑水也是我的事。我和你爸结婚三天，日本人抓劳工，我们从辽宁朝阳往这北大荒逃，这一路可受罪了，一头牛拉一辆木头车，车前面放个柜挡风，我坐在柜后面，正下着大雪，走了八天九夜……"

我脑海里出现了大雪纷飞的荒原，一辆牛车艰难前行，车上，一个年轻媳妇瑟瑟抖作一团。她憧憬美好的生活，希望到一块安适的乐土。

"银叶、金叶，走，回家！"大嫂子脸子很难看，拽起两个孩子朝外走去。

"石头，咱们也得回去了，猪还没喂呢！"

我知道，她们不愿意听妈讲她小时候的事，每次妈妈一开口，她们就走。

三嫂子当然不知道这个，眨动着眼睛，新奇地看着母亲，聚精会神地听着母亲说。母亲继续说："一九四七年，你爸爸当兵走了，我带着三个孩子过日子。当闺女时，什么好事都想过，就是没想到吃这样的苦。要想活下去，就得到队里挣分。那哪是挣分呀，纯粹是挣命。

我们妇女给队里铡草，两个人一班儿。那时铡草可不像今天机器这样的铡草刀，全靠人摇。铡草机一面一个人，摇一气就累得不行，喘着气晃悠到饮牲口的井槽子，用石头砸冰块吃，头上的汗让冷风一吹，再加上吃一肚子凉水，头就像铁丝勒着疼……"

三嫂子直直地看着母亲脑门儿上的皱纹儿，一副惊讶的神色，似乎才想到：你也有过童年、娘家和家乡啊？

"我盼着你爸他们打胜了，也有个好日子过。那年冬天你爸在的那个部队从这儿过，都穿的破羊皮袄、掌子鞋，给老乡家挑水、扫院子。我心里一个大疙瘩，这就是八路军？一群讨饭的叫花子，没个打胜。你爸抱着你大哥时，我看见他胸前的子弹袋鼓鼓的，心踏实了点儿。男人打仗，就怕没子弹。可是，他往高举你大哥时，我听见子弹袋里响声不对，我扒开看看，心凉了，全是剪断的高粱秆儿。你爸爸告诉我，一个兵只有五颗子弹……"

这些事情我听母亲说过无数遍了，倒着也能背下来。很小的时候，天一黑，我们就围着母亲坐在炕上，听母亲讲她小时候的事。她说她出生的那地方在朝阳南，村子在谷地里，山谷通锦州，村两边满山都是梨树；还讲她搬家怎么遇到土匪砸了柜，抢走了出嫁时姥爷仅给她的那件红棉袄；又描述爸爸那个部队的罗司令员是个小个子、罗圈腿，一看就是骑马骑的，穿的也是那么破，和士兵一样，只是长胡子了。

三嫂子今儿个第一次听，就提出一个叫我吃惊的问题："妈，你说我爸当兵走了，你给队里铡草，可那时候还没生产队呢呀！"

母亲长叹一声，躺下去，她太累了。

我说三嫂子："别听妈瞎说了，颠三倒四的。"

三嫂子给妈扒鞋脱袜子，安置母亲睡觉。

母亲的话只有我明白，一九四七年这里已经解放了，家里没男人，母亲只好养活全家出去干活。她说的铡草，是一九五几年合作化时的事，那时我还没来到人世，可能是母亲受累太多，把各个时间干过的事情记混了。母亲不识字，又怎么能记得住是一九几几年呢？

"嘭嘭嘭"，有人敲窗户。

我这才注意到屋子黑了，我忙到外屋开门，"呼啦"涌进一群孩子，把我围住，叫着："给喜糖，给喜糖！"

原来是闹洞房的小孩子，天黑看不清，他们以为我是新娘子呢。我大声说："小崽子们，乱嚷啥！"

他们这才发现围错了人，又朝洞房涌去，有的人鞋被踩掉了，满地乱摸。

七

白天从大哥家借了几个碗，我去送。她家在后街，和二嫂子家是邻居。大街上黑乎乎的，街旁有人站着说话，可能是在说我们家这桩婚事。几个小孩在街上捉猫猫玩儿，又嚷又叫。我进了大嫂子的院子，屋里亮着灯，金叶和银叶在院里跳格儿玩，她们总是玩得什么也看不见才进屋睡觉。我走到屋门口，听见屋里大嫂子和二嫂子说话，好像在说今天的事。这两个老婆闲着没啥事净闲扯淡。我想听听她们说的啥，假装站着看两个孩子跳格。

"那家伙的，大包小包真不少，要的玩意比咱们俩加起来都多。"二嫂子用眼馋的口气说。

"操她妈的，我那时候连根头绳都没给，分家又被光着身子撵了出来。"大嫂子愤愤地说。

大嫂子最刁，我想。

她过门那年我刚记事，那天院里挤满了大人孩子，一挂马车赶进院里，车上坐着个新媳妇，一身青大绒衣裳，怀里抱着一块三尺见方的木框镜子。马车刚停稳，陪车的人纷纷跳下车，新媳妇却绷着脸，噘着嘴，埋着头，纹丝不动。

孩子们跳动着高儿嚷："下车，下车！"

一些大婶、大娘劝她："下来吧，你婆婆锅碗瓢盆都给你准备好了，要啥有啥。"

新媳妇还是不动。

那时候我并不认识这个女人，也不知道她坐在车上为啥不动，我很可怜她。

母亲慌慌忙忙从屋里跑出来，递给这个女人几张票子，她才在两个姑娘的搀扶下迈下车。后来我才明白，母亲给女人的票子是"压腰钱"，据说新媳妇进婆家门儿，要几个"压腰钱"，以后日子才过得富。

大嫂子过门后，整天阴沉着脸，好像在生什么气，烧火、做饭、喂猪，什么都干，就是不跟我们说话。我们都敬畏她，谁也猜不透她在想什么，又不敢问，全家人闷闷不语。有一天，大嫂子赶集回来，母亲试探着问她："剩多少钱？"

大嫂嘟着嘴不答话，从兜里掏出零钱扬在东屋炕上，钻进西屋，伏在炕上哭了。

妈也坐在炕上抹眼泪，然后到村里找来几个老头儿，围坐在我家炕上，烟雾腾腾。

不知道他们说了什么，闷了半个上午，都下了地，这屋那屋转着看。大哥、二哥蹲在院里，抱着头，无声地流泪，父亲蹲在房檐下抽烟。傍晌午，大嫂子借来一辆小车，往外推被子、衣物。母亲在屋里转，摸摸缸，动动囤子，最后抱起一个罐子，送给大嫂子，说："这个拿着吧！"

大嫂低着头收拾东西，流着泪，并不接。

妈妈说："你是个娇女，嫁到这个穷家吃了不少苦，对不起你，出去过个好日子，我也替我儿子谢谢你。"

嫂子和大哥搬出去了，屋子空空荡荡的。我时常站在院里，望着屋后的榆树、天上的星星，忧心忡忡。

……

"人家娘家富，哪像我，一进门就挨白眼，这一辈子落生错了，在家时当牛马，出来还得分一半心，好时候都活瞎了。"二嫂子感叹地说。

"我在家受宠，同村人去家里串门我都眼生，躲到西屋去。我自己有个钱包，有多少钱谁也不敢问。我常偷偷盘息，到年龄找个漂亮能干的男人，过个富日子。没成想到了他们老吕家，被当牲口使。刚分家那阵儿你都不知道，那罪受的。"大嫂子可能又流泪了。

确实，大嫂子分家后受了不少罪。分家后第二天，大哥去镇子的酒厂干活儿，正念小学二年级的我去和大嫂子做伴儿，当时大嫂还没盖下这幢房子，借住在村头一间看瓜人住过的房子，小屋又窄又暗，门是用遍梁秸绑成的。大嫂在院里用石头砌个猪圈，猪一拱就塌了，猪跑了出来。那年冬天刮大风，猪又冷又饿，"吱儿——吱儿"地叫着，一个劲儿拱门，把门拱个窟窿，风拼命往屋里钻。我和大嫂子围着被子坐在炕上，大嫂子纳几针鞋底，就把手插进裤裆里取暖。她问我："你们家有高粱秸吗？"

我说："有"。

她说："你回家拿点儿来，咱们把门补上。"

我围上头巾，跑回家，跳到园子里拿高粱秸。妈妈正坐在炕上做针线活，看见了，伏在玻璃窗上问我拿高粱秸干什么。

我说了。

妈妈火了，隔着玻璃挥着手嚷："分出去过了还回来刮，放那儿！"

我返回去，告诉了大嫂，大嫂眼眶转了泪水，到外面搬了一块大石头，靠到门窟窿上，很气愤地说："妈心太狠了！"

从那以后，大嫂子不到我家去，母亲也严格看管我们，不允许往大嫂子家偷拿东西。我家有什么事，大嫂子倒是也来帮忙，后来我看出来了，她是为了在乡亲们面前讨个脸面。母亲一讲过去的事，大嫂子就走，二嫂子也溜，在背后议论："冲她那么狠，根本就没吃过苦，那套话都是瞎编的！"

其实，她们从小不生活在母亲身边，哪有我这个当儿子的理解妈妈呢？我们家的日子，除了挣工分，没别的进项，一个碗、一个盆，买来不知经过多少算计，要是可怜儿女，要什么给什么，日子就得散架。妈妈有时就得心狠，妈妈知道，不帮助她们，她们也能过得去，庄稼人不都是这么活过来的吗？

"老叔，我妈在屋呢，进屋吧！"

忽然，银叶叫我，我回过神来，哦，天完全黑了，前院传来闹洞房的孩子的嚷叫声，又得闹到半夜。屋里嘀咕声停了，我只好进屋。

八

第二天，人走了，院清了，我家又恢复了以往的宁静，一日复一日的生活又开始了，我像失去了什么，甚至对三嫂子今后的生活有些忧虑。

妈妈尽管面容憔悴，连地也下不了，主持这个家庭的声音还依旧火烧火燎："吕斌，上山跟社员平地去吧，不挣工分秋后咋往回分粮食。梅花，上学前捡一筐猪粪呀，一斤猪粪卖给队里二钱，天天捡点儿，攒到秋天都是钱。"

妈不提三嫂子，她是新媳妇，妈不好开口，而喂猪、喂鸡、屋里的活不明摆着留给了三嫂子吗？她也知道来不是享福的，早起就忙着做饭。

妈妈对三嫂子干活儿不放心，一个劲儿在炕上问添多少水，下多少米。她呀，爱操心。说起来，妈妈掌管这个家的日子也确实不容易。就说夏天，天还不亮，妈妈便起来点火，煮一锅玉米碴子粥，舀到盆里，掺上凉水，便是一天的饭，谁饿了盛上尖尖一碗，就着咸菜疙瘩吞下去，也挺香。小学念书时，每天母亲上工时，我正困意绵绵，母亲推着我的肩告诉我："放学接我去，啊！"

我哼唧着，翻个身，迷着不动。

中午放学，把书包往炕上一扔，碗橱子要是有干粮我就拿一个，边吃边往田里跑，要是没有就不能吃了，母亲在田里等得着急呢！中午的日头真毒，像是喷着水，晒得身上冒汗。我远远看见绿色田里有一群人，蹲着往前蠕动，落在最后面的那个是母亲，她身子瘦小，没多大劲儿，又缠足，两只脚来回捣，别说薅地，就是走路她也赶不上人家。她蹲不下，只好顺着垅往前爬，两个膝盖包着两块破羊皮。我们家几块旧羊皮快让她磨光了。肥大的裤子在胸前荡着，她用来当毛巾，不住地扯起裤子抹脖子上的汗。我到田头，蹲下忙薅母亲的垅，母亲见我接她了，脸上总有一丝快慰，坐在垅背上，拢着双腿歇气，这时她才有空儿望望大山、看看田野，才品到养育儿女的幸福。薅地是最受罪的活儿，日头晒,热烘烘的土地烤着脸,蹲的腿弯处死疼,队长又催命似的驱赶,妈妈不在家歇着,却受这个罪。妈妈为了挣工分,这些年就这样累着、熬着。

我讨厌老娘们拿我当话题:"老嫂子,你这小子真能干,我给他保个媒吧!"

妇女们一阵议论说笑。

我烦躁,这么热的天,活计这么累,拔草带起的干土飞到脖领里,黏糊糊的难受,她们还有闲心嚼舌头!哪儿来的兴致呢?收工人们叫嚷着回家了,母亲还要我帮助她把薅下的草捡到一起,扛回去喂猪。草又湿又沉,扛到家得歇一会儿,大口喘着气,心里焦躁。我不住地耍脾气:"整这草干啥,扔了算了!"

"看你说的,没草猪吃啥!"母亲是坚定不移的神情和口气,尽管汗水像小河一样从她脸上往下淌。我看母亲更够呛,那么瘦小的身子,草比她小不了多少,她被压得罗锅着腰,晃来晃去向前奔,我真担心她摔倒。扛到家,别人家早吃完了饭,我们把草扔进猪圈,猪瞪着眼睛大口大口地吃。猪也饿急了。我俩累得跌坐在猪圈墙下阴凉处,扒掉鞋,磕掉里面的土。我倚在墙上,动也不想动,母亲说我:"进屋吃饭,吃饱了就有力气了。"

我一干累活,母亲就这样说我,而我吃点儿饭,似乎就真有了力气。累受惯了,疲劳从来不缠身,怎么累,坐一坐或睡一觉,立刻就能恢复元气。

我们村有五百多口人,三千多亩地,一个薅季近一个月,社会像羊群一样,薅完一片涌进另一片,个个尘土满面,汗迹遍身,裤子褂子又脏又破。没薅完,雨季到了,男人搭二遍锄,女人扫尾巴,活计轻了,劳力少了的人家,就趁学生星期六或星期日放假,下田混分。队长李发对这个限制很严,不给学生派工。母亲想出了办法,星期六,母亲上工前吩咐我:"日头偏西时,你去田里替我,就说家里来人了,我好回来把你爸的衣裳缝完。"

放学回到家,日头刚偏西,我就到了田里。母亲在人群后面爬,我说:"妈,家里来人了,你回去吧!"

人们都望着我,我不习惯撒谎,脸有些红。

母亲扯起衣襟抹脸上的汗,说:"你把这垅接着薅完。"

母亲匆匆地走了。我蹲在田垄上,跟着人们薅。绿绿的大地很安静,人们扯着闲话。

田野飞舞着蝴蝶,几个孩子扑蚂蚱玩儿。要是常年都是这样的活计,倒也自在。

一个大婶问我:"你家来的是什么人?"

我脑袋"轰"的一声,我猜她是看出来了。妈妈没有说该说什么人来,要是我说了什么人来,妈妈来了说的是另一个人,那就露馅了。我答:"不认识!"

"是你们亲戚吧?"那个婶子又问。

"是。"我说。

"是亲戚你咋不认识?"

我觉得这个大婶子太刁,何苦追问。我们家的事,用得着你操心吗?我答:"他没来过"。

不再问了,也没有人说话,好像人们都注意上这件事了。傍落日头,母亲忙颠颠地来了,一进田,那位大婶问母亲:"谁来了?"

"她姐夫!"母亲说。

"那他咋说不认的?"

"他姐夫好长时间不来了,他哪儿认得出!"

母亲蹲在田垄上。我站起身,往田外走。

那大婶忽然嚷起来:"我看出来了,队长,明天我也叫学生替我来薅。"

母亲便冲大婶大骂起来。

我出了田,走了好远,还能听见传来的吼叫声。

收工,母亲愤愤地嚷着进了院,一脸怒气,"这老婆子,真刁,我让儿子打一会儿替手,她还气饱肚子呢,也不怕长气鼓!"

母亲的话弄得我火烧火燎的,我老去接本来她就不合适,闹这么一茬子,母亲还蛮有理呢。我说:"别说了,还不怨你!"

"怨我什么!"母亲冲我来了。

"干点儿活非得搭上一个人,跟不上趟就别去!"

"我不挣分你挣?我不干你们能活过来吗?吃着我挣的还损着我,明个别上学了,下来干活!"母亲一发火就拿这个吓唬我。

我再也忍不住了,念书有什么用,又老这么受气。干活有什么了不起,又累不死人。我把筷一摔:"干就干,别老念秧秧!"

我钻进西屋,站在炕前气得不行,我们这个破家,隔三岔五非干一杖不可。

就这样我耽误过学,上学后要追上新课就得好几天,书念得太不易了。

三嫂子腰缠白布围裙,这围裙从我记事的时候就有,妈用它,大嫂、二嫂、出门子的姐姐都用过它,妈妈舍不得换新的。庄稼人都一个脾气,穿戴什么的不讲究好看,讲究耐磨、经用。三嫂子围上它,真像个家庭主妇。

晚饭后,她刷完锅碗,手指头往下滴着水,悄声问我:"猪食就小缸那点儿吗?"

"嗯。"我点点头,喂猪我特别内行,哦,对了,得告诉她:"一顿给猪抓一把,这样!"我把手半攥起来,告诉她,手指头要是乍开,那抓得多了,长期下去,猪食不够,"然后填泔水。"

"猪饿不坏吗?"三嫂子担心地问。

"惯了。"我说,"咱们人不也一样吗?"

她领悟了,夸奖我说:"你挺会过日子的!"

她到缸里抓一把谷糠,伸给我看:"这样吗?"

她的手很小,那抓着糠,像个孩子逗着玩儿,我点点头,笑了,她也笑了。

大街上响起了上工的哨子声，我在院子里拿了锹朝大门外走去。三嫂子边扎头巾边走出屋门，拿了姐姐在家时用过的锹，跟我往外走。我奇怪地问："你干啥去？"

她说："干活去呀！"

我问："你怕妈说你吧？"

她说："哪儿呀，我在人群过惯了，闲着就难受。"

我很为难，让她去，村里人又该说我们老吕家闲话了：刚过门的媳妇就轰出来干活，穷掉腔咋的？我堵着门口，不让她出去。

"你要什么性子，给我带路！"三嫂子坚决要去。

十字街口站着准备出工的社员，李发还在十字路口用力吹着哨子。大嫂子扛着锹，拿着个玉米面干粮啃。二嫂子抱着孩子站在大门口。妈妈说过："你大嫂子脾气不好，孩子小的时候拴到炕上，也抓挠着干。你二嫂子嬉皮笑脸，好吃懒做，不是过日子的人！"

三嫂子跟二嫂子打招呼："咋不把孩子送给妈哄？"

二嫂子笑着说："人家活计忙，不给哄。"

社员们轰轰嚷嚷，缓缓地朝村外移动着，我和三嫂子忙跟上去。

我们大川甸子地多，年年秋割以后，拖拉机把地翻了，一秋一冬，社员就平拖拉机翻出的犁沟。冬天地冻天寒，干十天也不如开春忙一天，但上边不让庄稼人"猫冬"，社员们又愿意多挣分，就年马一样在田里拖，拖的人个个疲疲的。而工分挣得多，工值就少，挣来挣去，分红还是那么多钱。庄稼人从来不算这种账，都怕别人挣得多自己吃亏，都不肯误工，长年活计死累，每一分钱都靠力气换，个个都练出一副好筋骨。

进了田我才发现，三嫂子真能干，弯下腰就是一路领先。

遥远的枣山朦朦胧胧，山上有个架子，我弄不明白那是干什么的。东河上有几个孩子滑冰玩儿。队长李发正在训张老汉："别站着啦，落了后还有闲心观景呀？"

他总瞧不起张老汉，嫌他力把头小，铲冻土像给地皮刮痒痒。张老汉白他一眼,说:"管得着吗？"

"还嘴硬,才干人家一半。"队长训他。

"我也是挣半拉工。"张老汉反驳。

"小嘎伢子,不上学来混工分,别人到头你也得到头,要不别歇着。"

"你想累死我呀？"

"累死了你是为革命而死！"他给张老汉上政治课。

"我就不为革命而死！"张老汉不服气地说。

张老汉才不怕他呢,不念书了,是正式社员。其实李发不真生气,见张老汉小,闲着没意思,寻茬跟他斗嘴玩。

社员们都到了地头,纷纷跌坐在地上,有的仰面朝天躺在田埂上"直罗锅"。三嫂子甩着两条粗黑的大辫子接落后的人。队长不干活,只是在社员屁股后面检查,挑毛病是他的癖好。他在我身后转来转去,像一条寻骨头的馋狗。我刚平到地头,队长就在我身后嚷:"这是谁平的,这大坑咋不填？"

三嫂子说:"我的我的。"

三嫂子说我:"去地头歇着吧！"然后匆匆向后面跑去。

队长忽然叫三嫂子:"小崔,行了,行了,我是跟吕斌穷闹,你歇着去,我平平得了。"

"你怎么认识我？"三嫂子诧异地站住了。

"啊,昨天你下车我就认出来了,咱们在公社一块儿开过三干会嘛。"队长大咧咧地说,卷着纸烟。

"哦,怪不得早晨上工我瞅你面熟,一时没想起来在哪儿见过,真对不起。"

"哎,客气什么。昨天我也去喝你的喜酒了,日子特殊,我也没去西屋跟你说句话。"

队长拄着锹把儿,抽着烟。

三嫂子脸红了。

队长瞧瞧田地,说:"这儿不比你们村,活儿累!"

三嫂子说:"都一样,我干惯了。"

我太累了,不想听他们闲扯,走到田头躺下,望着蓝天、白云,歇得心满意足。三嫂子跟队长说着话来到地头,队长跟男人们玩扑儿克去了。三嫂子坐在我近处,望着远处。远处是山,三嫂子的后半生将在这块土地上度过。

九

中午我进屋一看,是好饭!

妈妈把昨天剩的菜都端了上来,还贴了一锅玉米面干粮。儿媳们进门,妈妈不必去田里劳作了。家里的活计就够她忙的了。我和妹妹先上了桌儿,却谁也不肯动干粮菜,怕妈妈不让。我和妹妹都喝玉米渣粥,夹咸菜条吃,这是我们家的规矩,好吃的玩意儿不用说,是给大人吃的。妹妹终于忍不住,夹了一口炒酸菜。我训她:"干啥,那是给爸爸和三嫂子吃的。"

妹妹再也不敢动了,闷着头喝粥。

爸爸也上炕吃饭了,三嫂子特意把剩下的三颗半拉咸鸡蛋端来,放到爸爸面前。我们家养鸡下蛋,可不是煮着吃的,为了三哥结婚,妈放在咸菜缸里几颗,剩下了当然该爸爸吃,哪有我们孩子的份。爸爸拿起一半儿咸鸡蛋,用筷子挖着吃,吃完,把鸡蛋皮放在桌子上。鸡蛋皮上有残渣,我盯着,眼馋,但不敢去动,怕妈妈骂:"那大个小蛋子……"

妈干完外屋的杂活,招呼刷锅台的三嫂子:"上炕吃饭,吃完了再收拾!"

妈妈爬上炕,三嫂子依旧站在地上。妈妈摸起筷子,巡视一遍桌子,眼光停在了爸爸吃完的鸡蛋皮上,犹豫一下,说:"吕斌、梅花一人一个,里面不少鸡蛋呢!"

我和妹妹各拿一个鸡蛋皮,用筷子头刮鸡收皮里面的残渣吃。妹妹边吃边咂嘴,香得没治。

　　妈妈看着第三个鸡蛋皮,看一眼三嫂子,可能觉得给新媳妇一个鸡蛋皮不好瞧,又舍不得扔,突然一拍大腿,责怪父亲:"看你狂的,鸡蛋不吃干净就扔,啥日子架住这么糟蹋了?"

　　母亲拿起鸡蛋皮,用筷子头刮着吃起来。

　　只有三嫂子没捞着鸡蛋吃,用妈妈的话说,媳妇吃好的在后头呢!

　　我吃完饭,倚在窗台上,妹妹也吃完了,长舒一口气,坐到炕边上去,眼睛却还瞟着饭桌。

　　妈妈问:"你们俩咋只喝粥,不吃干粮?"

　　妹妹说:"我哥说那是给我爸和我三嫂贴的。"

　　妈妈说:"都吃。"

　　妈妈大大方方的,似乎很了不起,好像是发了大财,吃喝管够,开开荤也是人人有份。

　　饭食稍有宽绰,妈妈在吃饭时就是用这种口气喊我们,这时我才感到母亲的善良和对儿女的疼爱。

　　"四赖子,你糊弄人!"妹妹骂上我了。

　　我很生气,瞪起眼睛说她:"我说菜是给爸的。活该,怨你不吃!"

　　妹妹哭闹起来。

　　三嫂子把粥碗放在桌子上,劝妹妹:"别哭了,干粮多呢,吃吧!"

　　妹妹只是哭,好像有难言之苦,不好跟新嫂子说。她边哭还边骂我。我愤愤地,不理她。妈妈说:"让你吃你不吃,穷闹,欠打呀?"

　　妹妹哭着嚷:"吃饱了,还往哪儿吃?"

　　说完哭得更凶了,有点儿好东西没吃着,她就这么要。妈妈说:"饱了怕啥,去猫楼拉泡屎,回来吃不就得了!"

　　妹妹下了地,去猫楼了。

　　妈妈皱着眉头,叹着气说:"孩子多是累赘,天天争嘴尿炕的。"

　　我也烦恼,我们家不是大人吵就是孩子吵,没个闲时候,也弄不清为了个啥。

　　一会儿,妹妹回来了,并不上炕吃干粮,却倚着炕檐哭。

妈妈问："你不上炕吃,哭啥?"

妹妹说："拉不出去。"

妈妈脸色陡变,愤愤地说:"你明明说吃饱了,撑着肚子拉不出去屎,这不是故意调皮吗?"

妈妈忍不住,跳下地,捣着小脚走到外屋,在灶坑拿笤帚疙瘩。幸亏三嫂子拉住了。

十

穷人家的日子就像个高大的汉子,穿了一身小孩子衣裳,遮了胳膊遮不了大腿。正是天气最冷的腊月,猪食剩一缸底了,口粮也很少。冬天又无处捋树叶子、挖野菜。

没办法,母亲只好盘算杀了仅有六七十斤的小猪,来解饥饿的危机。猪肉照样是拉到集镇上卖了,油熬了,装在罐子里,熬菜放上一小勺能吃一冬一春。

这时的三嫂子已经是个地地道道的"媳妇"了,穿一身已经旧了的衣裳,整日扎一条围裙,烧饭、喂猪,手老沾水,粗糙得裂了口子,脸皮也变得黑红且厚,眼角有了鱼尾纹,一双从娘家带来的布鞋已经露出了脚趾头。

歇日,我帮助母亲做针线活。庄稼地的活脏累不说,衣裳也破的快,比方说手套,平地,两三天就磨个窟窿,买不起新的,只好补了又补。我们家的衣裳都有补丁,人人如此,也就习以为常了。三嫂子跟妈妈说要进镇子一趟,镇子离我们村二十里路,不是想去就去的事,不过妈妈答应了。三嫂子买回来两双胶鞋,一双给父亲,一双——她有些不好意思地说是她自己的。全家人传看两双鞋,干干净净的淡黄色帆布面,黑亮亮的胶鞋底子,按按鞋里面底子,软软的,都咂着嘴,眼馋得不行。

母亲高兴得眯起眼睛,细细地端详着鞋,一家人都穿她做的鞋,谁敢想这贵物,要是没有三嫂子,她能开这样的眼吗?

天爷显灵,我家冒富气了。

那天,大哥从后院过来,我在家睡觉。夜很深了,被妈妈、爸爸嘀嘀咕咕的说话声吵醒,不知道他们躺在被窝里说些什么。

第二天早晨,三嫂子拎着猪食瓢站在院子里喂猪,妈妈神色不安地跟三嫂子说:"你们分出去过吧!"

三嫂子看着妈妈,眼睛直了,水瓢滑落到地上,"啪"的一声,摔得咧开了嘴。

妈妈抓住三嫂子的手,说:"咱家太穷,吃不到好处穿不到好处,你单另过,打下个好家底,过个好日子。"

妈妈跟大嫂子分家时也是这么说的。

三嫂子喃喃地说:"妈,那……买鞋的钱,是我出门子时,我妈给我带的,不是咱家……"

母亲说:"不是,不是,我是说,我是说……"母亲不知道话该咋说了。"我是说,要是你分开过,就不用搭给你爸一双鞋。"

三嫂子低下头,突然跑进西屋,传出来呜咽声。

母亲进了东屋,焦急地在地上转圈子,对坐在炕上抽烟的父亲说:"不咬牙不行,割肉都心疼,过后就好了,你找人去吧!"

我们这儿分家,都要找同村老汉当证人,他们辈分高,经多见广,料事稳妥,说话有权威,出口即定,公正,双方满意,从不在此事上偏向谁,古来如此,就形成了村风。

父亲出去了,工夫不大,领回来三个白胡子老头,其中有李芳红的爷爷。他们像自家出了事似的坐在我家炕上,摆出主持公道的神态,他们在此类事上很负责任,我敬佩他们,也惧怕他们。他们能够平息家庭矛盾,可他们到哪家,哪家就不会有好事。

听完母亲的叙述,李芳红的爷爷问:"你身边一个也容不下,老了咋办?"

母亲说:"活一时说一时,老了没人养活,就找根绳吊死。眼下得顾孩子,都在一起混,她也吃不上,我们也吃不上。小四儿一说人,她也得往外分,那时她年龄大了,带个空家底子出去,更困难。"

又有一老头说:"这寒冬腊月,让她去哪儿住。"

母亲说:"先分开,开春儿再往外搬。"

"哪儿有房子?"

看样子,母亲早和父亲商量好了,不用想,说:"开春儿给她盖房子,她出工钱和吃粮,她爸明天就去搂柴火,给她准备下盖房子的扬秸。"

我同情三嫂子,大人们的事又由不得我,我心里难受,说不出一句话。大嫂子和二嫂子听到消息,也过来了。大嫂子蹲在灶前烧水,二嫂子在锅台上沏茶。显然,她们关心这家怎么个分法,你一句我一句地议论:"淑英比咱们那时候强,这缸就新添了俩。"

"妈守来守去,都留给了小的,苦了大的。哎,你沏茶咋放那么多茶叶?"

"操她妈的,省下给谁?"二嫂子恶狠狠地把一把茶叶扔进茶壶里。

李芳红的爷爷出了东屋,进了西屋,又从西屋出来,身后跟着抽抽搭搭的三嫂子,进了东屋,三嫂子低着头站在地上。

李芳红的爷爷说:"分家的事你妈都说了,我们都是这个村的老住户,知根知底儿。这个家庭明摆着这些玩意儿,你妈说你们一分为二,我们觉得合理,你妈说让你先挑,你挑吧,挑出来放一边,我们当证人。"

三嫂子低着头,不作声。

两个嫂子站在外屋,屏着气听。二嫂子嘀咕一句:"少要不了。"

大嫂子咕哝:"她算干着了。"

二嫂子很不平,说:"她要得多,咱们也跟妈要,一样的媳妇,分的东西也得一样。"

屋里的老头催促三嫂子:"说吧,孩子,要什么都可以。"

好一会儿,三嫂子才说:"啥也……不要!"

两个嫂子像斗败的母鸡,都低着头,不作声。

"那你日子咋过？"李芳红的爷爷不解地问。

三嫂子说："我妈在我这个年龄，也是这么出来的……"

我明白了，她是说，这个家庭，是爸爸、妈妈用汗水换来的，她没资格拿走一根火柴棍儿，她要用自己的双手建立起一个家庭，像母亲年轻时那样。

第五章 技术员与韩家事

一

到了秋季,我的六个同学都有了事由:齐志才当了大队会计,郑海峰当了民兵连长,莫玉当了小学教师,文心当了代销点代销员,张桂兰当了大队图书管理员,鲁震荡到公社铁工厂当了会计,只剩下我。

是的,只剩下我一个呆子。

母亲是个老实的农村女人,围着锅台转了一辈子,见了干部都胆怯,更甭说到外面办什么事了。她见我天天下工到家一身尘土就愁眉不展,唉声叹气:"这书算是白念了,请请于书记吧!"

我两手兜住后脑勺躺在行李上,两眼直直地望着屋顶,请,倒也行,可是书记来了,怎么跟人家提这事?我们家族没出过能说会道的人,请来没有人会说话,人家一抹嘴巴,走了,不是让人白吃一顿!

冬天在沉闷中过去了。那一冬,我受了不少累,母亲犯了不少愁,全家人为我叹气。

春天,小草萌生,大地开化,真还有一件喜事降临到我头上。我浇完地回到家,把沾了泥水的衣裳脱下来,坐在院子里用劲儿搓洗。两个姐姐出嫁了,两个嫂子分着过,母亲年老体弱,洗衣裳的活儿我已经习惯了。压碾子的母亲端着一簸箕面走进院子,面带笑容,说:"李芳红让我告诉你,大队让你去一趟。"

瞧,母亲高兴得步子都深一脚浅一脚的,"大队叫"在我们家庭里没有过,不是念了几天书,大队八成也不会叫,母亲能不高兴吗!

我甩着手上的水珠儿进屋穿衣裳,站在镜子前,眼睛望着空白处,脑袋麻木。妈妈进屋给我扣衣裳扣子,前后左右抻着衣裳,说:"到那儿好好说,别顶人家,啊!"

我心神不安地到了大队,队部屋里只有三个人,韩春冬———一个家境贫困的小子,上面有两个三十多岁的光棍哥哥,他的大哥原来说过一个媳妇,结婚当天就跑了,后来来了一次到大队启离婚证明,住一晚上又跑了,因此村里人都看不上他们家。不看他那一身补丁衣裳和露脚趾的布鞋,只看那没洗的脸和嘴角的白沫,就能断定他有多高文化。他坐在门口的长条凳子上,朝我傻笑,搓着手。吴金全,精明人家之子,绿布上衣虽然干净,可是太小,青布棉裤露出一截,裤腿上粗下细,像圆锥。他朝我讨好地笑笑,朝他身边的椅子看看,算是让了座。这两个人都是我下届的学生,初中毕业没考上高中便下来了,我向来瞧不起他们。

我坐下,面对炕上坐着的于书记。他胖且矮,叼一杆烟袋,抬动大眼皮瞥我一眼,一言未发,让我心战。

我们三个人沉默着坐了一会儿,于书记抽完一袋烟,在炕檐上磕掉烟袋灰,望着炕席说:"今儿个叫你们三个来,是有一件重要的任务要你们完成,旗里和公社都成立了试验组织,要求咱们大队也成立,叫四级科技农业科学技术网。咱们大队成立的这个叫农业试验组。试验的种子上边都给拨来了,让试试哪样高产,大队研究,吕斌任组长,吴金全、韩春冬任组员,组成试验小组。"

我早就听说了,公社大队都成立了农业试验小组,试验哪样庄稼打粮多。后来听人说,之所以让我们三个干是有考虑的,韩春冬家穷,人又憨厚,本质好。吴金全聪明,是优秀团员,试验组首先得保证政治可靠。只有政治性没有知识性也不行,合计来合计去,决定让我这个回乡知识青年任组长,指导技术。一个试验组没个有文化的人不行啊!

东北的春天来得迟,风儿懒洋洋的,人也懒洋洋的。上工的路上,看吧,都拖着懒散的大腿,当地有句口头禅:春困秋乏夏打盹,我想,人们这样都是累的,应该躺在炕头大睡三天才是。大队对我们试验田下了大力,给了一块最好的地,北靠一眼机电井,南边是一条河,西边是一条通向公社的大路。我想,渴了有水喝,热了有阴凉,回家有大路。种地那天,小队给了三副犁杖,我看着事先画好的播种图,韩春冬念种子名,我守着种子袋,韩春冬念哪个种子名,我就给撒种子的吴金全哪个种子。

撒种子的吴金全对于他的职责很不平:"你们俩可干正了,念一个种子名,腰都不弯,咱们得轮班撒种子。"他跟着犁杖撒籽儿,唠叨个不休。

韩春冬抱起膀子,笑眯眯地望着他,一副得意的样子。他初中毕业在大田里跟着社员卖力气,捞到这么个好事由,好似升了大官。

我站在地头守着一堆种子袋儿,看着三副犁杖在地里慢慢地走,在这静静的田野上,声音传得很远。我站累了,坐在种子堆旁昏昏欲睡。高中毕业,在村子里也是大知识分子了,弄这么个小头目,太寒碜了,看看我高中毕业的同学,都扬眉吐气了。临毕业时我那大干一番的雄心算是破灭了。

吴金全撒完一根垄,到我这儿拿了种子袋儿,去跟韩春冬争:"给你,该你撒一会儿了。"

韩春冬不接种子,抱着播种图往后退,说:"去去去,你就是干这个的,你气不得。"

吴金全不平地说:"哈,香营儿都让你占了,抓傻瓜也得睁睁眼。"

扶犁杖的老农在地头回了犁,插好了犁杖,等着吴金全,见两个人争,就说:"得了轻快还想轻快,在大田干时你也没说累。"

吴金全还想争,望望远处的大路,忽然动了气,说:"真是的,撒,还能累死!"他脱掉外衣,只穿红艳艳的线衣,好像要大干一番,显得很卖力气。

韩春冬更加得意,忍不住地嘻嘻笑,望我一眼,忽然想到还没念要种的种子,拿起我写的那个本子,一本正经地念道:"小红米占高粱。"

我看着堆在地上的种子袋儿,没有这个种子,也想不起来有这个种子。吴金全走到我面前,伸手要种子,我蹲下趴拉信封做的种子袋,不见"小红米占高粱"。扶犁杖的农民等着我,韩春冬和吴金全瞅着我,我更加着急。我问韩春冬:"你是不是念错了?"

他看看我画的播种图纸,说:"没错。"

"给我。"我接过图纸看看,好笑,说:"这不是小红粘高粱吗!"把图纸递给他。

吴金全接过去种子,各打四十大板地说:"你写得不对,他又不认识字,你们俩纯是混事儿。"

有人在我身后说:"这太误工了,该事先找出来。"

我吓了一跳,扭头去看,于书记背着手站在我身后,一脸不高兴。他什么时候来的? 哦,我说刚才吴金全和韩春冬争半道不争了呢,原来是看见于书记来了。我不大情愿地站起来。

于书记绷着脸问我:"这么个种法得多少天种完? "

我望着田,盘算着说:"五天……差不多。"

吴金全反驳说:"还五天呢,三天就能种完。"

"那你们就三天种完,大田等着用犁杖呢。"于书记说完,朝地里走去。

吴金全这小子,自找罪受。我开始筹划三天种完地。

晚上在群众大会上,于书记站在前面,背着手煞有介事地说了下面一段话:"试验田刚种地就出现了一些问题,组长懒懒散散,种子名都写错了,有什么种子也没个数,组员更是稀里糊涂……"

社员们都把目光集中到我和韩春冬身上,我俩都埋着头。吴金全高扬着脑袋,像个得胜的公鸡。

到了夏初,社员们忙着耪大田,没人过问我们试验田,我们三个人便自由自在地耪试验田。我总是随社员一起出工,到地里不见吴金全和韩春冬,我就独自耪地。我们三个人的工分都是生产队长给记,他们两个不怕我生气。

我耪到半截垅,日头高了,天气热了,猛得听到前面的树林子里传出一阵笑声。我望过去,吴金全和韩春冬在树林子里,韩春冬爬上树干,吴金全在下面对韩春冬指指点点的,准是在掏鸟。我不管他们,生气地继续耪。

我耥到地头，日头高了，天气更热了，我有些乏，远处大田的社员们还在耥，社员就是靠日头。我想再耥一根垄，远处大路过来两个人，是大队于书记陪同公社书记来看地。我犹豫了，我独自耥，有卖好的嫌疑，我放下锄头坐在了树荫下。

吴金全和韩春冬在树林子里追逐，争抢一只鸟。忽然，吴金全急慌慌拖着锄头跑出树林子，哈下腰就耥，一锄紧似一锄，干得欢快。韩春冬扛着锄头来到我身边，摆弄着鸟。我不满，说他："咋才来？"

他说："谁才来呀？我来的时候你还没影呢！"

我问："你啥时候来的？"

他说："喇叭广播《报纸和山药》节目时。"

蠢货，我说："啥《报纸和山药》节目，那叫《报纸和摘要》节目。"

韩春冬不和我争，看着吴金全骂一句："须子匠。"他还在摆弄鸟，鸟凄惨地叫，我说："你祸害它干啥！"韩春冬拿起鸟朝吴金全扔去，那只鸟被扔出一段后，趁机飞上了天空。

吴金全已经耥到了地那头，和两个书记说着什么，朝我们俩比画。韩春冬愤愤地说："那个须子匠告状呢。"书记顺着大路走了，吴金全扛着锄头兴冲冲地走来，唱着："马跑猪飞一溜烟呐。"

这是我们村子里唱二人转里的一句唱词，我嘀咕："是马跑如飞一溜烟，整成马跑猪飞了。"

韩春冬对走过来的吴金全说："你挺快呀，耥到那头又耥回来了，我甭说追，影都没干（看）着你。"

"我可干着你了呢。"吴金全坐在我身边，嘀咕几句，说："于书记瞎磨叽，说咱们净待着，耥得慢。让他来干干，还不如咱们呢！"

韩春冬讥讽地说："算了吧，卖啥好，你不定说啥了呢。"

吴金全急了，说："谁要说啥都是犊子，不信你问问于书记。"

"你知道我也不能问呀。"韩春冬没话说了，他向来笨嘴笨舌的。

我断定吴金全说了什么，但没心思揭穿，我心里为今后的日子忧虑，天天这样混，白度时光。

趟地的时候，我们犯愁了，大田用两头牛拉的犁杖，试验田全是试验的种子，垅的大小不一样，像大田那样插上犁杖通到地头，还不把苗连根拔了。我们和队长商量，决定用一头牛拉的犁杖，两个人牵牛，我扶犁杖，趟的时候随时启犁、插犁。队长在牛圈里给我们挑了一头公牛。这是头小牛，黄毛，两只大眼睛不规矩地转动，尾巴甩来甩去的。韩春冬牵着它来到地头，它发出低沉的哞哞声。我从小没和牛打过交道，怕得很，不敢靠近它。吴金全说："这牛看着不像老实货。"

韩春冬和牲口混熟了，并不在乎，给它上了套，见我愣着，问："趟吗？"

我说："趟。"我扶着犁杖，吴金全在另一边牵牛，胆怯地看着牛。我插好犁杖，韩春冬给牛一拳，牛一哈腰，疾走如飞，我扶着犁杖左右摇晃，拌拌拉拉地跟着跑，犁杖出来了，顺着地皮跑，我喊："慢点儿慢点儿！"吴金全拽牛，韩春冬打牛脑门儿，牛闭上眼睛，低下头，弓起腰往前闯，一溜苗被趟掉了，两个人又踩倒了几棵苗。我拼命喊："慢点儿慢点儿！"

两个人使劲拽牛，韩春冬大喊："插犁杖，插犁杖！"我用力往地里插犁杖，整个身子压了下去，犁铧子深深插进泥土里，牛拉不动了，停住不动了，两个人忙乎得气喘吁吁，相互抱怨，吴金全说："你你……打牛干啥！"韩春冬说："不打你拉住了吗？"

我喘着气说："这牛……好孬种。"

韩春冬来气了，顺手薅一棵庄稼，用带泥的庄稼根儿狠狠地揍了牛屁股一下，牛暴跳起来，一弓腰，往前一使劲，"咔"的一声，拉断了套绳，牛顺势冲了出去，两个人叫喊着慌里慌张地追上去。我坐在地上大笑。他们顺着大路追向村子，好大一会儿才狼狈不堪地回来。韩春冬说："那牛咱使不了，队长调理咱们，给个没搭过套的生个子。"

吴金全说："上大队告他，真不叫玩意儿。"

我们都疲了，躺在地头歇着。没有牛，谁也拉不动犁杖，我们说用镐头趟，这自然比用牛拉犁杖累得多，但我们年轻气盛，干什么都不打怅。我们回家拿来镐头,一人一根垅,咋呼着"造造",比赛似的往前刨,谁也不服谁,累得裤子掉了都懒的提才歇气。

我们就这样用镐头把地趟完了。

二

庄稼灌浆的时候,地都弄完了,庄稼人闲暇起来,人闲心闲不了,都盘算着抓挠点儿东西,无边的土地没什么特产,人们便满山遍野地割草,有人时常闯进地里割莠子,试验田里不许乱进,我们三个人便不能放假,日夜守候在试验田里。社员们一扛一车地往家里割草,我们三个眼巴巴地望着。日头西斜,我们坐在机井房子上闲扯,扯够了,便闲坐着。吴金全四处望望,发现了什么,指着南边的地头说:"哎,你们看,那有两个小孩子割草。"

地头有两个孩子,正拿着草拧草绳,打算捆割的草。韩春冬也看直了眼。吴金全说:"走,咱们吓唬他去,把草留下。"

"对。"韩春冬接上说:"留下咱们拿家去。"

"走!"

"走!"

他们站起来,望着我,我无动于衷。我不去,也不拦他们。

吴金全看出了我的神态,说:"咱俩去!"吴金全望望韩春冬,韩春冬穿上坐在屁股下的鞋,两个人贼一般地溜下了房。我打个哈欠,抽出屁股下的数学书,有滋有味地看起来。没事的时候,我常拿这类书消磨时光。

他们去了一段时间,把两个孩子逼了来。

"走不走? 走,再哭,把你们整到大队去!"

"把绳子给我,没收了!"

我抬起头,两个人和两个孩子顺着土路走来。吴金全拽着一个孩子的胳膊,韩春冬拿着一根麻绳抽打着另一个孩子,两个孩子泪流满面,鼻涕邋遢的。他们来到房檐下,吴金全指着我对两个孩子说:"这是我们的组长……"

言下之意是"组长让我们干的"。两个孩子低着头抽泣着,韩春冬站在孩子身后偷笑。我同情两个孩子。他们的家境一定很不好,可是,这里哪家不贫困,如果姑息了他们,人们便知道这里有个菩萨心肠的人,都涌进地里割草,试验田还不得被踏成平地。虽然他们没进地,但也得阻止,这里的队干部都这么做。我没有勇气吓唬他们,他们实在没做错什么事,可为了不扫吴金全和韩春冬的兴头,我故意横眉怒目地瞪着两个孩子。

吴金全见我不说话,说孩子:"你们说咋着吧?是罚钱还是上大队?"

大一点儿的孩子说:"我们……再不来割了。"

韩春冬吓唬说:"再不能来了啊!你们这是头一次,再抓着可不放你们了。回去吧,草没收了。"

两个孩子抽泣着走了,两个人得意地笑了,朝草堆跑去。

日头落山了,我往回走,韩春冬和吴金全在路旁忙乎着捆草。两个人都汗流满面,捆完,两个人打量着草捆。吴金全看看韩春冬的草捆,说:"你的多。"

韩春冬说:"快去你的吧,差不多。"

"要不换。"

"换就换。"

两个人换了草捆,又打量。我说:"别呛呛了,回家吧!"

两个人瞅瞅我,说:"回家。""回家。"韩春冬一共四个草捆,他拢到一起,想扛起来,突然叫:"哎呀,拿不了,咋整?"望着吴金全。吴金全眨着眼睛,说:"算了,算了,不如放在这儿,明天套车来拉。"

韩春冬笑道:"不,明天别再让别人偷去了,扛回一捆去。"

吴金全说:"我一捆不扛。"

日落西山,晚霞铺满天,社员们都往村子走,羊群"咩咩"地叫着涌进村。我们三个人走在路上。吴金全叨叨不休:"你要都扛回来还值过儿,扛一捆,让人看见了,报告大队,还得挨整。"

韩春冬不理他那一套:"你别哨,你没往回扛,气的。"

吴金全不服气,说:"咱们气啥,别说是几捆草,就是一座金山咱也不在乎。"

进了村,天也就黑了,家家亮起了灯。

早晨,我踏着雾气朝试验田走。离试验田老远就听到前面土路上有人吵,走近了,听出是韩春冬和吴金全。待我看清他们的面部,发现都涨得红似关公。吴金全拄着锄头争辩,韩春冬拿着根绳子气呼呼的。我再看昨天放草的地方,只剩下个草底盘,有个小车辙印顺着路走了,显然,草在昨天被人拉走了。

"我认识车印,这是你们家的车。"韩春冬说吴金全。

吴金全说:"我到家就睡觉,根本没动窝。"

"那谁拉走了?"

"我也不知道。"

我不愿意深究,一个憨,一个奸,草被谁拉走了还不明摆着。我继续朝试验田走,我没心思掺和那些没用的事情。

他们两个跟在我身后,先是大声吵,后是小声嘀咕。到田里,我坐在地头看书,他们两个坐在我身边闷闷不乐。待了半天,韩春冬开了腔:"咱们这实心眼子,转不过人家呀!"

吴金全说:"看着不哼不哈,装的。"

我心烦地翻着书,"哗啦啦"响。

韩春冬说:"看着,我也糟践糟践他。"

我听他们的口气不对,生气地合上书,问:"你们说啥呢?"

韩春冬问我:"你说,草是不是你拉去了?"

我气愤地说:"放屁,我拉你那点儿破草!"

吴金全阴阳怪气地说:"得啦,得啦,谁拉去也不会说。"

"你把话讲明白。"我知道他出了鬼,问他:"谁把草拉去了?"

吴金全害怕我,说:"我不知道!"站起来扛着锄头朝地里走去,说:

"反正我们心里都有数。"

我对着他后背说："你要是不愿意在这个试验组干就滚，整天像个贼似的穷鼓捣。"

吴金全嘀嘀咕咕地消逝在庄稼地里了。这类人是整不了的，我愤愤地想。

韩春冬在我身后说："他说草让你拉去了。"

"你信他裤衩都穿不上。"我掐着书，走到庄稼阴凉处躺下运气。韩春冬也跟过来，两手交叉兜住后脑勺子，躺在我身边。

每天早晨吴金全总是晚到田里，没什么活儿，我不便问他。一次，只有韩春冬我们俩坐在地头歇阴凉，我问："吴金全怎么总是晚来？"

韩春冬说："他说上大队看报纸。"听口气，他也不信。

过了些日子，证实了我的猜疑。

我们正在地里干活儿，大队会计兼团支部书记齐志才骑着自行车来到地头，我们三个人看着他，他一般不来试验田，这是来看看还是有别的事？他叫吴金全去大队，没有说是什么事。吴金全坐上齐志才自行车的后支架，被驮走了。我和韩春冬闷着头割地，心里猜着大队叫吴金全干什么。

我起早贪黑的忙，没有心思管别的事。我满身汗水进家吃晚饭，吴金全的妈坐在炕上和我妈说话："大嫂子，我可不是夸我们吴金全，在试验田干得硬是头等份，要文化有文化，要水平有水平，这不是，大队推荐他上大学。我寻思来，念完大学还得回来顺着垄沟跑，白耽误三年工分，不如在家挣点儿工分。我说他别去！"

母亲瞅我一眼，愁苦地叹一口气。她不如吴金全的妈嘴快，又贪上我这么个不争气的儿子，在人前总是没话可说。

晚上的社员大会证实了吴金全母亲的话，于书记当着社员们的面大声宣布："我们村出了柴春泽式的青年，咱们大队贫下中农推荐试验组的吴金全上大学，他不去，给公社党委写了决心书，要求扎根农村干一辈子革命。试验组的另两个青年要以吴金全为榜样，全村的青年人也要以吴金全为榜样,扎根农村干一辈子革命!"

我们再到试验田,吴金全便正经起来,总是抓挠着活儿干,时不时指指点点的,俨然是派到这儿的上级大员,我这个"落套的知识青年"和韩春冬这个憨瓜,只有沉默。

三

我小时候的朋友来喜,也就是现在的李来喜,自从韩春冬当了农业技术员就很不服气,说:"韩春冬那样熊色的还能当农业技术员,都不如我。"这天晚上他又来到我家,对大队的这个安排耿耿于怀,说老韩家人都熊,还不懂事,不懂法。他问我:"你知道韩春冬大哥韩夏冬包办的那个媳妇是怎么跑的吧?"

我说不知道,我只知道是私下跑的。李来喜神秘地说:"是我帮助那个媳妇跑的,你可别跟别人说。"这让我很吃惊,看着他说不出话来。那件事在村里影响挺大呢。

他说起了事情的经过。

去年夏天的一天,日头刚跳上枣山顶上,村中间的公路上就起了骚动,一伙村民围着一个女子吵嚷。那女子是韩家刚结婚的媳妇,结婚当天,乡邻们的酒席还没散,她就不见了踪影。过了三天她突然出现在了韩家,收拾了衣物就走,走到公路上被田里回来的韩家哥仨拦住了。在这大兴安岭余脉的山村里,很少有什么大事发生,乡民们除了劳作就是寂寞,在与世隔绝般的日子里,对于这样的事很有兴趣,听说了都纷纷从田里、家里聚拢来,他们很喜欢看热闹。

新媳妇长得细眉大眼,中等个子,腰腿都挺直。她坐在驴车上,羞怯地埋着头。她十四五岁的小兄弟牵着驴,对拦住去路的韩家三兄弟有点儿畏惧。老大韩夏冬抱着膀子站在路边,他认为媳妇弃他而去是羞耻的事,是他熊。老二韩秋冬和老三韩春冬站在毛驴前,一副凶相,对车上的媳妇说:"你走也中,把东西留下!"

那媳妇说:"这东西是我的!"她说得很冲,但并不抬头,怕人们往她脸上盯。

韩春冬说："东西是你的，你拿去，你人是我们的，你留下！"

周围的人一片叫嚷，说这一句整得好，正整到她的正地方！

韩秋冬和韩春冬就更增加了喜气，越发耀武扬威。新媳妇红了脸，脑袋扎在前怀里。

日头升高了，撒下来的光芒像火，人们都汗流满面，街的南墙根下都坐了人，一只狗坐在西街口，望着这边。乡民们好不容易撞上一场热闹，都怕早早散场，兴致很浓地看。

这个媳妇是小时候和韩夏冬订的亲，时下虽然狼甸子不时兴娃娃亲，但韩家老头在外牧场放羊时，和这姑娘的父亲混得如同哥俩，就说下了这门亲事，没想到姑娘长成一朵花后，在那边有了相好的，对韩家这门亲事不理睬。十二里段的村民就愤怒了，对韩家的轻视不就是瞧不起十二里段的人吗！十二里段在狼甸子虽然说不上是上等村子，但也富足得不得了呢！乡亲们就逼着韩夏冬去把媳妇拉来。有人说还用车拉呢，美的她，你坐着车去，让她在后面颠儿。小伙子们说这话挺解恨。韩夏冬思来想去耷拉着脑袋不敢去，人们就火了，说："你怕那村子的小伙子揍你？你怕那妮子损你？那你怕啥？操，你还羞上了呢，真鸡巴熊！"

他认熊，乡民们不认，就跟李商隐说。李商隐摆弄着烟袋，一言不发，最后出了村子。

几天之后就来了一马车人，中间坐着那个如花似玉的姑娘。

那一天喜事办得很隆重，李商隐得到了新亲的尊重，也受到了乡亲们的尊重。李商隐那天很少说话，酒也没多喝，日头一过午就怕打着屁股很有派地离开了韩家。傍晚发现媳妇失踪后，人们找到李商隐家，他正躺在炕上，有人说他醉了，有人说他太累了睡着了，反正没人敢惊动他⋯⋯

韩家三兄弟和新媳妇僵持着。李来喜挤进人群，他一米六五的个子，裆子很大，黄涤卡裤子挂着尘土，屁股打着补丁。他是个牛皮哄哄的人,在村里无事不晓,乡民们都叫他"大牛"。他围着驴车撒么着,撒么完了,嘀咕道:"没登记都算不上结婚!"

周围立刻哗然,这个说:"别牛了,喜酒都喝了,不算结婚算啥?"那个说:"登记算啥,不就是张纸吗!两个人睡到一个被窝才实在!"有的说:"自个儿没媳妇上这儿充大尾巴狼呢!"

李来喜被人损惯了,不慌不急也不臊,就像人们没说他,是在说街旁的树或那打坐的狗。他依旧围着车乱撒么,好像随时都会发表点儿与众不同的高见。

韩秋冬讨厌他,说:"滚一边去,结不结婚碍你什么事,你看着眼馋了吧?"人们笑。李来喜知趣儿地退进人群。

韩春冬对那媳妇说:"留不留东西?不留就卸毛驴子!"

说着哥俩就要动手。新媳妇的弟弟护住驴,害怕地说:"驴是借的……"

"熊种!"人群外忽然一声低沉的吼叫,吓人们一跳,人们转过脸去,李商隐不知道是什么时候站在人们身后的。他长长的头发,黑黑的胡子,脸子日日那样沉着,两只长眼睛总是那样又贼又亮地闪着光。他背微驼,倒剪双手,烟袋抓在手上,站在那里威武得像个将军。他说:"你们卸人家驴叫啥尿,那驴能跟你大哥睡觉吗?有尿把那娘们拽下车来拖回去。"

人群一阵骚动,空气立刻活跃了。毒热的阳光下人头在晃动。

韩夏冬怕遭李商隐的训斥,或是受到了李商隐的鼓动,上前来抓住那女子的手,往车下拖。那女子往后坐着,一副哭相,赖着不下车。

人们说韩秋冬、韩春冬:"还不动手,帮你哥一把,生孩子有你们哥俩一份呢!"

韩秋冬、韩春冬扑上去,韩秋冬推女子后背,韩春冬抠女子屁股,抠得女子扭几下身子,尖叫一声下了车。

围观的人笑,看得津津有味,毒热的公路更加热闹起来。

韩家在村子东头,女子被拖下车就坐在了公路上。韩秋冬和韩春冬为了显示勇敢，一个抓住女子一只手往公路下拖，女子往后使着劲，一副哭相。韩夏冬跟在身后推女子。

赶驴车那男孩子急得大喊："姐姐！"眼眶盈满了泪花。没人听他喊，也没人理他。他不敢冲过去，而且就算冲过去也无济于事，他绝望地看着。姐姐被三个如狼似虎的汉子拖走，后边跟着一大群人，人们的上空升起了尘土，毒热的阳光立刻就混浊起来。

李商隐说那男孩："你走吧，你姐不走啦！"

那男孩哭了，抽打着驴屁股朝村北走，边走边哭，出了村还传来他悲痛的哭号声。

哄闹的吵嘈声使姑娘的喊声显得很微弱。她哭了，哭得很好笑。人们从没在大街上看见一个大姑娘这么放肆地哭过，都希望她多哭一阵儿，让人们好好享受一下大姑娘的哭声和哭相。

李商隐站在公路上望着往东街去的人群和被拖走的媳妇，高傲地挺着胸。

韩秋冬和韩春冬拖着媳妇得意地走，好像在田野上捡了个元宝往回抬一样高兴。这是个大活人呀，整回家可以做饭、喂猪、缝衣裳、生孩子，不值得高兴吗？

韩夏冬跟在后面，抱着膀，半低着头。他让人们骂"熊种"骂惯了，失去了自尊心，兄弟和乡邻这样为他帮忙他实在觉得自己是个"熊种"。为了表示他不十分熊种，还有一点儿尿可使，就在女子坐在地上或往后使劲时照准女子屁股踹，踹得很突然、很用劲，每踹一下都拉开架势，显示他男子汉的力气和勇气。

女子拼命大哭大叫，用足力量往后坐，韩夏冬每踹她一脚她都狗叫一声，向前窜一下，引发周围的人哄堂大笑。有人说："韩夏冬蔫狠，踹掉她的腚你晚上玩儿啥！"

韩夏冬见人们变着法子夸他，踹得更有劲了，而且专踹女子那隆起的两瓣儿圆，他踹得有滋有味，很过瘾。

女子一脸大汗，脸红如粉，更加俊俏。她不再大哭，而是哀求地对围观的人说:"大爷大娘大叔大婶大哥大嫂姐姐妹子,救救我吧,我一定报答你们!救救我吧,我在那边已经登记结婚了!"

人们仍是笑,七嘴八舌:"哪个小伙子都一样,都是一样的玩意儿!"

"我们十二里段水土好,有好日子过!"

"有啥怕的,新结婚都这样,第一晚上挺住,第二天就差点儿啦!"

下面就是更难听的话了,有妇女说的,有小伙子说的。女子绝望了,无可奈何地任凭韩家哥仁拖着走。

韩家哥仁把女子拖进韩家西屋,那女子背对着窗户面向北墙埋着头抹眼泪,涌到外屋的人见韩夏冬跟着两个兄弟出来了,就七手八脚地把韩夏冬推进屋,说:"进去整她!"

正是热晌午,韩家把门窗都摘下去了,人们如妈蚁蠕动在院子里,顺着窗户瞅着屋子里。

韩家除了三个光棍小子,还有父母和一个妹子,妹子、父母和韩秋冬、韩春冬住东屋。

韩夏冬和女子并着肩倚着炕沿站着,面对着北墙。北墙下是一个旧柜,柜旁有个瓦缸,装的什么谁也不知道。柜的旁边还有一个木凳。炕席已经破了几个洞,炕席很脏,上面扔着烧半截的火柴棍儿和烟灰,炕头放着两床褥子、被子,也都挺旧。在院子里的人喊着:"整她,整她。"鼓励声中,韩夏冬埋着头不动。

李来喜伏在窗台上看看屋子和炕上,对喊叫的人说:"这都不合法,属于非法同居。"

人们都愤愤然,白眼瞅他:"牛皮哄哄的,知道你说两句,不知道别鸡巴瞎用词!"

"快一边凉快去,哪儿都有你插一嘴。"

人们这么说着,也有些扫兴,都不喊了,到院子墙上坐着或到大门口阴凉处蹲着。

女子忽然转过脸来,瞄了窗外的李来喜一眼。李来喜很惊讶女子的大胆,忙转过身去离开了窗户。女子上了炕用笤帚扫炕,并偷着一眼又一眼瞅韩夏冬的后背。她扫完炕就把褥子、被子铺到了炕上,窗外人一片唏嘘。

女子说韩夏冬:"站着干啥,上炕吧!"

窗外的人一阵骚动,有人慌忙地出了院子。

大大咧咧的邢娘们儿走到窗前,伏在窗台上对屋里说:"妹子,你得先洗洗!"

那女子埋着头整理被子,坐在院子墙上的小子们头上冒着汗珠,说邢娘们儿:"你洗过咋的?"

邢娘们儿说那些小子:"你们个小蛋子看什么,都滚!"

那些小子们嬉笑着,坐着不动。邢娘们儿抓起窗户下一把铁锨,端着冲向那群小伙子。小伙子们喊一声,叫嚷着如鸭子一般冲出大门,四散跑开。邢娘们儿没打着小子们,见李来喜站在大门口里和韩秋冬、韩春冬讲说着什么,她走过去,说:"大牛,别瞎扯了,给你铁锨,看着那帮小蛋子别让他们进来!"

邢娘们儿走到了屋门口,对韩夏冬的妹子说:"给你嫂子弄一盆水,让她洗洗!"

韩夏冬的妹子正在外屋扫地,放了笤帚进东屋找洗脸盆子。邢娘们儿又转过身去,朝大门口喊:"韩春冬,别听他瞎牛性了,把你嫂子屋的窗户上上!"

邢娘们儿见韩春冬安西屋窗户,韩家妹子也在外屋端着一盆水朝西屋走去,就朝大门外走,临出门,对正和韩秋冬说话的李来喜说:"哨一会儿赶紧走,别上屋了,人家两口子有事要干!"

西屋窗子安好了,韩春冬还伸进手去把窗帘挂上。屋子一黑,女子见妹子端进水来,她叫一声:"小妹,等一会儿!"

她对小妹悄声说:"你拿来一页纸,我……坏事了!"

妹子看一眼站着的哥哥,韩夏冬听见这句话了,什么也没表示。姑娘到东屋找来三四页白纸,递给嫂子就出去了。女子在炕上"哗啦啦"

鼓捣纸,韩夏冬没敢回头去看。

一会儿,女子鼓捣完了,嘀咕一句:"这屋太热了!"摘了窗户帘,朝外面看。院子里空了,大门旁那个说这"属于非法同居"那小伙子正站在阴凉处和韩秋冬说着什么。正午的日头很毒,村子很安静,人们终于受不了这炎热,也为了下午干活儿,都进家睡午觉了。

女子掀开上边的窗子,喊李来喜:"村长,村长,过来一下!"

李来喜和韩秋冬停止说话,都朝大门口看,以为李商隐来了。大门口没人,他们又瞅女子,不知道她在喊谁。

女子就指着李来喜,说:"你,我说你,来,我有事!"

李来喜犹犹豫豫地走过来,站到了窗户下,烈日下,李来喜脸上淌着汗,村子里什么动静也没有。韩春冬躺在房后的阴凉地睡觉去了,韩秋冬也坐在大门口的墙下阴凉处发呆,睡意袭扰着他。

"村长,我问问你下午我可以进田干活儿吗?"

女子跟李来喜说,手拈着一个纸蛋。那纸蛋掉到了外面的窗台上,女子神情紧张,一个劲地瞅窗台上那纸蛋。

李来喜说:"我不是村长,干不干活儿你自己随便。"李来喜说着,瞄了两三眼那纸蛋。

女子说:"下午我在家歇着了,晚上有月亮地我去干!"

李来喜随口说:"行吧!他漫不经心地拿起窗台上的纸蛋,抓在手里,说:"太热了,我也回去睡觉。"

女子的脑袋缩进了窗户。李来喜朝大门外走。

李来喜家在村子西头。他走在街上,街上的阳光肆意地流淌着,没有一个人影,路旁有猪趴在墙的阴凉处哼哼,一只狗伸着舌头坐在旁边。李来喜跨过公路,进了西街,家家的门窗都关着,有的窗子传出来沉重的鼾声。

李来喜进家时屋子很静。他母亲早亡,姐姐出嫁,只有他的父亲在。父亲躺在东屋炕上睡觉,他进了西屋,西屋没人住,炕上、地下都是农具粮食什么的。他把攥湿了的小纸团慢慢展开,纸上出现了一行大黑字:

"求求你,救我!"李来喜细细地瞅那字,那字是用黑炭写的。他想了想,这炭是点烟烧了半截的火柴,炕上就有。他到外屋找来火柴烧了纸。

李来喜走到东屋,父亲躺在炕上睡,呼声不紧不慢地响着。他头朝里躺在炕头上,望着屋顶,想这事该咋办。他觉得这个姑娘有点儿怪,你既不同意亲事,为什么结婚那天逃了又来取东西?那几件东西就那么值钱?

"这事和我没关系,我要是帮助她了,对不起韩家,乡亲们也会恨我。我不帮助她,她在韩家住下去,算什么呢?她和韩夏冬没登记,这种不登记的婚姻倒是常事,狼甸子这几年时兴。要结婚,又不到年龄,乡里不给开证明,就先生子后领证呗。可今天听说这女子在那边和别人登记了,就是已经结婚了,再在这边结婚是要犯法的。"想着想着,李来喜想找他那本翻烂了的法律书看看,又懒得动。是又怎么着,不是又怎么着?这事在狼甸子多了,民不举官不究。韩家跟李商隐央求结婚时也说过:"让她给我们生个小子就完事!"小子出世,她一放生,回到那边去,不就完事儿了?

"难人的是她求我救她。她求我,我能不管吗?她可把希望全寄托在我一个人身上,坐视不管岂不真是瞎牛皮了。"

他坐起来,怎么救?这大晌午走进韩家带上她就走?不说韩秋冬坐在大门旁,韩夏冬在屋里看着她,就是在街上也有碰上人的危险。

父亲的呼声停了,翻个身,吧嗒几下嘴,又睡过去了。

他躺下想,有什么好办法呢?他反复地想,脑海里一个劲儿出现那女子出现在窗户上的情景,她下午要下田干活儿,是不是想趁势逃了?后来又说不干了,说晚上走?对,她说得是这个意思。

李来喜有些困了,他侧过身去,面对着墙,合上了眼睛。

日头慢慢地向西移动。

父亲醒来的时候,见儿子李来喜伏在地上的缝纫机上看一本书,父亲不大高兴,说:"下午我去河东薅谷子地!"

狼甸子的六月正是农忙季节,刚锄完地,谷子忙着薅,高粱、玉米忙着趟，麦子也黄穗了。炎热的天气和繁重的活计，整得人烦躁躁的。村街田野到处都是汗流满面和背部湿透的庄稼人，三顿饭好赖做一口吃，草草喂喂猪鸡就奔田里。干一天活儿，晚饭后哪儿都懒的动了，个个累的上炕都得拽猫尾巴，除了睡觉没别的想头。

李来喜是日落西山、天地间有些黑模样时回村的。天空上的最后一抹余晖已经消逝，田里有零星的庄稼人往村子里走，远远看去影影绰绰的，有女人在野地里喊孩子。村子被夜幕罩住了，有的烟囱升绕着炊烟，烟拧着劲往高爬，就像翘起来的牛尾巴。猪群进街声，水桶撞击井台声，碗筷碰撞声，狗叫声混杂在一起，搅得村子一片混乱。

李来喜薅了一下午地，累得两腿生疼，前几天下了一场雨，草和苗一齐长，根子扎得老深，很难薅。他从村东进村，正好路过韩家大门口。走到韩家大门口，大门开着，有几个孩子围在大门口往院里看。他问孩子们："看什么呢？"

孩子们说："看新媳妇呢！"

夜色里，这些孩子叽叽喳喳，朝大门里探头探脑。

李来喜到大门口停住，朝院子里瞄。那女子站在屋门口，和韩家姑娘看着猪吃食，两个人正说着什么。韩秋冬蹲在屋门口，端着碗吃饭。李来喜犹豫了一下就跨进大门，他感到自己的心脏跳得有点儿急，他克制着自己。两个姑娘停止了说话，看着李来喜。窗子亮着灯，灯光射在院子里，白白一片。李来喜大声问："二哥，你看没看见这院里有个自行车钥匙？"

韩秋冬端碗站起来，说："是大牛呀，自行车钥匙丢了？"

李来喜说："那可不，我晚上还有事呢，开不开自行车了！"

韩秋冬说没看见这有自行车钥匙，毕老头和韩春冬也走出了屋门，问什么事，听说李来喜自行车钥匙丢了，见李来喜在院子里低着头寻，也都帮助找。那女子站在猪食盆子旁，盯着李来喜。

李来喜走到西屋窗台前，趁韩家人都低着头在院里寻，把一个纸蛋儿放在窗台上，然后朝大门口寻。韩秋冬说："你没丢到别处？"

韩春冬说:"这黑乎乎地瞅不清,明天再找吧!"

李来喜忽然在他白天站过的那地方叫起来:"谢天谢地,在这儿呢!"韩家人看见他从地上拎起来一个东西,走上来看,果然是一把钥匙,一边还拴着一个自制的塑料花呢!

李来喜往外走,韩家人都客气地留他吃饭,他说不了,就跨出了大门,并听见他对孩子们嚷:"瞅啥瞅,瞅到眼睛里拨拉不出来,黑啦,回家睡觉吧!"随着嚷声,他消失在街上了。

吃完晚饭,李来喜到院子里骑了车子,慢慢地驶到了街上。街很黑,白天的热量还在街上滞留着,有的人坐在家门口歇凉,这儿一堆那儿一堆地说话,絮絮叨叨如梦语。很多人家窗子亮着灯光,白天的事情没给他们留下多少话题,那样的事在村里时常发生,时过境迁,没人当成什么大事,何况这农忙季节里累得裤子掉了都懒的提。

李来喜骑过公路,进入村子东街,黑色淹没了他。

吃完晚饭,韩秋冬、韩春冬坐在院子里乘凉,韩家老头、老婆坐在东屋,韩夏冬老早就到西屋等上了。他怕人们注意上他的屋,没有开灯,也不抽烟,坐在炕边上听着外屋的动静。

韩夏冬"媳妇"和毕姑娘在外屋刷碗。毕姑娘穿一身打补丁的衣裳,干瘦的身材,小脸,黄头发。她不叫嫂子刷碗,一个劲地往西屋推她,但她嫂子说在家干惯了,执意要干。外屋收拾完了,毕姑娘没活儿可干。她这个嫂子仍是扫地、擦锅台,动动这儿,鼓捣鼓捣那儿。毕姑娘有些奇怪,以为她怕和哥哥睡觉,后来看出嫂子确实是干惯了,把什么东西都收拾得那样井井有条,干干净净,就进屋去了。

很晚了,韩家新媳妇走进院子,叫两个坐在院子里的小叔子进屋睡觉,说是早点儿歇着明早干活儿。本来两个小叔子想要再坐一会儿,新嫂子叫进屋,又加上说得有理,就扔了烟头进东屋睡觉去了。

新媳妇进了西屋,见韩夏冬坐在炕边上傻等,不由分说,脱鞋上炕,边脱衣裳说:"别坐着了,睡吧!"说着,脱了衣裳钻进了被窝。

韩夏冬脱了衣裳,钻进被窝就动手动脚。

新媳妇说："我坏事了！"

韩夏冬问："坏事怎么了？"

新媳妇说："这个还不懂？"

韩夏冬不听，强行上去就动手。新媳妇猛然把他推下去，说："那会大出血死人的！"

韩夏冬实在控制不住，又往媳妇身上趴。媳妇说："两天就好，你急什么！"见他不听，就说："你下去，我上趟厕所回来再……"

韩夏冬就下去了，他想：答应就行，太急，显得自己太没身份了，说到底自己也是男子汉呢。

媳妇穿衣裳。韩夏冬急不可耐地说："穿衣裳干啥，黑天也没人！"媳妇说："万一碰上人看见呢！"媳妇穿完衣裳，下地开柜拿了什么。韩夏冬问："你干啥？"

媳妇在黑暗中说："拿纸，一个大男人多什么嘴，老实躺着你的得了！"媳妇关了柜出去，脚步声朝房后走去。女子拎着包袱，从后墙跳出去就是后趟街。这趟街的北边房子都是新结婚的青年盖的，没盖完，还没人住，房子门和窗子都是黑洞洞的。女子跳下墙，街上影影绰绰一个人，那个人咳嗽一声，她走过去，那个人背对着她，腿叉在自行车上，对她说："坐上走！"

李来喜带着女子出了东街上公路时，看见村西街旁影影绰绰的有人坐着，火光一闪一闪的，村子上空是群星。

李来喜带着女子顺着公路往北走，谁也不说话。李来喜听见了女子的喘息声，喘息声很重，可能是吓的。出村时，北边公路边走来一个人，要碰面时，那个人站在公路边。黑乎乎的，相互看不清。

"这是谁呀？看见我家毛驴了吗？"

李来喜听出是邢娘们儿，不作声，低着头用力向前蹬着车子。邢娘们儿嘀咕："哪个村儿的，这时才往回走？"

这条公路通向镇子，北边村子的人去镇子赶集什么的都走这条公路，晚上有赶路的也是常事，这个村子的人早已熟视无睹。

出了村子,路两旁是田野,黑茫茫的,远山也隐去了身形。村子的声音渐渐遁去,房舍也看不见了,李来喜飞快地蹬着车子,问:"你是哪儿的?"

"温都河!"女子答。

温都河和十二里段不是一个乡,中间隔了一条小河,相距六十多里,且山道多。李来喜问:"我把你送到哪里?"

女子说:"你把我送到那条小河边,那边的路我就熟了,说不定他会来接我。"

夜色更浓了,路向后面移去,李来喜骑得浑身是汗。他对这一带都熟,头两年他常开茄子到这边村子卖,他无须认路,凭感觉也走不错,到张家围子村前梁下公路,上便路,贴着张家围子村西过去,再往前走就不路过村子了,两旁是田野、大山和洪水沟什么的。

"你叫什么名字?"女子在车后座问。

"李来喜。"

"有媳妇了吗?"

"哦,这个……"

土路很不好走,车子蹦跳着,吱吱嘎嘎的声音在寂静的夜里传得很远。李来喜说:"后面有灯光或动静就告诉我一声!"

"他们会来追?"

李来喜不作声,气喘吁吁地蹬着。小河边到了,如一条小蛇弯弯曲曲横在前面,河那边是一片树林子,挡住了前面视线。回首是山,路是从山空子穿过来的。两个人下了车子,李来喜喘着,女子站在他面前,说:"谢谢李大哥了,我给你磕个头吧!"女子要跪下,李来喜忙说:"别,我讨厌这个。"

女子说:"那怎么报答你,你提什么条件我都答应!"女子走近他面前。他感觉到了女子的喘息,周围是茫茫黑夜,一个人也没有,做什么事都没人看见。李来喜一想到把她从一个男人手里带出来,她要去见她爱着的小伙子,就觉得跟这女子提什么条件都没意思,便说:"你走吧!"

那女子突然扑到李来喜怀里,紧紧抱住他,哽咽着说:"李大哥,你真是好人,我永远忘不了你!"

李来喜心跳加速,有些激动,他没有勇气推开女子,大胆地摸了摸女子的头发。这是他第一次和女人这样,第一次摸女人的头发,头发很光滑,很柔和。他有一种异样的冲动,但他控制着,他想:"我要干那种事可太不是人了,这女子岂不是逃出狼窝又入虎口?我李大牛可不能那么缺德。"他把女子扶起来,并不推开,扶着她的肩。他想救她一回这么扶一会儿的权利还是有的。他问:"有一个事我不大明白,你不同意这门亲事,为啥还来结婚,跑了为啥又返回来?"

女子抹着眼泪说:"我偷着办了结婚证后,母亲说花了人家钱,韩家打发了一个姓李的老头来逼债,我家拿不出钱,妈妈逼我成亲。我和他商量,先假装结婚,然后私奔,这样就没我母亲的事儿了。我是把结婚证藏在包袱里带到韩家的,逃走时,包袱没能带出来,只得返回来取。"

这时,河对岸有手电光,一闪一闪的。李来喜提醒女子,说河北边有人,要小心。女子转过身去看看手电光,说:"他来接我了!"

李来喜问:"你们打算到哪儿去?"

女子说:"他辽宁的朝阳有个舅。我们投奔他舅去。"

李来喜点点头,说:"你走吧!"

女子忽然抽泣起来,退后几步,转身走了,脚步声逐渐远去,消失在夜色里了。

李来喜望着小河对岸,直到手电光不再闪动,他才回过神来。他忽然有些思念那女子,那女子好可怜又好懂事,要是自己有那么一个女子……他心里空荡荡的。

他骑上车子往回走。远处是大山,连绵起伏;近处是田野,夜色很浓。他迷迷糊糊地走,他想,自己干了一件对韩家、对村民都很缺德的事,村里人知道了非得把自己杀了!

我听李来喜说完,不知道该说什么好。他是喜欢吹牛,这个事他干出来真出乎我的意料。我可不能跟韩春冬说这件事。

第六章　知青进村

一

第二年的春天，全公社的村子大多村庄都来了城里的知识青年，我们村也要来知识青年了，最先得到知青要到村子里安家落户的是吴金全，他说是在大队听于书记说的。开始我和韩春冬不大相信，周围很多村子来的知识青年有镇子的，有赤峰的，有沈阳的，有天津的，还有北京、大连的，口音南腔北调，给这古老的狼甸子带来了新鲜空气，唯独我们村没来。村里人都盼望也来一伙知识青年。过了春天，夏天来临，全村子人都知道要来知识青年了，村子里的人心动了。接着，齐志才就到各家安排知识青年住宿的地方，住在后院的大哥家安排住四个女知识青年，二哥家住四个男知识青年。我们三个在试验田干活儿，也议论这件事。吴金全说："知识青年来了更不好，他们不来我们在村里是有文化的人，他们来了就显不着咱们了，要是大队安排知识青年到试验田就更不好了，那不是把咱们顶了吗！"

我不置可否。

六月份，知识青年果然来了。大队通知全村人都到村头迎接。全村人心里都喜滋滋的。

我吃完早饭就开始收拾屋子，母亲也捣着脚帮着忙乎，不时还指挥我一两句，准备到村头去迎接知识青年。不但我按照大队通知没进试验田，大田干活的社员也没有出工，全村男女老少都接到了大队的通知，日头一竿子高后到村头欢迎知识青年。

我把屋子收拾得差不多了，打量一下自己的衣裳，觉得应该换一身没有补丁又干净一点儿的，就翻箱倒柜，找出一件褂子，一条蓝布裤子，穿好，临出门才想起应该到二哥家看看他家给知识青年腾出来的屋子收拾好了没。

我到后院的哥哥家,奇怪哥哥、嫂子怎么躲在屋子里没动静。二哥是队里机井的机器工,这几天正忙着浇地,今天也没出工。我走到东屋门前,侧耳细听,屋子里有说话声,好像在商量什么。我为防万一,没有冒失地推门,而是敲门。嫂子拉开门,笑着说我:"贼头贼脑的干啥?"

我问:"你们关着门鼓捣啥呢?"

嫂子有点儿不好意思,说:"你这话说得,难听!"

嫂子以示没做暗事,把门全敞开。我见哥哥站在炕上,正试穿一条洗过的蓝布裤子,哥哥嫌裤腿长,抱怨嫂子懒,没抽时间收拾一下。

嫂子对我说:"看,你哥打扮呢,要娶新娘儿了!"

哥哥白了嫂子一眼,说:"别胡扯!"

嫂子质问道:"不娶新娘儿那么打扮干啥?告诉你吧,人家是来扎根的,不是来出嫁的。"

哥哥红头涨脸,没好气地脱下裤子,去穿他的旧裤子。

我想,哥哥的想法怎么和自己一样,说老实话,自己也在心里点点滴滴地敲小鼓,说要跟知青如何如何倒不是,但总有那么一种情绪,就是很想看看知青长啥样,心里编织了好多令她向往的故事。

我怀着一种杂乱的情绪走出家门。

日头跳上东山头,天气便很热了,街旁站了很多人,村口也聚了一堆人。女人敞着怀,露着棉花团似的奶子。老头叼着烟袋蹲着吸烟,烟袋锅上慢悠悠地升绕着蓝烟。小伙子们抱着膀站着说话。姑娘们搭肩搂背品衣评辫。孩子们在大人中间钻来钻去。

我往大队走。于书记昨天通知,今天早饭后大小队干部开个会,我也参加。我从街上走过,人们都看着我,我在众目睽睽之下走道很不自在,我的第六感官感觉到人们的眼光在我身体四周不留情地扫描,我的皮肤麻麻的,迈的步子就不稳当,心也发慌,不知道挺着胸好还是扬着头好。每有大的场合,我就好像独立站在光天化日之下那般无地自容。我喜欢独处,大队让我当农业技术员,让我负责一片试验田,正合我意。我天天和两个人在试验田干活,远离大帮社员,随便想点儿什么都可以。

　　我到十字街往左拐,走在前边的小队副队长"李喳喳"李发边跟街旁几个小伙子说笑,边朝大队走。李发没考上中学就下了庄稼地。他个子中等,干瘦,看上去挺精明。我怕追上他,就放慢脚步。我想,李发为啥这么高兴?因为知青要来吗?我忽然意识到,自己为什么这么猜测李发呢?

　　大队的其他几个干部已经到了, 李发坐在靠里边的一条木凳上,于书记坐在炕上,盘着腿,叼着烟袋,埋着头抽烟。他瞥一眼进屋的我,扫一眼地上坐在木凳上的人,说:"李发,往一边靠,给他让个地方。"李发往一边挪了挪屁股。

　　我犹豫一下,说身边吸烟的大队会计齐志才:"往那边点儿。"靠着齐志才坐在凳子上。

　　于书记说:"人到齐了,咱们开会,趁这会儿研究一下欢迎知青的事,就是再明确一下分工。今天做什么就不用重复了。下午吕斌带着知青们看看村里的地,顺便向知青们介绍一下村里的情况。 "

　　于书记看着我,我点头,我为干这差事昨天一宿没睡好。

　　于书记看着其他干部问:"别人还有啥事吗? "

　　李发忽然往于书记面前探了探身子,问:"知青都给小队做劳动力吗? "

　　于书记不回答。他也有他的打算,村里有文化的人少,知青们属于大地方来的人,见多识广,自然个个都是人物,大队图书室、医疗所、小学教师都想从知青里选,可选谁呢? 于书记打算先不急,过一段时间再说,就说:"除了知识青年点做饭的都听你安排。"

　　于书记笑着问我:"你试验田也增加一个人,你想要丫头还是小子? "

　　我想到了吴金全的担心,说:"我啥也不要,我们自己干! "

　　于书记说:"好啦,就到这儿。"

　　日头已经升一竿子高了,天气热了,全村人都聚在了村头,个个汗流满面。小学生们在路旁一字排开，个个拿着纸糊的小红旗，李芳红指挥妇女们接着小学生们往村里排，她对妇女们说："车一过来，就这样跳。"她做着动作，说："喊'欢迎欢迎'！"姑娘们学着她做动作，很笨，媳妇们则笑，不好意思，有人说不会做。李芳红说："看过电影吗？外国人一来，路边上的人就跳着喊'欢迎欢迎'！"有的人还是说不会。

李芳红不高兴了，心里骂道："这些笨蛋！"她问："会吃吧？"

再没人吱声了。

李发汗流满面地吼叫男人们，有不听话的，他还踢上一脚或骂几句，将紧张的气氛弄轻松了许多。二哥也挤在人群里，他还是穿着那件洗干净的旧衣裳，戴一顶绿布帽子，帽子舌头耷拉着。他很守规矩地排队。于书记蹲在路旁，叼着烟袋望着通往公社的乡间土路，烟袋锅不紧不慢地冒烟。通往公社的土路没有人影，路面上弥漫着燥热。人们望眼欲穿，急切的心都快跳出嗓子眼了。十二里段人的节日马上就要到来了。

二

傍晌午，两辆瞪着大眼睛的汽车拖着尘烟朝村子驶来，等待的人们立刻有了精神，个个往前探着身子，踮着脚，伸着脑袋望。

汽车轰隆隆地驶近了，车厢前面插着红旗，坐在车上行李上面的姑娘、小伙子们都探起身来，惊喜地望着这些尘垢满面的庄稼人。进入夹道欢迎的人群里，小学生挥舞着小旗喊着号子，村民们招手或好奇地看。第一辆车上忽然单腿跪起一个又瘦又黑的男青年，连连振臂高呼："向贫下中农学习！""向贫下中农致敬！""扎根农村干一辈子革命！"

车上的男女青年跟着狂吼，吼的乡亲们心里热乎乎的，有的热泪盈了眶，也个个跟着伟大起来。我在电影广播里听过这种口号，总觉得有点儿不实在，我就想过，吼完了剩下那久长的日月怎么办？今儿个我的心房也震颤了，身子也热得不行，我感到这两车青年千里迢迢跑来，是真心实意来扎根的,当于书记威武雄壮地振臂高呼"欢迎毛主席指示到十二里段""坚决当好贫下中农"时,我也同乡亲们一齐跟着大喊起来。

村庄在口号声中热烈起来,昏睡的房屋睁开了惺忪的睡眼,惊喜地打量这张新的面孔。

汽车一从人群中穿过去,人们就尾随着汽车朝大队走,车上的青年向人们招手。于书记走在最前面,对车上那些男女青年喊着口号,人们也跟着边喊边走,那阵势,让人联想到蒙古族打猎——追着喊!

老会计扎着白布围裙站在大队门口往这边看,拎着一只水瓢,见车朝大队驶去,他慌慌张张地往院子里跑,引得这边的人大笑。

车进了大队院子,人们也围住了大队门口。知青们跳下车来,跑到门口和人们握手,亲切地叫着大爷大娘叔叔婶婶大哥大姐大妹子兄弟。孩子们见这阵势吓得哭着往大人裤裆里钻。小伙子、姑娘们红着脸往后退,只有老贫下中农们和知青们握手。

于书记站在院子里招呼大家开欢迎会,知青们往大队会议室走,老会计托着围裙从厨房用水壶往会议室拎水。开会是当官的事,村民们自知历史使命已经完成,自动散去。女人们谈论哪个姑娘长得好看,哪个小伙子精神,个个长着白脸子,屁股也都那么圆,真想上去摸一把,接着是一阵浪笑。

街上很快人影稀疏,热闹的气氛还残留着、弥漫着,好像划一根火柴就能重新燃起来。

吃过中午饭,我没有睡午觉的想法,老惦记着那帮知识青年,可惦记什么也说不清,我走到大门口,刚吃过午饭的乡亲们三三两两地站在各自的家门口。我怕人看见,急忙返回屋子里。母亲在碗架子底下的坛子里往外掏鸡蛋。家里只有十颗鸡蛋。我问母亲:"拿鸡蛋干啥?"

母亲转过脸来说:"给知青送去!"

我不明白,问:"送给他们干啥?"

母亲说:"大老远来了不容易。"

我说："十颗鸡蛋管什么用,那么多人。"

母亲说："喇叭不是说'哪儿去知青了,大娘送鸡蛋'嘛!"

我皱皱眉头,说："你咋这么气人。"

母亲不为所动, 说："我是顺便打听一下有你老姨家的孩子没,有一个在车上时我看着像呢!"

我说："得了吧,我老姨家在朝阳,人家这全是沈阳的。"

母亲望着我问："全是沈阳的?"

我说："那还有假。"

父母是一九四四年结婚坐一辆牛车来到了狼甸子,母亲常念叨老家,怀念她儿时的同伴儿。这些远方的知青一来,她又动了思乡之情。

母亲用衣襟儿兜着鸡蛋出了门,朝青年点走去。顺着街朝西走,出了村口就到青年点了。青年点是青年来之前,上边拨款让本村人建造的。她想自己来的那年差点儿饿死,非常希望别人送点儿吃的。这些孩子从沈阳跑来,没爹没妈,又没个家,一定饿,又想家,说啥也要给他们送点儿东西,劝劝他们别想家。

母亲进了青年点的院子,听见屋子里又唱又叫。一个女知青扎着裤腰带从房后转出来,看见进来个老太太,迎上来,警惕地问:"你是谁?"

老太太说："你该叫我郑大娘。"

那知青问："你是贫下中农吗?"

老太太说："是。"

那知青问："你有啥事?"

老太太眨着眼睛看着这个女知青,中等个子,四方脸,脸上有几个麻子坑,眼睛不大却盯人很毒,显得很干练。郑老太太问:"你们来的知青里面有姓王的吗?"

那青年问："你问姓王的干什么?"

老太太说："我打听一个人。"

那知青说："我就姓王,叫王立敏。"

老太太问："你是从朝阳来的吗？"

王立敏摇摇头，说："我们都是沈阳的。"

屋里出来一个男知青，细高个儿，黑瘦，老太太认出是车上带头喊口号的那个。那男知青朝这边问："王立敏，老太太要干啥？"

王立敏回过头去，说："大娘要找一个朝阳来的姓王的知青，我告诉她咱们是沈阳来的。"

那男知青问："老太太是贫下中农吗？"

王立敏说："老太太说是。"

"那就让大娘屋里坐吧。"那男知青说。

王立敏对老太太说："大娘，外边太热了，您屋里坐吧。这个男的也姓王，叫王小柱，是我们知青点的点长。"

老太太眨着眼睛打量王小柱，看不太清，就往跟前走。王小柱朝走廊喊了一声："哎，快出来，贫下中农看我们来了。"

立刻，门里涌出一群男女知青，纷纷把老太太围住，热情的不行，有的拉老太太去屋里坐。

老太太泪水又出来了，她又想起了她来这内蒙古时的苦劲，正是腊月，天下着大雪，她坐在牛车上好悬冻死。她对这些孩子说："刚到这儿是想家，住长了就好了。我刚来那阵儿也闷得慌，没处串门子，有了孩子一拖拉什么都忘了。说起来人来到世上干什么，就是受累、吃苦，不受不行呀。我来这儿白手起家，没少受累！"

几个女知青眼圈红了，她们真的想家了。王小柱忽然说："大娘你别说了，我们是接受贫下中农再教育的，想家那事不干。我们宁当雪山一棵松，不当大地一棵葱，宁上刀山，不走平川……"

老太太打断了王小柱的话，说："你这孩子二虎、缺心眼，放着好道不走，偏走什么刀山，你爹妈多惦记。"

王立敏忙往别处引："大娘，你也是辽宁人，那咱们也算老乡，在这内蒙古见着不容易。大娘你也是为了扎根来内蒙古的？"

老太太眼圈红了，说："我哪有扎根的福，婆婆家没地种，我们就想到北大荒开荒种地当地主，可是熬到土改还是个中农。"

众知青愕然。

忽然挤上来一个刀条子脸小眼睛的男知青，眨着眼睛扒看老太太的衣襟儿，问："大娘，你这拿的啥？"

老太太这才想起还带着十颗鸡蛋，忙说："这是给你们拿的。"就把鸡蛋往知青手里送。

王小柱和王立敏忙拦着说："大娘，这可不行，心意我们领了，鸡蛋不能收。"

老太太说："我这大岁数哪有什么'新衣'呀，就这几颗鸡蛋。"仍旧往知青手里塞。那刀条子脸知青接了四颗，王小柱说他："洪旗，别拿！"

洪旗拿着鸡蛋乐颠颠地跑进屋里。

王立敏指着自己的胸说："我说心意，不是'新衣'！"

老太太说："新衣旧衣都一样穿，往后干活没那么多讲究。"老太太送完鸡蛋，拍打拍打衣襟儿，转身捣着小脚走了。

众知青看着老太太走远。王小柱说王立敏："你给公社广播站写个稿吧！"王立敏问："怎么写？"

王小柱说："就说贫下中农送鸡蛋看望我们，并给我们忆苦思甜。"

众知青皆庄重地点头。

我坐卧不安地等待母亲回来。她从小长这么大，要干什么事我从来没有阻止过。今儿个怪母亲多事，喇叭上说送鸡蛋给知青那是宣传，真要那么做多虚假，让乡亲们知道了不笑话，还想当模范咋的？可我又不好发作，在屋里打转儿。

院子没有动静，我不停地顺着窗户往门口望，终于，母亲进院了，母亲进屋，我见母亲眼圈发红，知道她又给知青们讲那些陈芝麻烂谷子的事了，就没好气地坐在炕上，倚着被服垛闭上了眼睛。

我不知不觉地睡着了。上工的哨子声叫醒了我，我麻利地起来，匆匆出了门。

我拐过街角，见大队门口围了一些社员和孩子，院子里传出了乐器声。我听着这种乐器声有点儿特别,熟悉又不熟悉,听声音不是一种乐器。

我一进大队院子,院子里散布着知青,四个男知青捂着嘴晃着脑袋吹一种乐器,声音像小学校那种脚踏琴,门口的孩子们和社员们就是在看他们。于书记和李发蹲在大队办公室门口,眯着眼睛看着四个男知青吹。我想于书记可能正在挑选大队的脱产干部。李发呢,是不是也要选一个小队会计?

我隔着窗户看见屋里几个知青光着膀子在办公桌上下棋,我就走到门口旁的树荫下站着。

树荫下不远处站着个刀条子脸的男知青,正摆弄着一根树枝,无精打采地看着四个知青吹乐器。他看着我,眼光亮了一下,但很快又转过脸去。我发觉知青的眼光有些慌,就有几分不自在,想离开这里,看看四周无处可去,依旧站着。

四个男知青吹的汗流满面,他们反复吹一支歌《可爱的家乡》他们见于书记、李发和门口的孩子、社员们都对他们有兴趣,才不辞辛苦地一遍一遍地吹。

我听着听着,也有些动情,我猜测不出知青们吹的《可爱的家乡》指的是沈阳还是这儿。我忽然遗憾起来,自己既不会唱歌又不会什么乐器。

我感到身边那知青不安分起来,通过眼角余光见那知青偷偷地瞟我,无所事事地靠过来,我有点儿紧张。那男知青走到离我两步远的地方停下了,又站定瞟那四个吹乐器的知青。忽然,男知青问:"你是吕技术员吧?"

我转过脸去,见那男知青摆弄着树枝,便看着他。我奇怪他怎么知道我,就说:"是。"

男知青好像看出了我的疑问,说:"上午的欢迎会上,于书记介绍会有一个技术员带着我们参观,我猜是你。"

我觉得没话可说,停一下,又觉得人家主动搭话不回敬有失贫下中农身份,问:"他们四个吹的是什么乐器?"

男知青说:"口琴,我们叫它拉屁股眼儿。"

我大吃一惊,脸热起来,我没料到男知青会说出这么一句粗俗的话来。我朝于书记走去,该招呼知青们参观去了。

三

听到号令,知青们很快排好了队,个个在烈日下都很有规矩,看神态,都想给这里的贫下中农留下好印象。

带队干部是个四十多岁的中年人,戴着眼镜,站在于书记身边。我不好意思站在青年们的正面,就离于书记远一点儿,站在队列右前方。于书记从嘴上挪开烟袋,大声说:"知识青年同志们,从今儿个起,你们就是这个村的社员了。你们要和广大贫下中农一样干活儿、吃饭,要当好社员就得先知道自己的村儿有多少地,山山水水是个什么模样。今天下午让吕技术员带着你们看看!"

于书记讲完,带队干部表示没讲的了。于书记指着我介绍说:"这就是大队农业技术员!"

知识青年们鼓掌。我笑一下,点头,很不自在。

于书记又向我介绍知识青年,介绍完王小柱、王立敏,第三个知青主动举起手来,说:"本人洪旗,洪水的洪,旗帜的旗,这回来十二里段是大伙扛着我这面旗子来的。"

知青中有人乐,带队干部瞪了洪旗一眼。

我惊讶,这不是刚才站在门口和我说话的那个知青吗,一想到他说的那句粗俗的话我就对他没好感。我记住了他的名字:洪旗。

我带着知青们走出大门,围在门口的孩子们呐喊着让开一条路,夹道欢迎似的瞅热闹。我挺着胸走在前面。参观?姑且叫参观吧,路线是拟定好的。村子南边没有十二里段的地,地都在村子东、北、西三个方向,东边是甸子地,北边是二阴地,西边是山地。拟定路线时队干部们商量,既要看到所有的地,又要绕过瓜地。其实大家不这样说,我也会这么做的。

我带着知青们出了村东,跨过通往公社的大路,朝东甸子地走去。在跨过大路的时候,洪旗突然凑到我身边,问:"郑技术员,咱们公社为啥叫狼甸子?"

为了带知青们参观,我准备了三四天,把介绍的词背得烂熟于心,这几天觉都没睡好。可是,公社的名称来由我还真没准备过,因为这不属于介绍的内容。洪旗这么一问,我和洪旗那不安的眼光一碰,就增加了几分提防,这是个不安分的人。我原来以为带着知青看看地是很荣幸的事,现在看来很可能出麻烦。

幸亏我是土生土长的,对这里的一切都熟,我说:"听老人们说这儿原是草原,狐兔遍地,居住着蒙古族人,清朝时放垦,汉族人来这里垦荒种地,地名就保留下来了。"

我自然想到了父母来这儿的目的和一路上挨冻的情景,耳畔又响起了母亲说的那句话:"罪是人受的。"

洪旗问:"十二里段是什么意思?"

我说:"这儿原来是蒙古族游牧地区,清朝末年放垦,关里来的汉人开荒种地,公家分给一户人家一段地,一共是十二段,后来这儿有人落了户,就叫了十二里段。"

到了东甸子地,知青们欢快起来,喜气洋洋地看着这片长着高粱、玉米的平地,有一百多亩。

我说:"这片地叫东甸子,是咱们村最好的两块地中的一块,它在村东,就叫了东甸子。"

洪旗又凑上来问:"甸子是什么意思?"

我说:"是指放牧的草地。"

众知青不理解地看着我。洪旗说:"这不是人吃的庄稼吗,怎么是放牲口的地方?"

我喘气有点儿急促,气恼这个洪旗,说:"名字是前人留下来的,古时候这儿还是草地。"

母亲跟我说过,她来这儿时东甸子还是齐腰深的芦苇子,兔子、野鸡多得很,天气也总是雾蒙蒙的,现在草没了,连兔子影儿也见不着了,天气也常年晴着,夏日阳光还很毒。

我把这些跟知青们说了,知青们都沉默了。

洪旗嘀咕一句:"要是还有芦苇子,藏着玩倒不赖!"

王立敏忽然立起眉毛训洪旗:"你别乱说。"

洪旗不再作声。

东甸子地看完了,王小柱对知青们说:"参观了东甸子地我们很激动,贫下中农战天斗地,硬是把芦苇滩变成了米粮田,给我们做出了榜样。我们要向贫下中农学习,在这里扎根干一辈子革命。"

王立敏举起拳头高呼:"向贫下中农学习。"

众知青跟着喊。

我紧张起来,可别闹出什么乱子!看看地嘛,有什么激动的呢!

王小柱对我说:"吕技术员你也讲讲吧!"

我没料到会这样,我事前什么都准备了,唯独没准备讲话,我说:"该讲的都讲了,还是往下参观吧!"

王立敏又举起拳头高呼:"向谦虚的贫下中农学习!"

我很不习惯这一套,一向活跃的洪旗这时倒无精打采,我有几分同情洪旗了。

我带着知青们来到东河。这是一条北南走向的河,河宽丈余,本来河里有来往的摆石,头几天发了一场洪水,摆石没有了,河两岸积了很深的陷泥。我撒么四周可有过河的地方。远远的河这边的林子里有几个孩子在放驴,有的扑蚂蚱玩,到那边河岸水有一房来深,根本没法儿下去。

我转过身来对知青们说:"本来我们要到河东看看,可头几天发了一场洪水,河两边有陷泥,过不去了,大伙就站在这儿往那边看看吧。河东的谷子地就是咱们大队的。"

知青们望着河对岸的谷子地,谷子地有近百亩,谷子地那边是两座小山,小山那边就是座高大巍峨的大山,山顶上有一个架子。山的南边就是旗革委会所在地东山镇。

一个知青问:"那个有架子的大山叫什么山?"

我眯起眼睛遥望那座山,想到了山南边东山镇上的那所中学,我就是从那所中学毕业的,中学时代的生活历历在目,节假日,我就和同学们去爬这座山,站在山上看,这条河在一条大峡谷的中间流淌,自己的村子在众多村子中,很小,小的让人心里悠悠荡荡的。

我沉思地回答:"那座山叫枣山。"

有人问:"查布杆是什么意思?"我说:"查布杆是蒙古语,汉语的意思是枣。"

知青们兴趣更大了,都问:"山上有枣?"我说:"听说很早以前漫山遍野都是枣。"

"现在呢?"知青们急不可耐地问。

我想起小时候和伙伴们进镇子赶集,总是绕到山坡上找酸枣吃,那时候只有个别的沟岔里有枣树,头两年再上山上去找,除了杂草灌木,见不着一棵枣树了,全被人为地毁掉了。

我说:"现在早没枣树了,让人拔光了。"

洪旗失望地说:"和狼甸子一个色呀!"

王立敏制止他:"别乱说。"

王小柱又站在了知青们面前,大声说:"看了这山我们很激动,贫下中农同产生资本主义尾巴的枣树进行了坚决的斗争,我们也要向贫下中农学习,再上山见着枣树不要留情!"

我听着不舒心,要是有枣树多好,馋了就去摘点儿吃。想着,就冷冷地说:"枣山不是咱们大队的。"

王立敏问:"那枣树是谁拔光的?"

我没有回答她,我想:有贫下中农,也可能有地主富农,那算不算破坏呢?以前我还真没想过这个问题。

一个男知青问:"从东山镇去沈阳有路吗?"

我说:"有两条,哪条路都得坐完班车坐火车。"

王立敏惊喜地问:"你去过沈阳?"

我心情沉沉地摇摇头。

看完了河东地,我要带着知青们往北走。

王小柱忽然说:"我们还是过河去看看河东的地吧。"

我见王小柱看着我,我也觉得作为一个贫下中农不能太草率了,可是我很为难,说:"没地方过河!"

王小柱说:"从泥上走过去不行吗?"

我解释说:"那泥看着挺硬,踩上去就往下陷,越使劲拔脚陷的越深。"

王立敏忽然说:"不怕,红军爬雪山过草地都不怕,我们还怕这点儿陷泥?跟我走!"

王立敏挽挽裤腿要过河。

我觉得她太幼稚。不理会她的大无畏精神,转身顺着河岸往北走。

洪旗手一挥,说:"走哇,咱们还是跟着贫下中农走吧!"

洪旗带头跟上我。

走到泥边的王立敏觉得不行,赶忙朝人群追来。

沿着河岸朝北走,要经过一片柳条子地。柳条子这东西成堆地长,特别密,在里边行走非常困难。本来事先我是想绕过去的,快走到柳条子地时,发现村里的社员在柳条子地的西边干活儿,看见知青们走过来,都停下伸着脖子往这边看。女人们敞着怀,男人们光着膀子,个个尘垢满面,相貌寒酸。我不想让知青们看见这些"贫下中农",也不愿意让乡亲们看见自己带着知青们漫山架岭地疯跑,好像很不正经似的,就决定从柳条子地里钻过去。

我带头钻进了柳条子地,又闷又热的受不了。柳条子密的难以下脚,每迈一步都得用胳膊拨拉着柳条子,里面蚊虫又多,没走多远,我就大汗淋漓了,小褂也贴在了背上,裤子里边的裤衩和大腿黏在了一起，挺不得劲的。我后悔起来，还不如从社员们那边绕过去呢，真是死要面子活受罪。

知青们在我身后东倒西歪地前进，开始还新奇地嘻嘻哈哈，有的扑到地下还大笑一阵，不一会儿就都大口地喘气，谁也不说话了，显然他们讨厌在这里面走，又都不敢表露出来。王立敏忽然念叨起来："下定决心，不怕牺牲，排除万难，去争取胜利！"

王小柱高声说："我们要发扬红军长征爬雪山过草地的精神，向前进！"

我热的头昏眼花，顾不了后边的知青咋折腾，拼命地朝前走，尽量走得快一些，好早一些走出这片该死的柳条子地。

千辛万苦，我终于见到了空旷的田地，我跟跟跄跄地迈出了柳条子地，差点儿瘫坐在地上。我大口地喘着气，抹着脖颈上的汗，坚持着走到离柳条子地远一点儿的一棵大柳树下，站着等知青。洪旗最先走出来，他摇摇晃晃，汗流满面，两腿捣蒜般地朝大柳树走来，叨咕着："从小到大哪受过这个！"

我瞅瞅他没作声。知青们陆陆续续钻出来了，个个身上湿的像落汤鸡，男的衣衫不整，女的头发凌乱，像刚打了败仗的散兵逃将一样，在我身边跌倒一片。

一会儿都喘匀了气，一个知青问："这柳条子是干什么用的？"

我说："编筐、斗子、囤子、笆，用处多了。"

有不满情绪的知青们重新注意看柳条子，才知道这是庄稼人的宝贝。

有个青年叫："手表完了！"知青们都看自己的手表，一片唏嘘声，原来刚才只顾拨拉柳条子，没防备柳条叶子，手表罩儿都划出了印痕。我看着知青们的手表很眼馋，可惜自己还买不起一块手表。

一个女知青走到我身边，这是个中等个子，白面皮，大眼睛的姑娘，看上去很文静。她扒着我的手腕说："郑技术员，我看看你手表啥牌的。"

我捂住左手腕,脸热乎乎的,笑着,见众知青都瞅我,就说:"不让你看,名牌!"

那姑娘越发好奇,说:"进口的吧!"

姑娘非要扒开我的手看看,我犟不过她,只好由她看。

"你没带表?"那姑娘惊奇地看着我问。

我不好意思地说:"我没有表。"

众知青没料到他们尊敬的贫下中农技术员没有表,你看我,我看你。王小柱最先反应过来,大声说:"看见了吧,贫下中农又给我们上了艰苦奋斗的一课,我们要向贫下中农学习,勤俭节约,不以带表为荣。"

"这表咋办,扔了吧?"洪旗举着表问大家。

王小柱说:"我说的是精神,谁让你扔表了!"

再往西走是队里的瓜地,必须绕过去,这是事先商量好的。

绕过瓜地就是机井,也是参观的最后一站。我带着知青们朝机井走去。

四

知青们歇息三天,就跟社员们一样出工了,他们来的时间也巧,地都拾掇完了,庄稼正灌浆,没什么活儿,知青们跟着社员抽谷地莠子穗。

知青们一开始干活儿,李发高兴得不行,增加的劳动力全是大姑娘、小伙子,队里的活计还用愁吗?几天下来,李发发觉不是那么回事,他们中看不中用,干点活儿就这儿疼那儿酸的,还牵扯社员们也干不了多少活儿,就宣布放知青假,说让他们准备投入即将到来的秋割。

这天夜里,二哥和社员陈林、李福浇北甸子地,天亮后,陈林扛着铁锹来到机井告诉二哥:"北甸子地浇完了,机器停了吧!"

二哥正坐在皮袄上抽烟,他问陈林:"李福呢?"

陈林说:"后边来了。"

二哥扔了烟,说:"停了,回家吃饭,吃完饭来了浇西小洼。"

二哥去井下关机器。

李福来了,对井下走上来的二哥说:"黑天也看不见,碰掉这么多棒子,扔了可惜,烧着吃了得了。"李福示意自己抱着的十五六根青玉米穗。

坐在二哥皮袄上卷烟的陈林说:"烧它!"

陈林和李福都是三十多岁的汉子,成熟的庄稼人了,队里的规矩都懂,年年秋天,干活儿的社员都可以随便烧玉米吃,但不许往家拿,习以为常也就没人大惊小怪了。二哥熬了一宿,懒的往家跑,就说:"烧玉米吃,喝点儿凉水,咱们接着干。"

三个人把玉米剥了皮,在玉米屁股上插一根木棍,再把木棍插进地里,玉米就直立在地上了,玉米插了一片,三个人拾来干柴放在玉米上,点着的干柴"噼噼啪啪"地响,顷刻就闻到了玉米的香味。

火劲一过,三个人扒拉开灰,拔下烧的黑黑的玉米大口啃起来。

三个人正啃得欢,远远的四五个男女知青走来。二哥说:"知识青年来了,给他们留几根。"

李福说:"给他们留咱们就吃不饱了。"

二哥说:"不饱不饱吧,让他们尝尝。"

陈林说:"少给他们留两根就中。"说着从地上又拽起一根玉米啃起来。

知青们走近了,是王小柱、王立敏,还有一个叫尤静的矮胖子和一个叫高峰的瘦子。他们几个没事闲走,本来是想去瓜园转悠转悠,看见这边冒烟就朝这边走来。他们看清了地上插着的和三个人啃的是什么了。

二哥他们三个社员笑着说:"来来来,尝尝!"

四个知青看看玉米,又看看三个社员,面面相觑,好像遇到了什么大事。

三个社员也觉得知青们的眼光有些异常,不知道发生了什么事,不再让知青们吃玉米。

王小柱问:"你们烧的玉米从哪儿整的?"

李福觉得问的奇怪,说:"从玉米秧上掰的。"

李福心里想,这还用问,除了玉米秧哪儿还结这种东西!

王立敏问:"是不是从咱们队的玉米地掰的?"

二哥答:"是呀!"

三个社员不知道他们问这个干啥。

王小柱的眼光忽然凶起来,向前一步问:"你们是什么成分?"

二哥答:"中农。"

李福答:"贫农。"

陈林答:"中农。"

都是贫下中农,几个知青对望一眼,王立敏严肃地说:"你们不是贫下中农!"

三个人有点儿紧张,胆小怕事的本能占了上风。二哥强撑着说:"是,不掺假。"

王立敏问:"是贫下中农咋破坏集体财产?"

二哥说:"我们没破坏集体财产。"

王小柱一指地上烧熟的玉米问:"那是什么?"

陈林说:"这不是玉米吗?"

王小柱猛然变了脸色,勃然大怒道:"别装傻充愣了,动手,把他们抓到大队去!"

另三个知青上前。

二哥猛地站起来,沉着脸说:"你们新的,不懂队里的规矩,社员干活儿可以烧玉米吃。"

王小柱怒眼圆睁,说:"那是资本主义的规矩!"

二哥火了,太阳穴上的血管突起来,心想,你们是假革命,真捣蛋!你们没来,我们不也照样干活儿,照样烧着吃吗!二哥说:"你们有什么资格管我们?"

王小柱说:"谁破坏社会主义我们就和谁斗,不管是谁!"

王立敏叫着号说："对，就和你们斗！"

李福也站起来说："真是不知好歹，给你们留两根玉米留出毛病来了。烧两根玉米就是破坏社会主义，社会主义也太不经破坏了。"

"你说什么？"王小柱指着李福问："你好大的胆子！"

另外三个知青也瞪起了眼睛。

二哥也觉得李福的话说的有毛病，但他还在气头上，觉得这样说挺解气。

陈林也站起来，说："几根破玉米，有鸡巴啥好斗的。二哥，开机器，浇地去！"扛起铁锨走了。

王小柱大喝一声："不许走！"带领几个知青扑上来，夺下陈林的锨，抓胳膊的，抓衣领的。陈林怔住了，没想到他们真敢下手。

王立敏站在陈林面前，指着陈林的鼻子说："你最反动，要老实认罪，不老实就打倒你，再踏上一只脚，叫你永世不得翻身！"

陈林惊讶，吼着："你们想干啥呀，就这样接受再教育，动不动抓人，赶上土匪了！"

二哥上前推搡王小柱，三个知青放了陈林，又来撕扯二哥。王立敏趁机打了二哥一个嘴巴子，二哥急了，破口大骂："操你们妈的，熊人咋的，整整咱们就整整，老子怕你们咋的！"

二哥和几个知青动起手来。

李福看事情闹大了，忙抱住二哥，说："打不得……"

三个男知青趁机打了二哥几拳，二哥也觉得打知青有危险，就任凭他们打，不还手。"

王小柱累的气喘吁吁，说："把这几个破坏分子带到大队去。"

三个人都挺来气，烧几根玉米就成破坏分子了，还上大队，真是牛了！

可不去又不行，这几个知青没个完没个了，就吼道："上大队敢咬鸡巴咋的，走！"就气冲冲地朝大队走。四个知青气昂昂地跟在后面，像得胜的将军。

村子太小了,又太寂寞了,难得有什么事,知青们来了村里人就像过节一样,心里喜气洋洋的。尽管知青们吃的比创造的多,但带来的新气息是村里人无法换来的财富。听说知青们抓了几个烧玉米的社员,押送到了大队,就疯了一般涌向大队,顷刻间,大队院里院外就挤满了村民和孩子。得知抓到的是机工和两个浇地的,村民们遗憾。知青们倒是不了解村情,这三个人是村民中最老实的,有啥抓头。

我在试验田听说哥哥和另两个社员被知青抓到了大队,心头一惊,急急往村里跑,老远见大街上站满了人。我走到大队门口,见大队屋门口围着许多知青,情绪都很激愤。我站住了,不知道如何是好。忽然,洪旗朝大门走来,披着个褂子。我听说洪旗病了,因为知青近些日子怕干活,有的泡病号,我怀疑洪旗也是装病,就没当一回事,拦住洪旗问:"你们知青为什么抓人?"

洪旗看着我说:"我没抓,王小柱、王立敏他们抓的,听说是社员偷烧队里的玉米吃!"

我皱起了眉头。这些知青倒是啥也不懂,烧玉米虽然队上说不让,其实随便,他们多管什么闲事呢?我返身出了院子,回到家,告诉了母亲,母亲挺生气,摸摸这儿,看看那儿,说:"家来吃饭多消停,净惹祸。哪几个知青抓的?"

我说:"王小柱他们!"

母亲不言语了。我说:"听说他们还打了我哥。"

"凭什么?"母亲看着我问。

我想说"凭无产阶级专政",但母亲是接受不了的,就没作声。

母亲在外屋转了一圈,忽然往外走着说:"这些王八犊子这么心狠,不行,那鸡蛋我不给他们吃,我去要回来。"

我忙拦住母亲,说:"给人家的东西咋好要。"

母亲说:"他们吃我的鸡蛋,还打我的儿子。"

我说:"鸡蛋是你要给的,玉米也是我哥要烧的,怪人家吗?"

母亲无言。

最为难的还是于书记。王小柱他们把二哥、李福、陈林推进大队办公室,他还挺奇怪,听王小柱他们一说,不由得舒了一口气,他想说"烧玉米吃队里允许,算不上犯事,放了他们吧",可又说不出口。一个书记这么说话不显得思想太落后了,就拐个弯假装训三个人:"你们仨咋整的,偷烧玉米这不是犯法的事儿吗? 都回去好好想想,下次看谁还敢这么干! "又对知青们说:"他们三个一个是机工,另两个浇地,正是忙的时候,放他们走吧! "

王小柱说:"不行,这是阶级斗争在咱们大队的表现,一定要揭开斗争的盖子。"

众知青也围在门口挥舞着拳头喊:"千万不要忘记阶级斗争! 一定要和资产阶级斗到底! 不能放了这三个阶级敌人! "

于书记不以为然,这三个人是村里最老实的人,一脚踹不出个屁来,要说他们是阶级敌人,那村里就没好人了。

于书记对知青们说:"他们烧玉米不对,教育一下放了算了,过后罚他们工分。"

王小柱说:"不行,得斗争他们,让他们交代谁是后台! "

知青们吼道:"对,快说,谁是你们的后台! "

三个人低着头坐在凳子上,都不说话。二哥心里说,谁是后台? 是肚子! 但他没说出口,他不愿意再惹这些娃们发怒。

于书记想放任不管,又怕三个人让知青打坏了,可阻止又阻止不了。他真为这些知青头疼了。王立敏忽然说:"他们不说谁是黑后台,就把村里的四类分子整来陪着绑,一块儿批斗! "

知青们都吼好! 门外的和伏在窗户上的村民都吃了一惊。

于书记也不自在起来,不说话。

村里只有一户地主,那就是吴老四,是四类分子,是于书记的老丈人,一有运动虽然背地里说斗争吴老四,但明面上谁也没斗争过,只是应付形势,大家在批判会上念念批判稿完事,这些知青们不谙村情,碟子扎猛子不知深浅,竟要斗争于书记的老丈人。

于书记埋着头吸几口烟,终于抬起头,对知青们说:"这几个人算不上阶级敌人,批判行,批斗不行。四类分子可以批斗,我代表支部指示你们,要文斗,不要武斗!"

知青们高兴地鼓起掌来,他们的革命行动得到了党支部的支持,个个感到很幸福,这是他们到农村取得的第一个阶级斗争的胜利。

批判会要晚上开,这三个人怎么办,王小柱请示于书记同意,就把三个人关押在大队办公室的东屋,里屋门口由两个男知青看守,外屋由两个女知青看守,中午饭通知家属给送。

中午,我和母亲做好了饭,等着二哥回来吃,听说要往那儿送饭,我和母亲谁也不愿意去,母亲怕那些知青看见她,我也嫌丢人。

嫂子来了,大声说:"别给他送饭,饿着吧,看他还乱来!"

这么一说,倒打消了我的顾虑。哥哥犯啥罪了,不就是烧了几根玉米嘛!又是干活儿的社员允许烧的,怪只怪这些假充大尾巴狼的知青。

我带着一盒饭走进大队院子时,王小柱和王立敏都在院子里站着,看见我非常惊讶。

王小柱看看我拿着的饭盒,说:"吕技术员,你来干什么?"

我拍拍饭盒,说:"送饭!"

王立敏亲切地问:"吕技术员,你给谁送饭?"

我冷冷地说:"我哥!"

"谁是你哥?"王立敏和王小柱共同问。

我说:"吕洞天。"

王小柱和王立敏愕然。

王立敏很快回过神来,站到我面前说:"你哥犯了错误,他破坏集体财产,希望你支持我们的革命行动!"

我嘴唇动了动,说:"我这送饭不就是支持你们吗!"

王立敏说:"你和你哥是两条路线上的人,最好别接触,把饭给我,我送给他。"

王立敏接过饭盒,端着朝屋里走去。

我返身走到大门口旁的树荫下坐下来,等待哥吃完饭后带回去饭盒。这时,另两家家属也送饭来了。

一袋烟工夫,王立敏拿着空饭盒走来,我起来接过饭盒,刚想走,忽然想起一件事,对王立敏说:"我有几句话要跟我哥说。"

王立敏看看王小柱,王小柱威严地说:"可以,对他进行教育是好事。"

王立敏说:"你不能上屋,只能站在窗外说。"

我朝窗户走去,到了窗户跟前,我见两个社员正端着饭盒吃饭,哥哥坐在凳子上,倚着墙闭着眼睛打瞌睡。我敲了敲窗户,两个社员转过脸来看我,我指指哥哥,一个社员就推着喊哥哥。哥哥睁开眼,两个社员往窗户指,哥哥看见了我,麻利地走过来,伏在窗台上问:"啥事?"

我问:"饭菜咋样?"

二哥说:"行,菜咸了点儿。"

我说:"那就下次菜少放点儿盐?"

二哥说:"行。"

我说:"我走了?"

二哥挥挥手说:"走吧,走吧!"

我转过身去,见王立敏站在身后,我不理她,朝院外走去。

王立敏望着我的背影,麻木地站着。

晚上,大队会议室灯火通明,全村男女老少和知青们都集中到了会议室,四类分子吴老四和二哥、陈林、李福并排站在前边,吴老四弯着腰,另三个人低着头。批判会在口号和发言中进行,很是热烈。不过,热闹的是知青们,社员们大多冷眼旁观。于书记坐在前面旁边的桌子后面,叼着烟袋沉着脸。李发很活跃,在前面和知青们一样跳着喊叫。我坐在最后面,埋着头。

五

秋割了，庄稼人又忙起来。

我的试验田是小区域试验，庄稼品种几十样，成熟期各异，收割也就不在同一时间，活计虽然不那么太累，但我们三个人还是忙不过来，有割的，有往场院拉的，还得有人在场院看着别让每一样混到大堆里，打的时候还得有人看着别和别的庄稼混到一起。我没办法，去找李发要人。

正是早晨上工时，社员们和知青们都聚在十字路口等着进田。李发刚吹完上工哨，独自站在一边卷烟，听了我的请求，吸着烟，看看自己属下的社员，很为难。现在正是人手紧的时候，一个硬劳动力他都不愿意往外拨。

我从李发的神态中看出了李发的心思，说："给一个女的也行。"

李发挠挠脑瓜皮，眉头仍然皱着，原先他是有点儿瞧不起女的，曾经惹的妇女们指责过他："女的熊？看你娶老婆时要女的还是要男的！"自从知青来了，李发才发现城里的女的比城里的男的有尿。

李发试探着说："给你个知青吧，给男的，随你挑。"

这条件够优惠的，可我知道知青干活儿外强中干，不愿意要；要社员吧，大田又确实忙。我恨起李发来，觉得他只考虑他自己合适，全不管我，没好气地说："让洪旗跟我去吧！"

李发很高兴，喊洪旗。知青们说他还没来，李发让尤静去青年点叫洪旗去试验田干活儿。

矮胖的尤静朝知青点跑去。我先去了试验田。

试验田在北甸子地的西北角上，离村子二里地，我独自朝试验田走。为什么要洪旗呢？我也说不清，反正我不喜欢王小柱那类人，那类人心眼儿不实，洪旗才更像本村的小伙子们。

我割，吴金全用驴车往场院拉，韩春冬在场院看着社员们打。我割了一小片了，日头升了半杆子高，洪旗才悠悠晃晃走来，还拎着一双新农田鞋。洪旗把那双鞋往地头一扔,问我:"吕技术员,要我来干什么?"

"干活!"我说,抻了抻汗湿贴在身上的小褂,抹一把脖颈和额上的汗,看看洪旗,又看看地上那双新鞋,想,倒是知青,干点活儿还准备一双鞋,要是在大田干活,还得准备一身衣裳呢,真是懒牛上场屎尿多。

洪旗问:"咋干呀?"

"跟我割。"我说着就先割了起来。

试验田一片寂静,四周没有一个人。日头升高了,天气热起来,两个人只顾割地,谁也不说话。我割到地头,抹一把汗,腰有点儿酸,肚有点儿饿,看看还在半截地弯着腰割的洪旗,背部也湿了一大片,就弯下腰接洪旗。

两个人割到面对面,我说:"到地头歇一会儿!"

洪旗艰难地直起腰,跟着我朝地头走。

我们坐在地头的高粱荫下,我抱着双膝看着遥远的枣山。我想,毕业的时候理想那么多,父老乡亲们根本不放在眼里,两年下来,自己不也就是一个土庄稼人嘛!

洪旗拿起那双鞋,从鞋里面掏出两个纸团,递给我一个,我猜测着里面是什么,犹豫着接过来抖开纸一看,是白面馒头。我不知所措,见洪旗大口地吃,问:"你从哪儿弄的?"

洪旗说:"从知青点里食堂偷的。"

我咽一口吐沫,馋的不行。队里一年一个人才分四五斤麦子,除了春节吃一两顿,平时只有家里来客人才见得着白面,但那又只给客人吃。如果哪家客人多,白面不够,只好到邻居家借,下一年还。春天到现在,我还没见着白面呢。我问洪旗:"你们点天天吃白面?"

洪旗说:"哪儿呀,和你们一样,吃玉米面,一个星期才改善这么一顿。"

一个星期一顿,也算是很享福了。我想着,咬一口馒头,细细地嚼,味道很特别,香得没治。我舍不得大口吃,慢慢地有滋有味地嚼。忽然想,该给母亲拿回去一块,可又怕洪旗笑话。洪旗已经吃完了馒头,正托着下巴痴痴地看着我,我脸像着了火,可能我的吃相太急了吧?我埋下头一心一意地吃馒头。

洪旗说:"沈阳可不像这儿,这儿几里地见不着一个人。那儿高楼一眼望不到边,马路上的车和人像蚂蚁似的,人们都是上下班,哪有干这种活儿的,有这活计都雇那些外地来的苦力,还得汽水、面包地供着人家。"

我抱着双膝听着,剩下的半拉馒头早趁着洪旗不注意用纸包好装兜里了。我随着洪旗的话想象着城里的样子,大城市真好,自己要是能到大城市生活,村里人还不得馋死!

我问:"那你想回城吗?"

洪旗茫然地看看我,半天说不出话来,低下头说:"回不去了!"

我大胆地问:"那你想在这儿安家?"

"这儿的姑娘太土了,又没文化,要是像你这样有文化、懂技术的还行,可上哪儿去找呀!"洪旗无不失望地说。

我望着洪旗说:"我也不愿意在土里刨食,去沈阳多好。"

洪旗依旧沉沉地说:"以后有机会我带你上沈阳看看。"

我欣喜的脸热心跳。

一会儿,我问:"你现在咋打算?"

洪旗说:"我想弄个上班的工作。"

我问:"哪儿有这工作?"

洪旗说:"听说大队的小学教师缺一个,大队要在知青里选,我想干。"

我说:"我也听说了,你咋不找找于书记?"

洪旗为难地说:"我们点的知青找于书记办事都送礼,我现在没钱,家里寄来又怕不赶趟了,不知道送给他这双鞋行不?"

我明白了,洪旗早晨是要去送礼,却又下不了决心。说:"行,我还没见过于书记穿这种国家产的鞋呢!"

洪旗有了精神,看着我说:"那我就去吧,我们点的几个人都送过礼了,去晚了怕不赶趟儿。"

我说:"去吧！"

洪旗拎起鞋朝村子走去。我望着他的背影,默默地祝愿他成功。

汗顺着额头向下流,我才意识到天快晌午了,得割了。

我边割边不停地往村子的方向望,不一会儿,洪旗回来了。他垂头丧气的,依旧拎着那双鞋。到我跟前,他把鞋往我面前一扔,说:"送给你吧！"

我明白事情的结果了,就尽量笑一下,说:"鞋这么好,我怎么穿的了？"洪旗说:"那就拿给你哥哥穿。"

洪旗躺在地上,四仰八叉。

我很同情他,坐在洪旗身边,安慰他说:"不当就不当吧,以后还有机会。"

洪旗不作声。

我问:"于书记咋说的？"

洪旗说了事情经过。他进了于书记的院子,走到屋门口,听见队长李发在屋里说话:"大队怎么安排我不管,反正我不要这些知青了,哪天都有割坏手脚的,又得上医疗所又得赔工分,他们又干不多少活,到了地里一会儿烧玉米,再不就去偷瓜。"于书记说了些什么,声音很沉,听不清。一会儿,李发说:"就那么着,下午放他们的假,愿意干的单拉一帮,少记工。"

李发出来看见洪旗站在门外,怔了一下,看一眼洪旗手里的鞋,没说话,朝大门走去。

洪旗进了屋,于支书的老伴儿蹲在灶前熬药,见洪旗进来,说:"看你叔来了？在东屋躺着呢。大城市的孩子都这么懂人情。"

洪旗一进东屋,才知道于支书病了。于支书躺在炕一头,靠北墙的柜子上有两包点心、两瓶酒、一堆儿糖块儿,还有开了包的一服中药。洪旗把鞋放在柜子上。于支书指指炕的另一头,洪旗就坐在了炕的另一头边上。于支书问:"上工呢？"

洪旗说："上呢,在试验田干呢。"

于支书说："不累吧。"

洪旗应着,关心地问于支书咋得了病。于支书说："可能是中暑,头疼得不行,吃两服药好多了。"

洪旗想,这大秋头子中什么暑。两个人无话,洪旗觉得不能再等下去了,说："于支书,我爸爸来信了,说他的公司要处理一批烟,让我问问你要烟不。这些烟都是上等的,不要钱。"

洪旗想,一双鞋没把握,再加点儿码,现在拿不出但可以预告一声。

于支书欠了欠身子,说："跟你爸说,你现在这儿挺好的,烟嘛,他看着办吧,我抽烟不挑好还是孬。"

洪旗说："那我就走了,我是歇气来的。顺便问一句,咱们大队听说缺一个小学老师。"

于支书说："是,让谁干得支委们定,我看尤静口琴吹得不赖。"

洪旗说："我也会吹口琴。"

于支书说："尤静字写得也挺好,我看过。"

洪旗说："我也练过字。"

支书说："前些日子尤静的母亲给我邮东西时在信上说,尤静爸爸是公司管理人事教育的,希望尤静当小学老师。"

洪旗说："我爸爸这次在信上也说希望我当小学老师。"

支书渴了,伸手去拿窗台上那碗水,洪旗赶忙爬到炕里,把那碗水端给支书。支书欠着身子喝完水,放下碗说："这事支委定了,我一个人说了不算。"

洪旗心凉了,知道尤静已经活动好了,再说也没用,就大为气恼,跳下地拿起柜子上的鞋出了屋。

外屋熬药的支书老伴儿说洪旗："不送啦,常来呀!"

我问："支书没说为啥让尤静干?"

洪旗说："好像他们谈了一桩买卖。"

我想不透这事，见洪旗极度悲观失望，就想给洪旗点儿帮助，说："我去找于书记替你说说看。"

　　洪旗猛地坐起来，抓住我的手，激动地说："谢谢你了，事情成功了，我们食堂改善我就给你偷馒头吃。"

　　我脸红了，看着洪旗笑了，抓住洪旗的手挪开。

　　中午到家，我把馒头给母亲，母亲喜的手脚没处放，拿着馒头端详半天，咬一口，满足的不行。我到后院把鞋给嫂子看，听说鞋是给哥哥的，端详鞋子。家里从来没买过这样一双鞋，嫂子兴奋的脸都涨红了。

　　哥哥回来了，嫂子拿鞋给他看，哥哥皱一下眉头，把鞋扔在炕上，说："送回去，不要！"

　　嫂子说："人家好心好意的！"

　　哥哥说："是知青的东西就不要。"

　　我说："你不要也不许送回去，爸爸回来给爸！"

　　嫂子说："听见了吗，不要白不要。"

　　哥哥不再作声，下午上工前，我走进了于书记家。于书记倚着被服垛坐着，他老伴儿边在地上准备药片、倒水，边让我炕上坐，我坐在了炕边上。

　　于书记开门见山地说："上午洪旗来过了。"

　　我奇怪，他怎么知道我为教师一事而来？

　　于书记说："洪旗说跟着你干活呢，那小伙子咋样？"

　　我忙说："挺好，我看他当教师合适。"

　　支书吃药。我问："支书，这事不能变吗？"

　　支书吃完药，慢慢地喝水，喝一口就想想什么。

　　支书老伴儿看着支书，好半天才说话："洪旗是比尤静好，个子高，懂人情。"说完盯着支书。

　　支书抬起头来，问我："洪旗能不能当了教师先放一边，他愿意在这儿待一辈子吗？他家里愿意吗？"

　　我没想到支书提出这么一个吓人的条件，支书盯着她，支书老伴儿也盯着我,我有点儿六神无主,支书这句话是"扎根农村"还是暗含别的意思?

支书挥一下手说:"你跟洪旗说,两年之后就有招工征兵的名额,叫他别着急,小学教师说到底还是社员。"

我不敢搭话,怕把话说糟了,总觉得支书的话不这么简单,一定有暗含的意思。我看着支书老伴儿,想从她脸上找出答案。

支书的老伴儿正盯着我,目光一碰,支书老伴儿说:"咱们一个村住着,也不用再瞒着你,我家你二妹子你知道,个矮,又笨,干不了重活儿,不早给她找个主行吗。庄稼院说媳妇讲究体格好,大城市不挑这个,能生孩子、看家就行。"

我脑袋涨大起来,万万没料到支书是这么个算盘。尤静和他父母咋就同意了呢?是不是尤静的父母放心不下孩子,想给他找个避风港?

我看着支书,支书勾着脑袋。我说:"我问问洪旗吧。"

支书老伴儿说:"那你就费费心问问吧,我和你叔也都相中了洪旗,可就怕人家不愿意。"

我闷闷不乐地朝试验田走。鸟儿在高空吵叫,没有风,大地一片寂静。我琢磨,这事跟洪旗说吗?

到了田头,正割地的洪旗跑过来,急切地问:"谈的咋样?"

我心里很乱,很想静一下,又觉得一时半会儿静不下来,问:"你愿意在这个村里过一辈子吗?"

洪旗说:"当然不愿意,可说得说扎根农村干一辈子革命。"

我机械地问:"你愿意和本村姑娘结婚吗?"

洪旗瞪大了眼睛,问:"咋,支书要给我当介绍人?"

我坐地上,揪一根草棍儿嚼着,呆呆地说:"有这个意思。"

洪旗一听当教师有门儿,蹲在我身边说:"我愿意!"

我说:"你也不问问那姑娘是谁?"

洪旗说:"管她是谁呢,能当上教师就行。"

我看着洪旗问："你是不是打算先当上教师不受累了,以后再想办法离开这儿?"

洪旗说:"是!"

我大失所望,原来洪旗心里根本没有这块土地,也瞧不起这里的人。

我拿起镰刀,站起来去割地。

洪旗追上我问:"我的事咋着了?"

我冷冷地说:"你自己问支书去!"

洪旗站住了,傻妈似的看着我的背影。

六

早晨我正洗脸,刚出屋的母亲慌张地走进来,说:"着贼了!"

我吃了一惊,停住,问:"着什么贼?"

母亲说:"你去园子里看,向日葵脑袋让人割去了好些个。"

我擦了脸,跟着母亲出了屋。天刚亮,村子没有动静,偶尔传来一声鸡叫或一声驴吼。一进园子,我看见园子四周的向日葵脑袋一半儿都没有了,显然是昨夜让人割去的。这几天就听说村里丢小鸡或种的瓜被偷,我没想到也偷到自己家来了,肯定是知青们干的,村里人从来不偷东西。

母亲生气地说:"我到大街上骂,没人承认就去大队告。"

我拉住母亲,说:"别去,一定是他们干的,黑天炒着吃。"

母亲茫然地瞅着那些没脑袋的向日葵,不知道如何是好。跟知青们咋说呢,他们敢割就什么也不怕,吵起来也有失贫下中农的身份呀! 我说:"别人家丢了东西没吱声,我们也算了。"

母亲一想也是,不高兴地进屋做饭。

饭后,我去试验田。路过书记家大门口时,看见于书记的二丫头正从屋里出来往园子里倒洗碗水。

我走出村口,见村南有两颗脑袋在赵家的园子墙那边一探一探的,我起了疑心,谁在那边干什么? 我朝村南走去,拐过墙角,见两个知青骑一头毛驴,我知道知青们经常偷着骑驴玩儿,懒的管这事,转身朝试验田走去。

路过村口时,我见王小柱和王立敏从大队出来,便加快了脚步走过了村口。

王小柱和王立敏在街上碰上了要去机井的二哥,两个人和他打招呼:"吕哥,去机井呀? "

二哥应一声,埋着头顺着街前面走。

烧玉米事件后,知青们一点点适应了村风,开始和村民们靠近。但二哥始终忘不了那件事,这是他从小到大经受过的最大的一次灾难。

王小柱在二哥身后说:"吕哥,你在忙什么? "

二哥转过身来说:"没忙什么! "

王小柱走上来握住二哥的手,说:"我很感谢你给我的再教育。"

王立敏也握了二哥的手说:"我也感谢你。"

二哥不无遗憾地说:"我什么教育也没给你们,倒是你们教育了我一次。"

三个人都笑了,又都不自在。

知青们渐渐融入这个村庄了。

第七章　告别狼甸子

一

冬天到了，我赶着牛车往田里送粪。

往狼甸子送粪一共四个人。我和成风财用一辆牛车，林有洋和张老汉张志学用一辆牛车。队长齐玉青规定，两辆牛车一天送粪的趟数必须一样，少送一趟扣三工分。所以我们四个人特别卖命，装一车粪累得一裤兜子汗。

装满车，成风财捋一把脸上的汗，把铁锨插在粪车上，对我说："净我赶车了，你跟在车后边可自在，咱们一人赶一趟，谁也别找奸！"

成风财对于我的前仇总是不忘，他欺负我没有赶过车，想拿一把难难我。我认为一人赶一趟车很合理，就抄起鞭子。赶车就是装满车粪后，一个人赶着车往地里走，另一个人跟着。其实牛挺听话的，长年干活牛已经被训练出来了，只要举着鞭子吆喝着，牛就能自觉自愿地奔向狼甸子。

我们在路上走，冷风在空旷的狼甸子上横扫，山雀在空中振着翅膀吵叫，远处的枣山横卧在地平线上，看着坦荡的大地，让人心里有一种说不清道不明的忧愁。到了狼甸子上，我赶着车慢慢地顺着垄沟走。成风财站在车上，随着车走，把车上的粪扒成一堆一堆的，为了不让林有洋那辆车拉下，我赶着车快走，到一定的距离停下车。成风财要在车停下的那么一眨眼工夫扒完一堆粪。其实扒粪比赶车累得多。成风财扒完一车粪，累得脑袋汗气腾腾。他叉着腿站在车上喘着粗气说："操，扒粪这活儿也不鸡巴轻快呀！"

我说："是你非让我赶车，你要扒粪的。"

在地里扒完粪，我赶着牛车走出地，朝村里走。林有洋那辆车走在前面，把我们这辆车落远了，成风财说我："快赶呀，一会儿追不上他们了。"

我说："谁叫你不快点扒了。"我说着，挥舞着鞭子驱赶着牛，牛依旧迈着绅士步。我舍不得打牛，一个哑巴牲畜，又不懂事，那么收拾它干啥！成风财见我只是吆喝，并不真正打牛，就抢过我手里的鞭子，狠劲地抽牛。牛扭着屁股奔跑起来，大路上卷起一股烟尘。我见他那么敢下手，心缩缩着，这家伙太狠了，蒍愣呀！

到了生产队院的粪堆旁，林有洋他们已经装小半车了，我们两个停好车，急急地装起车来。郑海峰也拖着一把铁锹来帮助我们装车。郑海峰隔三岔五地参加点儿劳动，以示他没有丢掉劳动本色。他边装车边说于小个子怎么怎么着，鼓动我和成风财联合整他。我知道郑海峰想当大队党支部书记，在狼甸子上独霸一方，我心里想，郑海峰和于小个子一个味，故此不作声。郑海峰边说边偷着眼睛瞄我。成风财在这方面吃过亏，也不敢再傻狗上墙，说话支支吾吾的。郑海峰见鼓动不起来我们两个人，就去帮助林有洋装车，他边装车边跟那两个人说着什么。

晚上收工卸车时，西北风越刮越大，天空飘着雪花。我扛着铁锹跑进家里的院子，院子里放着一辆自行车。我认识那是妹妹的，她在乡初中念书住宿，因为吃不饱常回来拿些炒面或玉米面干粮。我在窗子下放了铁锹，去驴棚撒泡尿，系着裤腰带朝屋里走，妹妹从屋子里走出来，很着急地对我说："高考的事你知道吗？"

我系好了裤腰带，说："我在广播上听过要实行高考，不知道通知啥时候下来。"

邓小平上台后，新的消息不断传来，墙上的广播喇叭经常报道高考的事，说以后不再实行推荐了，上大学要经过考试，我在早晚的广播上都注意听高考的消息。

妹妹说："通知已经下来了，听说大城市半年前就知道了。"

我心跳加速，是这样呀，这乡村消息太闭塞了。我看着妹妹不知道该说什么，脑子有点儿乱，我要考学是不是太晚了？

妹妹满面焦急，说："开考不到一个月了，你别干活了，在家里复习吧！"

我想也是这么回事。我进了屋，坐在炕上缝衣裳的母亲听说我要扔了工分在家当大爷，火了，说："扔了工分扯那个闲蛋，你真有心！"

妹妹说母亲："不在家里专心复习他考不上。"

母亲不以为意，说："考大学是城里人的事，看看咱们村，有过一个考上大学的吗，就咱们这土庄稼人，切！"

妹妹说："这次谁都兴考，不分城里人还是乡下人。"

母亲心疼工分，眼圈红了。妹妹说："让我哥考一次吧，这是他一辈子的事，要是家里拉饥荒，毕业我劳动还饥荒。"

母亲不再作声，那就是同意了。

第二天，我骑着妹妹扔给我的自行车，顶着风雪奔到公社，到了陈部长的办公室。陈部长正站在办公室的椅子上安炉子。他看见我，高兴地说："吕斌啊，来得正好，快给我扶一下炉筒子！"

我扶住立在炉子上的炉筒子。陈部长边上上下下地忙着安装，边问我："干啥来了？"

我局促地说："我要考学，来找个复习提纲。"

陈部长忙乎完，跳下椅子，在脸盆里洗着手侧过脸来说："我估计你会来，我给我孩子准备了一份复习提纲，送给你吧，在桌子上呢！"

我看一眼桌子上的复习提纲，犹豫了，怎么好拿人家孩子要用的复习提纲呢。陈部长看出了我的神情，说："你拿去用吧，我再找一份。"

我满心欢喜，拿了提纲，谢了陈部长，欢天喜地地往外走。陈部长往外送着我说："好好复习，未来是你们年轻人的。"

我有些感动，望着陈部长说不出话来。

我拿着复习提纲，就像从西天取回来一本真经那样，高兴得真想对着这满天飞舞的雪花喊几声。

回到家，钻进西屋，我迫不及待地打开复习提纲看，发现要考的知识并非我想象得那么高深，这之前我一直认为大学考试是谁也没见过的知识，原来都是中学的知识。我放下提纲，到屋子地上的纸箱里翻找我学过的书,发现少了语文二册的书,想想,原来是母亲剪鞋样子用了,只好跟别人借。谁有呢?我的同学们都有,去跟文心借吧。我跑到代销点,一进院儿,听见文心在屋子里边拉二胡边唱:

"二爷我住在王家庄上,有权有势我独霸一方……"

我推门进去,文心正坐在炕边上拉二胡,郑海峰、李芳红和几个社员也在屋里。天下雪,队里停工,他们就到这里闲待,听文心拉二胡。我问文心:"你有中学语文二册书吗?借给我用用!"

屋子里的人都看着我,屋子里显得很安静。文心问我:"干啥用?"我说:"学习用。"

文心放下二胡,站起来,想想,又坐下,看着我说:"二册的我弄丢了。"

我从他的眼神中看出,他是不想借给我。我搓着手,没想到他这么抠。一个社员问郑海峰:"你们几个同学都去考大学,你怎么不考?"

郑海峰正坐在地上的桌子旁,讥讽地说:"没那两下子,丢那个人去呢!"

我心里很生气,但我没有表示什么,我知道他确实没有那两下子,他念书时学习顶次。

没有第二册语文书,有什么书就先复习什么知识吧。我住的西屋长年不点炉子,也不敢泡费柴火烧炕,屋子特别冷,坐在炕上看书冻得直打哆嗦。我把爸爸穿过的一件旧棉袄盖在腿上,披上家里那件破羊皮袄,开始了念经般的复习。

第二天,李芳红给我送来了一本语文二册书。原来我去代销点跟文心借书,她在那里看见了,用上了心。我问李芳红:"你不考吗?"她说:"不考。"我问:"你咋不考?"

李芳红低着头站在门口旁的炕前,搓着手,很不高兴,说:"家里没有人挣工分,弟弟又小……"

我安慰她,也是半开玩笑地说:"在家里干活儿也一样,咱们俩考上一个就行了。"

李芳红看看我，很悲壮地说："你考上学就忘了我吧！"

我觉得很好笑，我当兵要走时，她让我记着她，现在又要我忘了她。我说："说那些还太早，我不一定能考上。"

李芳红说："早晚是一回事，以后你别跟我来往了。"

我觉得不对，是不是出了什么事？我问："是不是你要跟于占学订婚了？"

李芳红忽然抬头，眼含热泪，看着我嘴唇动了动，一扭身出了屋。

我愣怔半天，回过神来，看看李芳红送来的这本宝贵的书，不明白李芳红为什么这样。但时间太紧张，不容我分心，我得抓紧复习。

早晨吃完饭，我钻进西屋刚拿起书，有人敲窗户。我抬头一看，是齐志才。他伏在窗户上，说："于书记让你去队里干活儿呢！"

我说："我复习呢。"齐志才说："复习旷工，误了生产你负责！"

我来了气，这不是怕我考上学吗！我讥讽地问："我在队里有那么大的作用呢？"我想起了毕业以来的经历。

齐志才用命令的口气说："大队研究决定，谁也不许误工复习。"

滚你个大队研究决定吧，我想，我听够了这些说法。我说："你呢，你不也在家里复习吗？你干活儿我就去干活儿。"

齐志才说："我是脱产干部，你比不了。"我说："我不管你脱产不脱产，你想考上，又怕别人考上。狼甸子上空的太阳也不老是在你们家门转，也该换换大门口了。"

齐志才威胁我说："你自己考虑吧！"

我不怕，上边有通知，应考青年可以误工复习，谁上大学，再也不是由齐志才这类人说了算了，不舒服也得将就着，难受去吧！

坐在东屋炕上的母亲可能听到了说话声，出去，对西屋窗前的齐志才说："是齐志才呀，上屋吧！"齐志才从窗户上移开目光，对母亲说："不啦，我还忙着。"他低着头迈着踉跄的步子走了。

我接着复习，我的复习就像和尚面壁修行一样虔诚，不停地背题或计算数学题，着了魔一般。母亲坐在东屋不来打扰我。这天母亲出去了一趟,回来将脑袋探进西屋说:"文心叫你去代销点一趟。"母亲原来是去代销点了。我问:"啥事?"母亲说:"他没有说。"

我想,一定有什么大事。我放下书,边背着题,边朝代销点走去。路过大队大门口时,我从窗户上看见齐志才和杨小琴隔着办公桌相对而坐,齐志才正说着什么,可能他们在共同复习!

我走进代销点的院子,进了文心的屋子,屋子里炕上扔满了书,文心正盘着腿背什么题。我问文心:"你叫我吗?"

文心抬头看着我,一副意外的样子,说:"没有哇。"我奇怪了,说:"我母亲说你叫我。"文心省悟似的说:"哪能呢,你母亲买了两颗苹果就走了,我对她说你有空来玩。"

我非常气恼,那么忙来玩儿什么,故意干扰我。我转身朝外走,文心说:"来了就待一会儿吧!"我没理他。回到家进了院子,顺着窗户往屋子里瞅,母亲正忙着把手往屁股底下掖,嘴里还嚼着什么。我想,母亲也太气人了,她有烧心的毛病,经常念叨想吃梨和苹果,穷又买不起,今天准是耐不住了,买了两颗苹果,怕在东屋吃让我听见声音,就把我骗出去。我进了东屋,生气地说:"骗我干什么,白耽误我这老半天工夫。"

母亲见我生气了,故意皱起眉头,说:"是文心叫你嘛。"

我气愤地说:"他根本没事,我问了。"

母亲不疼不痒地说:"没事就没事呗,嚷什么!"

我越发生气,说:"你吃你的苹果,我又不出去说你馋。"

母亲被我揭了老底,很臊,理直气壮地、鸡啄米似的点着头,说:"我怕你说,就吃来,就吃来,你咋着!"母亲说着,很硬气地从屁股底下拿出苹果,"吭"地啃一口,大嚼。母亲虽然硬气,但我看出来了,她心里虚。

我走出了母亲屋,进西屋复习,心情一点一点平静了。

考试的头一天晚上,我早早地睡了,我明白,复习一晚上解决不了什么问题,考试前重要的是休息好。

母亲拉风箱的声音把我吵醒时，天已经大亮了。我忙穿衣裳下地，披上破皮袄，拿着书走到街上，默默地背题。白雪盖满了大街，街上没有人影儿，远山披着银装，家家户户的房顶上升起炊烟，村子一派安静，我的脑子特别清亮，心情特别好，这是我的最佳学习状态。我正背得投入，母亲走出大门，喊我吃饭。

吃完饭，母亲下地，掏出钥匙打开柜，从柜里拿出来半包白糖，给我说："这个是为你考试留的，吃几口，吃了脑子好使。"

我知道这包白糖是去年母亲买的，一直舍不得吃，我家一般是买不起白糖的，那是姐夫来了给他沏水喝才买了那么一次。我不知道吃白糖管不管脑子的事，但这个穷家，母亲除了给我几口白糖吃，还能给我什么帮助呢？这时，我才感到母亲的善良。

我怕吃得太费，寻找茶碗，想用水化着喝。母亲说："就这么干吃吧，一辈子就这么一回，吃吧！"

我想到了姐姐出嫁时，母亲买三毛钱一包的糖精，捏几粒给姐姐泡一碗糖水，端给姐姐时，也是用的这种口气。我的心里热乎乎的。

二

我出了家门，大街上依然很静。我来到代销点，文心和齐志才正弯着腰洗脸。他们刚起来，从炕上放着的油灯和好几本书看，他们复习了一夜。文心擦着脸对我说："你准也昨天一夜没睡！"

我笑笑，想，他们总是怕我比他们复习的多。其实我和他们没有多大竞争，全国那么多人参加考试，即使我考上，也不会影响他们考上；反过来说，我就是考不上，他们也未必考上。

我们三个议论着考什么，踏着土路朝乡里走。田野空空荡荡的，有几头驴在寻草吃，远处有两个背着粪筐捡粪的人专注地看着我们。我们三个都人很兴奋，我的心有几分紧张。

考场设在乡中学院子里，我们走进乡中学院子时，院子里到处都是人，乱哄哄的，有的拿着书低着头看或背着什么，谁也不跟谁说话，院子里的气氛让人紧张。我们不知所措地站在院子里看着别人看书背题,也想背一会儿题,但都没有带来书,正着急,开考的钟声响了,应考的青年个个像进刑场那样视死如归地朝各自的考场走去。

我在剧烈的心跳中等到了监考老师发下来的卷子,看看卷子,我感到意外,这题也太简单了,和我原先猜想的差得太远了。我又糊涂了,因为我开始做题后发现,大多数题我都似是而非,答不上。我在焦急中做题,边后悔复习时走错了路,复习时寻思大学考试的题不定怎么难呢,老是找难题复习,忽视了眼前知识,这回完了。

时间到了,我交了卷子,后悔着走出了考场。我的脑子里还在琢磨刚答过的题,推起自行车就走,只听"叭"的一声,我吓了一跳,回头看,自行车胎瘪了,原来我忘记开锁了,自行车锁又恰好卡在气门嘴那个空当上,气门嘴被卡断了。我看看院子里到处是刚走出考场的青年人,都朝门口走,寻不见文心和齐志才,又看不见别的认识人。没有办法,推着自行车回家吧。

乡里离我家有五里路,一半是石子公路,一半是土路。我推着自行车回到家,天已经黑了。妹妹正在锅台前弯着腰炒玉米,看见我进屋,站直身子问我:"咋才回来?"

我说了原因,心情不好地进了东屋。母亲正坐在炕上跟邢娘们儿说话。母亲看着我问:"考上了吗?"

我见邢娘们儿也看着我,懒的说考试的事,也不瞅她们,无目的地看着柜子想考试的事,带搭不理地说:"没考完,明天还考。"

邢娘们儿问:"今天考得好吗?"

我转过身来,倚着柜抱着膀站着,低着头,说:"不好,没啥希望了。"

妹妹端进来饭菜放到柜子上,对我说:"你吃饭,我去找个气门嘴。"

母亲问:"车子气门嘴坏了?那考不上了,这不就告诉你了吗!"母亲失望地皱起了眉头,叹息着。

邢娘们儿安慰母亲说："他们这次考上是接华国锋他们的班，能那么容易吗！怕啥，这小子体格这么好，下庄稼地也挣一碗饭吃。"

母亲依旧叹息说："白糖算是白吃了，再不给你泡费了。"母亲不住地为白搭的白糖难过。

我说："反正也是考不上，我明天不想去考试了。"母亲说："工也耽误了，考上考不上你把它考完了吧！"四婶也说："那可不，咋也得考完了，要不白耽误工了。"我想也是，那就坚持考完了吧。

第二天考数学，考完我仍然感到考得不好。出了考场，碰见了笑逐颜开的文心，我想，他准考得不错，问他："都答上了吧？"

文心得意地说："一个字没答。"我吃惊，看着他，问："咋没答？"

文心神秘地说："你不知道，评卷老师看见卷子一个字没答，认为这不是不会，是全会。考生故意不答，不屑于答，就直接录取了。"

我不知道他从哪儿弄来的这个消息，如果真的话，我可苦了，我答了那么多呀。我对文心说的这个消息半信半疑。

考完试，我继续到生产队里送粪，还是和成风财用一辆牛车。

过了一些日子，我等录取通知都等得有些着急了，还没有消息，但我从来没有停止过打听消息，尽管我认为我考上的可能性很小。这天早晨我去上工，走到队院，正要帮成风财套牛。队长齐玉青从队办公室走出来，抹一把鼻涕，讨好地笑着走到我面前，问："接到通知了吗？"

我奇怪地问："什么通知？"

齐玉青愣了一下，看看我，确信我什么也不知道，就说："你还不知道哇，考学的通知下来了，咱们村一个也没考上。"

我感到有些意外，但这是我预料之内的。我没有说话，帮助成风财套牛。齐玉青很注意地看看我，想说什么，没说，回办公室了。

另一辆车的张志学走到我身边悄悄地问我："齐老坏告诉你了吗？"

齐玉青刚才什么也没跟我说，我问："告诉什么？"

张志学说："刚才公社通讯员来了，说让你准备体检，你考上了。"

我的心剧烈地跳起来，停止了套牛，心底忽然涌起了喜悦，我不相信地问张志学："你听清了？"

张老汉说："通讯员跟齐老坏说的时候，我就站在旁边，一点儿没听错，不信你去公社问。"

我想了想，不能大意，齐玉青也许因为他儿子没考上故意不告诉我呢。我下了决心要弄清这件事，我对成风财说："你自己送吧，我去公社问。"我转身就走，成风财问我："你不干了工分咋整？"我说："你都要吧，你要是干不过来，找队长再给你配一个人。"成风财又说了一句什么，我没听清，"噌噌"地朝家跑。

我回到家骑上自行车，飞快地朝公社蹬。天气挺冷，小风"嗖嗖"地吹着我的脖子，脖子痒得很。我到了公社，打听到招生办，进了招生办的屋子，陈部长正弯着腰给炉子添煤，桌子旁坐着个戴眼镜的男人，正在写什么。陈部长见了我，笑着跟我打了招呼。我奇怪他怎么在这屋，陈部长可能看出了我的疑惑，说："我又回老本行了，到这招生办工作。你是问考试结果吧？你没考上，下一年再考吧。"说完他笑眯眯地看看我。

我的心凉了，麻木地站着。

坐在桌子旁写东西的那个男人转过脸来，问我："你叫什么？"

我回答了。那个男人看着陈部长说："哎，考上的名单里有个吕斌呀。"那个男人说着，拿起桌子上的一页纸，看看那纸，问："你是不是狼甸子村的，考号是……"

我一听我的考号，我说"对呀。"

那个男人肯定地说："有你！"

我大感不解地看着陈部长，陈部长满面笑容地看着我，原来他是在开玩笑。我激动得热泪盈眶，责怪陈部长说："你吓死我了！"

陈部长说："向你祝贺，不过别高兴，这还不是正式录取，你可以准备去旗医院体检了。"

我回到村里继续跟着牛车送粪，直到体检那天。

我体检完那天晚上，大队召开了群众大会，会上于小个子宣布了几个我想不到的消息：齐玉青贪污队里七百八十斤粮食，撤掉队长职务，齐志才也被撤了大队会计职务；代销点因为亏损严重，账目不清，撤掉；李芳红兼任大队会计。我坐在后边的檩子上，听社员们议论，本来想让齐志才接任队长，齐志才不干，于小个子一生气，让他和文心一样去当社员。

第二天我朝十字路口走去，社员们都站在路口等待队长分配任务，说话声乱哄哄一片。我看见于小个子顺着街走来，他走路向来都是低着头，对街上的人视而不见。社员们看着他，都不说话。他轻易不到街上来，更没在社员们上工时出现在街上过。我正奇怪，于小个子朝我走来，我有点儿紧张，他找我准没有什么好事。于小个子走到我面前，大眼皮瞭我一眼，说："今天晚上开批判齐玉青的大会，到时候你也发个言，批判齐玉青的贪污行为。今天上午你别上工了，在家写批判稿儿。"他说完，头也不抬就走了，他没有看任何人，更没跟队长打招呼，站在十字街口的社员们都目送着他拐过街口，然后都转过脸来看着我，都是好奇的眼光。我很不自在，在众目睽睽之下朝队长走去。队长是个十九岁的小伙子，刚高中毕业，和我刚毕业时一样要有一番作为的样子。他是接替齐玉青当上队长的。他看着我，我心里虽然是炫耀，但表面上很谦虚，我说："刚才于书记让我在家写批判稿儿。"我跟他请假纯是走个形式，于小个子的话在这个村子里就是圣旨，他个小小的队长是不敢说个不字的。小伙子羡慕地看看我说："那你就站下吧。"

我在社员们的盯视下朝家走，很不好意思，社员们干活儿，我却要在家找半天奸。

我在家写批判稿，心里直犯嘀咕，这次人事变动反常，难道于小个子圈子内部发生了什么变化？因此我对批判会也就很冷漠，不知道该说什么。我伏在家里的炕桌上，叼着笔杆不知道该写什么我忽然想起念书时陈老师让我写得那个批判发言稿，我就那么写了一篇，三十二开一页的纸，大半页抄的是毛主席语录，另半页写的是批判内容。

晚上的批判会开始后，依然是于小个子先发言。他站在前面的主席台上，昂首挺胸，威武雄壮地大声说："大江南北，长城内外，东风吹骏马，四海舞红旗，毛泽东思想是……"他的声音在会议室里回荡，社员们静静地听着。我坐在后边的檩子上，低着头坐着、听着、思索着。直到响起一阵掌声，听到叫我的名字，我才回过神来，慌忙地站起来朝前面迷迷糊糊地走去，掏出白天写好的那个批判稿。我感觉周围坐着的社员们都用不理解的眼光看着我，我浑身不自在，但我还是跨上了主席台。

三

终于接到了大学录取通知书，我感慨万分，夺来这纸大学录取通知书多么不容易呀！要走了，我唯一要见的人就是李芳红。日落前，我走在街上，街上有一两个闲人，山村的街上永远是这么寂静。我梦游似的，低着头在街上慢慢地走。我不敢去李芳红家找她，为什么？我也说不清。大街上突然一声喊，出现一群玩藏猫猫的孩子，我忽然看见李芳红的小弟弟跑来，叫住他，让他去叫他姐姐出来。

小孩子跑回家，一会儿跑出来，身后跟着李芳红。李芳红站在了大门口，呆呆地看着我。我脸热心跳地走上前去，对她说："我们到村外走走行吗？"

李芳红害怕似的说："我正缝衣裳呢，没工夫。"

我充满期望地看着她，说："就一会儿工夫。"意思是如果这次机会错过了，就不会有这种机会了。李芳红好似从我的眼光中读出了意思，犹豫一下，说："等一下，我回屋扎上头巾。"李芳红返回院子里，一会儿工夫，扎着一条红头巾走出来，不看我，跟着我朝村外走。她始终低着头，我感觉她好像是去同我完成一项例行公事，因为她的脚步太急促、太踏实了。

快到村口了，我迫不及待地说："我要走了，你有什么事吗？"

李芳红依然低着头，嘱咐道："要好好学习……"

这是近似母亲对儿子的嘱咐，我感到有些冷漠。我说："我到学校就给你写信。"

李芳红干脆地说："不用了，忘掉我吧。"

我心中一动，问："为什么？"

李芳红盯着眼前的地皮，沉默一会儿，说："我……不配你娶！"

我心有些凉，我说："是不是你以为我升了学，会变心？"

她低着头朝前走，没有说话。

到了村外，茫茫的狼甸子向远处伸展开去，它像个巨人安静地躺着。我问："到底是怎么回事，是不你答应了于占学？"

李芳红突然抬起头来，望着远处，用悲伤的口气说："原来你还蒙在鼓里，于占学已经和齐志才争杨小琴好长时间了，于占学已经和杨小琴订婚了。"

我想到了前不久大队发生的人事变动，我问："你为什么要和我分手？"

李芳红低着头沉默了一会儿，极不情愿地说："我是农民，而你从此是国家干部了，我听说过许多升了大学的人走之前都山盟海誓，走了之后就没了音信……"

我心里受到了震动，不敢再说下去。我也担心这个，我确实没有把握最后能娶她，农村我已经待够了，我要考大学，就是要离开农村。我逃走了，为什么还娶个农村姑娘呢？我这时候完全理解古代那个陈世美了。

我的脚步一犹豫，李芳红立刻觉察出来了。她看看我，说："我们回去吧。"她不等我有什么反应，转身朝村子走。我本来想阻止她，但一点儿阻止她的勇气都没有，机械地跟着她朝村子走去。

我走的前一天晚上，母亲包好了一盆盖饺子，妹妹早早地睡了，母亲对我说："睡吧，明天还得起早去赶班车，天亮前我叫你。"

我脱衣裳的时候，母亲不放心地嘱咐我，说："到了学校，村里谁给你写信也别给回信，有人去找你也别理，学校有好姑娘就找一个。"

我知道母亲的意思,心里很生气。母亲真是的,也太势利眼了,儿子还没走呢,就变心了。我想起了李芳红来家里串门时母亲往人家头上戴头巾的情景。我躺进被子,背对着母亲睡觉。母亲很不服气地说:"我是为你好!"

我气冲冲地说:"别说了,我困了。"

我躺在热烘烘的炕上,心情一点点平静了,心思渐渐地回到了这个家。在这铺炕上,我有过多少喜怒哀乐呀,我真留恋这个从小长大的家。我久久睡不着,几次睁开眼睛,看见母亲静静地坐着。母亲顺着玻璃窗户望着外面,天空的星星眨着眼睛,母亲在看时间。

我感到只睡了一小会儿,就被母亲推醒了。妹妹已经起来了,煮熟的饺子在炕桌上腾腾地冒着热气。我问:"几点了?"其实我也知道这话是白问,家里没有钟表,谁也不知道几点。

在母亲的催促下,我和妹妹吃饺子。这样的好饭,我盼过多少次呀,可是今天我吃不下去,离家的心情让我依依不舍。

吃完饭,妹妹把行李放上驴车,她到西屋找到我复习时披过好多次的破皮袄,披在她身上,又在西屋找到父亲的大棉鞋穿上。我们两个人套好驴车,妹妹赶着驴车,我们两个顺着黑黑的、安静的大街朝村外走去。

村子的黑暗和房屋的安静,让我心里有一种留恋的恐怖,我脑海里出现了母亲坐在炕上的情景,我忽然担忧起母亲来,我担心她什么我也说不清。我想到了一句千古名句:儿行千里母担忧,母行千里儿不愁。

出了村子,路旁是狼甸子,它真大,让我有无穷无尽的回忆……这个养育了我的黑土地哟……我和妹妹都不说话,只有脚步声,驴踏地声和车轱辘声。我的心里一阵阵发酸。

"哥哥!"妹妹突然说,在静静的夜色里吓了我一跳。她说:"你到了学校就给我们写信,妈妈偷着哭了好几回了,她惦记着你!"

我说:"知道。"我能理解母亲,我这是从小到大第一次离家出远门，而且要半年才能回来一次。我问妹妹："你想我吗？"

妹妹说："想。"我说："想我的时候你就看看这狼甸子，到这上面走一走，这上面有我的脚印和影子。"

妹妹抬头看看狼甸子，问我："你为什么这么留恋狼甸子？"

我望着狼甸子，叹息说："我在这上面长大的呀！"

妹妹望着黑茫茫的狼甸子，不说话。

三十里的山路一步一步走完了，县城的街灯亮着，街上没有人影儿，汽车站的大门关着，候车室的门也锁着。我伏在候车室的门缝往里边看，透过射进屋子里的灯光，我看见墙上的挂钟才一点半。我无限怅惘，母亲也真是，我刚睡下就把我叫起来了，她准是拿不准时间，怕耽误了我的车。

妹妹听我说才一点半，牵着驴走到路灯杆子下，把驴拴在杆子上，倚着路灯杆子蹲下，裹紧皮袄，抱起膀儿打瞌睡。

天天渐渐亮了，街上的行人多起来，候车室的门开了，我和妹妹朝候车室走去。

四

班车出了小镇，顺着石子路爬上小孩梁。我透过车窗，远远地看见枣山下那条通向狼甸子的弯弯曲曲的公路，一个穿着破羊皮袄的小姑娘牵着驴车，慢慢地顺着公路走，她是那么小，我似乎看见了她脚上穿着的过大的棉鞋。我脑海里出现了无穷无尽的狼甸子和在那上面经历过的事情，一股热潮从我心底涌起，我扑在车窗上，泪流满面。